reinhardt

Helen Liebendörfer

Carissima mia!

Die Frau des Malers Arnold Böcklin

Historischer Roman

Friedrich Reinhardt Verlag

Titelbild: Angela Böcklin mit rotem Haarnetz,
gemalt von Arnold Böcklin, 1863
Rückseite: Arnold Böcklin, Selbstbildnis im Atelier, 1893

Projektleitung: Claudia Leuppi
ISBN 978-3-7245-2019-1

www.reinhardt.ch

Alles schien ihr unwirklich, die tief stehende Sonne, die dunklen Zypressen, welche auf der schattigen Seite des Hügels in den bleichen Winterhimmel ragten, der Nebel, der die Hügelkuppen verschleierte, genauso wie die dumpfen Klänge der Musikkapelle von Fiesole, welche dem Cimitero *degli Allori* zustrebte und einen Trauermarsch spielte. Während sie in der Kutsche hinter dem Sarg ihres Mannes herfuhr, sah Angela Böcklin von Weitem die mit Trauerflor versehenen Fahnen an der Spitze des langen Zuges, den mit Kränzen bedeckten Sarg und die vielen Leute, die ihm folgten, der Schweizer Konsul von Florenz, Abgesandte von Künstlervereinigungen und Akademien, Freunde und ehemalige Schüler, fast die ganze Kolonie der Deutschen und Schweizer, die freiwillig Ausgewanderten. Sie wusste, dass ihre Söhne Carlo und Felix sowie ihr Schwiegersohn Peter Bruckmann und ihr Enkel Reinhard direkt hinter dem Sarg herschritten. Am Strassenrand standen still und andächtig die Dorfbewohner, um von ihrem Nachbarn, dem berühmten Künstler Arnold Böcklin, Abschied zu nehmen. Der Zug bewegte sich langsam auf der gewundenen Strasse vorwärts, um schliesslich zum Friedhof *der Lorbeerbäume* zu gelangen, der sich ausserhalb von Florenz auf einer Anhöhe befand, als letzte Ruhestätte für Ausländer, welche nicht katholisch waren.

Angela Böcklin, im schwarzen Kleid mit Hut, Schleier und schwarzen Handschuhen, stand das feierliche Begräbnis ihres Mannes schweigend und fast regungslos durch. Nur kurz verlor sie etwas die Fassung, als der Pfarrer davon sprach, dass der *illustre pittore svizzero* Arnold Böcklin viel zu früh diese Welt verlassen musste. Da wiederholte sie leise: «Zu früh, zu früh.» Ihre Tochter Clara legte ihr beruhigend die Hand auf den Arm, blickte aber selbst mit tränenfeuchten Augen in die Ferne.

Während sie in der eisigen Kälte vor Erschöpfung zitterte, wanderten Angelas Gedanken zum Anfang zurück. Fast fünfzig Jahre lang hatte sie das Leben mit ihrem Mann Arnold geteilt, es waren spannende, oft auch harte, aber erfüllte Jahre gewesen. Nichts ahnend hatte sie einst am Fenster gestanden und den jungen, auffallend aufrecht gehenden Mann auf der Strasse erblickt. Noch jetzt erinnerte sie sich an das Gefühl von damals, an das Kribbeln bei seinem Anblick, wenn er an ihrem Fenster vorüberging. Dabei war sie so jung gewesen …

Rom

Die vierzehnjährige Angela Pascucci stand am offenen Fenster des Palazzo dei Pupazzi und blickte auf die schattige Strasse hinunter. Sie lebte in fast klösterlicher Abgeschiedenheit im Hause ihrer Tante, deshalb bot ein Blick aus dem Fenster die Möglichkeit, etwas von der Aussenwelt mitzubekommen. In dieser frühen Morgenstunde waren schon recht viele Leute unterwegs, trotzdem fiel ihr der junge, schlanke Mann mit der grossen Mappe unter dem Arm sofort auf, der aufrecht und zielstrebig die Strasse entlangwanderte. Sein von der Sonne gebräuntes Gesicht mit Schnurrbart, das umrahmt wurde von langen, braunen Locken, weckte ihr Interesse. Er trug einen kurzen Rock mit engen Ärmeln, und warf einen Blick zu ihrem Fenster hinauf, ohne den raschen Schritt zu verlangsamen. Seine hellen Augen ruhten einen Moment auf Angela. Dieser Blick liess sie den ganzen Tag nicht mehr los, obwohl sie nicht sicher war, ob er sie überhaupt wahrgenommen hatte.

Am folgenden Morgen beschäftigte sie sich auffallend oft am Fenster, staubte mehrmals das Fensterbrett ab oder sah einigen Tauben zu, immer in der Hoffnung, der junge Mann komme wieder des Wegs. Und tatsächlich musste sie nicht lange warten. Er war offensichtlich immer früh auf den Beinen. Mit zügigen Schritten lief er die Strasse entlang. Ein kurzer Blick von ihm genügte, sie für den restlichen Tag in seinen Bann zu ziehen. War er vielleicht Waise wie sie, dass er so alleine in der Morgenfrühe aus der Stadt hinauswanderte, und was befand sich wohl in der Mappe, die er unter dem Arm trug?

«Was ist los mit dir?», rief Tante Carlotta vom andern Zimmer her, «träumst du?»

Angela riss sich zusammen und setzte die verschiedenen Hausarbeiten fort, die sie für ihre Tante täglich zu erledigen hatte. Während sie die Handgriffe fast automatisch ausführte, überlegte sie, wie sie es anstellen könnte, den jungen Mann einmal von Nahem zu sehen. Alleine durfte sie niemals ausgehen, selbst zur Schule wurde die Magd mitgeschickt. Das ging allen Mädchen so in ihrer Klasse. «Ach, Schule!», murmelte sie und presste die Lippen aufeinander. Die französischen Nonnen auf der Piazza della Trinità dei Monti sorgten dafür, dass ihren Schülerinnen hauptsächlich religiöser Stoff vermittelt wurde. Die Mädchen hatten Litaneien und Messen in Latein auswendig zu lernen. Lesen durften sie nichts Handgeschriebenes, sondern nur Gedrucktes. Schreiben gehörte nicht zum Lehrplan, es galt als ungehörig. Man hätte ja sonst einen Liebesbrief lesen – oder noch schlimmer – verfassen können! Hauptsächlich wurde den Mädchen beigebracht, was sie später als Hausfrauen zu beherrschen hatten: kochen, flicken, stricken, nähen und Wäsche besorgen.

«Du bist heute gar nicht bei der Sache, mach bitte vorwärts», rügte sie Tante Carlotta noch einmal, «es ist höchste Zeit, die Vögel zu füttern. Danach gehen wir zum Markt.»

Angela nickte. Es gehörte zu ihren Aufgaben, für die Kanarienvögel zu sorgen. Vor dem grossen Angriff auf die Stadt durch die Franzosen hatte Tante Carlotta 80 Kanarienvögel und Dompfaffen besessen. Einen davon, der einst mit gebrochenem Beinchen am Boden gelegen hatte, durfte Angela in Pflege nehmen. Sie hatte ihm mit Hilfe einer Vogelorgel sogar eine Tarantella pfeifen gelehrt. Im Moment waren aber nur noch sieben Vögel zu versorgen, denn leider waren alle anderen beim ohrenbetäubenden Bombenangriff von 1849 vor Schreck gestorben, auch der singfreudige Kanarienvogel, an dem sie so gehangen hatte.

Die folgenden Wochen und Monate vergingen in gewohnter Regelmässigkeit, doch wartete Angela nun jeden Morgen ungeduldig auf den jungen Mann mit der Mappe, verfolgte ihn mit ihren Blicken und freute sich, wenn er hin und wieder zum Fenster emporschaute. «Er muss Künstler sein, denn nur diese tragen die Haare so lang, dass sie bis auf den offenen Kragen herunterfallen», ging es Angela durch den Kopf, «ob er sich wohl für mich interessiert?» Es gab Tage, da verpasste sie ihn, oder er kam nicht. Diese Tage waren für sie irgendwie getrübt, auch wenn die Sonne schien.

Aber im folgenden Frühling blieben seine morgendlichen Spaziergänge gänzlich aus. Jeden Tag wartete sie vergeblich, er blieb jedoch verschwunden. Bekümmert nahm sie es zur Kenntnis und versuchte, eine Erklärung dafür zu finden. Ob er vielleicht krank war? Sie konnte niemanden fragen, denn die morgendlichen Blickkontakte hatte sie allen verschwiegen, vor allem Tante Carlotta durfte nichts davon wissen. Den römischen Mädchen wurde wenig Zerstreuung geboten, man besuchte am Sonntag die Messe und anschliessend Verwandte, ganz selten fuhr man aufs Land. Aber bei jeder Gelegenheit wurden sie vor den Männern gewarnt, so dass Angela jedem Mann böse Augen machte, der sie auf der Strasse ansah. Nur vom sicheren Hort des Fensters aus hatte sie es gewagt, dem jungen Unbekannten freundlich ins Gesicht zu schauen. Nun vermisste sie das Ritual, das sie über ein Jahr lang jeden Morgen begleitet hatte. Sie erledigte mechanisch ihre häuslichen Aufgaben und hoffte stets von Neuem auf das Erscheinen des Unbekannten. Sie verfolgte das geschäftige Leben und muntere Treiben der Menschen auf der Strasse und hielt Ausschau nach der vertrauten Gestalt. Während sie vom Fenster aus in den blauen Himmel blickte, der sich über die Hausdächer erstreckte, verstärkte der feine Dunst, der in der Luft hing, ihre Sehnsucht.

Angela war auf eine zarte, unaufdringliche Art hübsch. Ihr Gesicht wurde von vollem, leicht gewelltem, schwarzen Haar umrahmt, und ihr weicher Mund und ihre geschwungenen Brauen mit den grossen, grauen Augen liessen jeden Betrachter ahnen, dass aus diesem jungen, aufblühenden Mädchen einmal eine begehrenswerte Frau werden würde.

«Bist du so weit?», rief Tante Carlotta von der Treppe her. Angela beeilte sich, ihr zu folgen. Sie verdankte Tante Carlotta alles. Angelas Mutter war bei der schrecklichen Cholera-Epidemie des Jahres 1836 gestorben. Auch der Vater, Domenico Pascucci, erkrankte schwer daran. Deshalb hatte man das kleine, erst sechs Monate alte Mädchen Angela rasch in ein Kinderlazarett gebracht. Aber im allgemeinen Durcheinander der Ereignisse ging der Zettel mit seinem Namen verloren, es war ein Kind unter vielen Hundert anderen. Nachdem der Vater die Krankheit nach einigen Wochen überwunden hatte, forschte er lange vergeblich nach seinem Töchterchen, bis er es endlich bei fremden Leuten ausfindig machen konnte. Glücklich, sein Mädchen wiederzuhaben, musste er nun jemanden suchen, der sich um das kleine mutterlose Kind kümmern konnte. Als Maresciallo bei der päpstlichen Garde war es ihm unmöglich, selbst für sein Kind zu sorgen. Seine Brüder und seine Schwester Antonia sahen keine Möglichkeit, das Kind bei sich aufzunehmen, schliesslich erklärte sich die kinderlose Verwandte Carlotta Balzer bereit, das Mädchen bei sich aufzunehmen.

Angela erinnerte sich noch gut an ihren gross gewachsenen Vater in der päpstlichen Gardeuniform und an seine gütigen Augen. Er hatte sie regelmässig besucht.

Als sie zehn Jahre alt war, starb er an einer Lungenentzündung. Sie hatte sich unendlich einsam gefühlt ohne ihren Vater. Doch Tante Carlotta behandelte sie seither wie ihr eigenes Kind und kümmerte sich weiterhin um sie. Hin und wieder besuchte Angela mit ihrer Tante die Geschwister ihres Vaters, vor allem Tante Antonia, aber sonst wusste sie nichts anderes, als dass sie zu Tante Carlotta gehörte.

«Ich will auf dem Weg zum Markt noch rasch bei Pfarrer Consolini vorbeischauen, Angela. Ich will ihm etwas Kuchen bringen, du weisst, wir verdanken ihm viel.» Angela nickte. Wie oft hatte sie diesen Satz schon hören müssen! Tante Carlotta war sehr religiös. Parroco Consolini ging im Haus der Tante ein und aus und kümmerte sich um alles. Er war ihr Beichtvater, ihre männliche Stütze, und auch sonst wurde nichts unternommen, ohne vorher mit ihm darüber gesprochen zu haben. Tante Carlottas grosse, hagere und ziemlich eckige Gestalt war am Sonntag in der Messe nicht zu übersehen, obwohl ihr Hut ihr intelligentes Gesicht mit der leicht gebogenen Nase fast ganz verdeckte. Stets sass sie in der vordersten Reihe, vornehm und dezent gekleidet, begleitet von Angela und der Magd. Tante Carlotta sprach am liebsten französisch, stammte sie doch aus einer wohlhabenden Familie aus Bordeaux, welche einst nach Rom gekommen war. Deshalb lernte Angela nicht nur italienisch, sondern auch fliessend französisch sprechen. Trotz der fast klösterlichen Zucht und strengen Erziehung spürte Angela, dass ihre Tante es gut mit ihr meinte. Es konnte jedoch durchaus auch einmal eine Ohrfeige absetzen, denn Tante Carlotta war eine energische Frau. Früh wurde Angela beigebracht, dass Arbeit nicht schände und sie tatkräftig im Haushalt mitzuhelfen habe. Bei der gründlichen Erziehung zur Fügsamkeit hatte sie von klein auf gelernt, pflichtbewusst und gehorsam ihre Arbeit zu erledigen.

Angelas Alltag zog mit einer gewissen Eintönigkeit dahin, Überraschungen gab es selten. Sie erledigte ihre Pflichten im Haushalt, aber sie blickte weiterhin jeden Morgen auf die Strasse in der Hoffnung, der junge Unbekannte käme doch wieder einmal des Wegs, auch wenn es schon einige Monate her war, dass sie ihn zum letzten Mal gesehen hatte. Sie war nun sechzehn Jahre alt und zu einer hübschen jungen Frau aufgeblüht. Tante Carlotta machte bereits Bemerkungen über eine Heirat.

«Wir kommen auf dem Weg zum Markt bei der Brauerei von Onkel Balzer vorbei», verkündete sie Angela eines Tages, «da werfen wir schnell einen Blick hinein, vielleicht treffen wir Giovanni.» Sie hatte Pläne mit diesem jungen Mann. Er war der Neffe eines Onkels von Angela, eines Bierbrauereibesitzers. Angela fand Giovanni allerdings unausstehlich, denn mit seinem dicken Bauch sah er zwar aus, wie es sich für einen Bierbrauer gehörte, doch sie fühlte sich von der korpulenten Gestalt und seinem breiten, grobgeschnittenen Gesicht abgestossen.

«Er ist klobig und aufgeblasen», rechtfertigte sie ihre Gefühle, «und wenn er noch so viel Geld haben wird, es ändert nichts daran, ich mag ihn nicht.» Tante Carlottas Mann hatte einst die Brauerei mitbegründet, es war eine der ersten gewesen in Rom, und sie warf einigen Gewinn ab. Tag und Nacht versorgten die Bierwagen die Gasthäuser der Stadt und Umgebung. Es galt als sicher, dass Giovanni, der einst aus Graubünden nach Rom gekommen war, um den kinderlosen Onkel bei allen Aufgaben zu unterstützen, die Brauerei einmal übernehmen würde. Da Tante Carlotta ihren Erbteil von fünfundzwanzigtausend Scudi Angela zu überlassen gedachte, wäre die Verbindung mit der Brauerei auf beiden Seiten ein äusserst willkommenes Arrangement gewesen.

«Ich möchte diesen Mann nicht heiraten», erklärte Angela zum wiederholten Mal mit äusserster Bestimmtheit, «deshalb will ich ihn auch nicht sehen.»

«Du kennst ihn ja gar nicht richtig», erwiderte Tante Carlotta, während sie ihren Hut zurechtrückte, «er ist sehr nett und aufmerksam.»

«Vielleicht, aber ich kann ihn nicht ausstehen!» Angelas Mund verzog sich zu einem trotzigen Lächeln, um die Tante jedoch nicht gar zu sehr zu verstimmen, fügte sie hinzu, «lass uns ein anderes Mal hingehen, bitte». Wie um ihr vor Augen zu führen, was sie verpassen würde, rollte ein Brauereiwagen vorüber und die grossen, schweren Zugpferde mit ihrem polierten Geschirr glänzten in der Sonne.

«Du kommst jetzt ins heiratsfähige Alter. So eine gute Partie bietet sich dir kaum so schnell wieder», erwiderte Tante Carlotta, fügte sich aber vorerst dem Wunsch und lief mit ihr an der Brauerei vorbei. Doch vor Angelas innerem Auge erschien das Bild eines schlanken, jungen Mannes mit hellbraunen Haaren und einer Mappe unter dem Arm …

Als es auf den Winter zuging, bemerkte Angela plötzlich eines Morgens, dass der vermisste Fremde wieder da war, an ihrem Haus vorbeiging und heraufblickte zu ihrem Fenster. Sie empfand es als ungehörig, dass sie dastand und lächelnd zu ihm hinunterblickte, aber sie konnte nicht anders.

Ihre Gedanken überschlugen sich: «Er ist wieder da! Aber hat er mich überhaupt gesehen? Was kann er denn von mir wissen? Leider gar nichts», dachte sie verwirrt. Genauso wenig wie sie von ihm. Von nun an nahmen sie das vertraute morgendliche Ritual wieder auf.

Einmal im Jahr wurde die strenge Aufsicht über die römischen Mädchen etwas aufgehoben, nämlich am Karneval. Da durften sich alle Mädchen kostümieren und mitmachen, durften an der Ausgelassenheit und Freude teilnehmen. Angela stand als Albanerin verkleidet im ersten Stock der Bäckerei eines Onkels und blickte mit frohen Augen ins Getümmel auf der Strasse. Da bemerkte sie plötzlich «ihren» jungen Mann, der sich dem Hause näherte. In der Hand trug er ein Veilchensträusschen, blickte zu ihr empor und warf es in die Höhe. Angela bekam es in ihrer Überraschung nicht zu fassen, weder beim ersten noch beim zweiten Versuch. Als das Veilchenbouquet auch beim dritten Mal wieder auf die Strasse zurückfiel, ergatterten es ein paar Gassenjungen und liefen damit lachend davon, mitten hinein ins Gewühl des Karnevals. Aber der junge Mann drehte sich blitzschnell um, zwängte sich lachend durch die Menge und verfolgte sie. Schliesslich tauchte er wieder auf, in der Hand ein vollkommen zerzaustes Veilchensträusschen und warf es erneut in die Höhe. Diesmal schaffte es Angela und erfasste das Bouquet. Sie befestigte es an ihrem Gürtel und warf danach ihrem Kavalier ihrerseits eine Blume herunter. Erfreut las er sie auf, nickte zu ihr empor und steckte die Blume nach einigem Zögern – in die Hosentasche. Angela und die andern Mädchen lachten ausgelassen darüber. Angelas Gesicht glühte, jetzt war sie sicher, dass der junge Fremde sie zur Kenntnis genommen hatte beim morgendlichen Vorübergehen. Von da an sah Angela ihren Ritter täglich vom Fenster aus. Er blieb nun jeweils kurz stehen und blickte empor, während sie lächelnd und mit errötendem Gesicht die Hand hob zum Gruss.

Laue Frühlingsluft zog durch die Strassen und die Blätter an den Bäumen zeigten sich in hellem Grün, als Angela an einem schönen Sonntag wieder einmal zu Besuch bei ihrer Tante Antonia weilte. Am Abend wurde sie von ihrem Vetter Augusto nach Hause geleitet, denn ein römisches Mädchen durfte keinen Schritt unbehütet vor die Haustüre treten. Da stand plötzlich der rätselhafte junge Mann vor ihnen. Noch immer kannte sie nicht einmal seinen Namen, obwohl er während bald zwei Jahren ihre Gedanken beherrschte. Er zog höflich den Hut, stellte sich vor und fragte den Vetter in nicht ganz akzentfreiem Italienisch:

«Entschuldigen Sie, mein Name ist Arnold Böcklin. Erlauben Sie, dass ich ein paar Worte mit dieser jungen Dame spreche?» Und noch bevor eine Antwort erfolgte, wandte er sich an Angela und sprudelte hervor: «Sagen Sie, Fräulein, ich sehe Sie oft am Fenster und ich kann mir gar nicht vorstellen, wer Sie sind… wer sind Sie eigentlich?»

«Angela Pascucci. Was wollen Sie denn von mir, mein Herr?», antwortete sie verblüfft durch die Unverfrorenheit des jungen Mannes. Er blickte sie mit seinen blaugrauen, leuchtenden Augen an und antwortete: «Ich möchte fragen, ob das gnädige Fräulein nicht meine Frau werden will?»

Das kam nun gänzlich unerwartet aus heiterem Himmel! Angela wusste nicht, wie ihr geschah. Errötend schlug sie die Augen nieder und schwieg betroffen.

«Sie sagen gar nichts? Könnte ich nicht mit Ihrem Vater oder Ihrer Frau Mutter sprechen?», drang er weiter in sie.

«Ich habe keine», antwortete Angela mit leiser Stimme.

«Auch keinen Onkel oder Tante? Wohnen Sie nicht im Palazzo dei Pupazzi?»

«Doch, bei Tante Carlotta. Aber fragen Sie lieber Tante Antonia, die Mutter dieses jungen Mannes. Er ist mein Vetter.» Arnold Böcklin nickte erfreut, erkundigte sich nach der genauen Adresse und verabschiedete sich. Mit klopfendem Herzen und wie im Traum folgte Angela danach lächelnd dem Vetter, der sie nach Hause brachte. «Arnold», dachte sie geistesabwesend und liess den Namen auf sich wirken, «Arnold Böcklin heisst er.» Das kurze Gespräch mit dem unerwarteten Heiratsantrag klang in ihr nach, bis sie erschrocken und beschämt bemerkte, dass sie mit ihrer Antwort eigentlich bereits eine Zusage gegeben hatte. Sie errötete bei dem Gedanken.

Arnold Böcklin sprach tatsächlich bei Tante Antonia vor und brachte als Fürsprecher seinen Freund Jakob Burckhardt mit, der gerade in Rom weilte, um seine Studien für den *Cicerone* zu betreiben. Die Liebe zu Italien hatte sie einander nähergebracht und verband sie. Der acht Jahre ältere Freund wusste nur Gutes über Arnold zu berichten. Tante Antonia erkundigte sich nun noch beim Schweizer Konsul über den jungen

Mann und erhielt auch da eine positive Antwort. Arnold Böcklin sei zwar mittellos, aber fleissig und talentiert und komme aus einer guten Basler Familie. So stand der Heirat eigentlich nichts im Wege – ausser Tante Carlotta. Als sie endlich davon erfuhr, brach ein furchtbarer Sturm los, ein Wortschwall ergoss sich über Angela, die nichts so sehr fürchtete wie harte Worte. Tante Carlotta tobte. Nicht nur war sie schwer enttäuscht, dass der Bräutigam bei Antonia und nicht bei ihr um die Hand von Angela angehalten hatte, noch schlimmer wog die Tatsache, dass er ein Protestant war. Ihre Pläne mit dem rundlichen Giovanni von der Brauerei hätte sie noch begraben und verkraften können, wenn Angelas Bräutigam wenigstens ein guter Katholik gewesen wäre.

«Ein Künstler, der nichts ist und nichts hat, wie kannst du nur! Weisst du nicht, dass die Stellung einer Frau in der Gesellschaft durch ihren Gatten bestimmt wird? Man heiratet nicht nach unten!» Angela meinte, ihr zerspränge das Herz, aber sie schwieg und schaute zu Boden. «Und dann erst noch ein Protestant. Er wird dich und eure Kinder mitreissen, ihr werdet alle zugrunde gehen und in der Hölle schmoren!», rief Tante Carlotta mit unangenehm durchdringender Stimme ein übers andere Mal aus, während Angela die Augen niederschlug und weiterhin trotzig schwieg. «Das Vermögen, das ich dir überlassen wollte, kannst du natürlich auch vergessen! Alles habe ich für dich getan, und nun das! Ist das deine ganze Dankbarkeit? Wenn das so ist, kannst du gleich gehen!»

Angela kannte diese Sätze seit langer Zeit. Von klein an war ihr eingeprägt worden, dankbar zu sein für alles, was man ihr gewährte und zukommen liess, und ebenso, dass sie keinen Anspruch darauf hätte, etwas zu fordern. Angela reckte sich und hob stolz den Kopf. Zum ersten Mal in ihrem Leben bot sie ihrer Tante die Stirn, sie, die doch von Natur aus so fügsam war und sich bis dahin nie widersetzt hatte.

Als Carlotta merkte, dass ihre Worte nichts fruchteten, eilte sie in grosser Aufregung zu ihrem Beichtvater Parroco Consolini. Der nahm die Eröffnung jedoch gelassen hin. Er dachte viel liberaler, als man von einem katholischen Geistlichen erwartet hätte, ja es zeigte sich, dass ihm Böcklin ausnehmend gut gefiel. Angela aber war durch den grossen Groll ihrer Tante Carlotta gezwungen, das Haus zu verlassen, sie wollte sie nicht mehr sehen. Bis zur Hochzeit zog Angela deshalb zu ihrer Tante Antonia. Selbst erschrocken darüber, weil so etwas beim besten Willen nicht zu vereinen war mit ihrer Denkweise, bemühte sie sich, in sich zu gehen, aber es half nicht viel. Sie wusste genau, wie viel sie Carlotta verdankte, doch ihr Entschluss stand fest. Ihre mädchenhafte Schüchternheit war endgültig hinweggefegt. Es war ihr plötzlich bewusst, dass sie bei der resoluten Tante Carlotta noch etwas anderes gelernt hatte, nämlich, dass eine Frau eine gewisse Selbstständigkeit haben konnte.

Am 21. Juni 1853 traute Parroco Consolini die siebzehnjährige Angela Pascucci und den neun Jahre älteren Arnold Böcklin in der Kirche Sant'Andrea delle Fratte. Der Bräutigam erschien im schwarzen Anzug seines Freundes Jakob Burckhardt, welcher auch als Trauzeuge amtete. Die Hochzeitsgesellschaft war nicht sehr gross. Ausser Tante Antonia und ihrem Sohn Augusto nahmen nur noch einige Malerfreunde von Böcklin daran teil. Tante Carlotta jedoch blieb der Trauung fern. Die barocke Kirche mit dem Glockenturm aus Marmor, geschaffen von Borromini, bildete den festlichen Rahmen für die Hochzeit. Angela in ihrem schlichten Brautkleid hatte keine Augen für die Architektur, sie erlebte die Trauung wie in einem Traum. Danach zogen alle zusammen zur Piazza di Spagna, um gemeinsam auf das Brautpaar anzustossen. Schliesslich fuhr das frisch getraute Paar mit dem Postwagen nach Palestrina, einem kleinen malerischen Städtchen in der Nähe Roms. Von Kopf bis Fuss mit Staub bedeckt langten sie an. Ein Onkel von Angela empfing sie herzlich. Er war, wie ihr Vater, päpstlicher Maresciallo geworden und befand sich zusammen mit seiner Garnison in Palestrina. Gross gewachsen, mit schwarzen Haaren und schalkhaften Augen und in eleganter Uniform stand er da, um sie zu empfangen. Er richtete ihnen ein grosses, prunkvolles Fest aus.

«Es werden alle Unteroffiziere dabei sein», eröffnete er ihnen strahlend, «ihr werdet sehen, sie bilden einen besonderen Glanzpunkt in ihren päpstlichen Uniformen.»

«Und ich sitze mittendrin in dieser päpstlichen Garde, ich ein Protestant!», schmunzelte Böcklin – aber niemand störte sich daran.

Zwei wundervolle Monate verbrachte das Brautpaar in Palestrina. Angela und Arnold entdeckten zusammen den reizenden Ort. Er lag an einem abschüssigen Hang und bezauberte sie mit seinen winkligen, steilen Gässchen und Treppen. Die malerischen Häuser waren zum Teil auf antiken Fundamenten erbaut. Hühner und Schweine liefen auf den Gassen herum, schwer beladene Saumtiere wurden von Eselstreibern mit viel Geschrei zu ihren Ställen gebracht, und Kinder in zerschlissenen Kleidern spielten vergnügt auf den schmutzigen Strassen. Angela, die in ihrem Leben erst zweimal aus Rom herausgekommen war, konnte sich nicht satt sehen. Arnold hingegen griff gleich nach seinen Malsachen, um in die abwechslungsreiche Landschaft zu ziehen und die Eindrücke festzuhalten. Er mietete dazu einen Esel, der ihm die Malutensilien trug. Während Arnold zeichnete, liess sich Angela neben ihm nieder, umschlang ihre Knie und sah mit ihren grossen, grauen Augen zu ihm auf, oder sie wanderte herum und liess sich von den verschiedenen Düften einfangen. Der würzig riechende Thymian, den sie zwischen den Fingern zerreiben konnte, hatte es ihr besonders angetan. Sie fühlte sich beschwingt und frei. Nie war das Leben so herrlich einfach gewesen. Während Böcklin malte, vergass er alles um sich her, auch den frei grasenden Esel. Erst wenn sich die Sonne tiefer senkte und die fantastischen Felsformationen in rosigem Schein leuchteten, war Böcklin bereit, zurück zum Dorf zu gehen. Aber dann war meist der Esel verschwunden. Sie lachten herzlich darüber und mussten ihn lange suchen. So wurde es oft spät am Abend, bis das jungverheiratete Paar bei vorzüglichem Wein und herrlichem Schinken den Tag ausklingen lassen konnte. Dazu rauchte Böcklin seine Zigarren, daran musste sich Angela erst etwas gewöhnen.

Sie begleitete ihn jeden Tag in die herrliche Landschaft. So wurde ihr auch vor Augen geführt, wie konzentriert und angestrengt Arnold Böcklin arbeitete.

«Du hast mich ja in Rom jeden Tag gesehen mit meiner Zeichenmappe, da war ich immer auf dem Weg, um ausserhalb der Stadt die Landschaft zu skizzieren», erklärte er seiner jungen Frau, «ich war immer früh unterwegs, ich wollte jede Stunde des Tageslichtes ausnützen, und die Porta del Popolo öffnete schon um fünf Uhr früh.»

«Warum bist du eigentlich ein halbes Jahr nicht mehr an unserm Haus vorbeigekommen?», fragte sie ihn, denn dieser Umstand hatte sie schon lange beschäftigt.

«Ich weilte gar nicht mehr in Rom. Ich war nach Basel gereist, da ich glücklich ein paar Bilder verkaufen konnte und genug Geld zusammenhatte, um heimzufahren. Aber lange hielt ich es dort nicht aus, mein

Vater wollte immer noch, dass ich einen rechten Beruf ergreife und in eine Seidenbandfabrik eintrete. Abgesehen davon trieb mich die Sehnsucht nach Italien wieder zurück. Die vielen blauen Schattentöne hier sind einmalig, das Flimmern des Lichts in der schwülen Mittagsglut, das Spiel der Sonnenflecken im Schatten der Haine und in der dunstigen Atmosphäre.» Angela hörte ihm glücklich lächelnd zu, obwohl sie nicht alles begriff. «Bei meiner Rückkehr war mein Geld jedoch aufgebraucht und ich musste mehrere Wochen von Brot und Lattuga leben, dem Schnittsalat, bis ich einige meiner Skizzen verkaufen konnte. Und in meinem armseligen Zimmer wimmelte es von Mäusen! Wenn ich etwas ass, rannten sie von überallher zu meinem Teller, warteten aufgeregt, bis ich fertig war und machten sich dann über die Krumen her.»

Angela lachte hell auf und lauschte verträumt seinen Erzählungen. «Und trotz der Entbehrungen bist du wieder durch unsere Strasse gelaufen, um malen zu gehen?»

«Ja, natürlich, Hunger hält mich vom Malen nicht ab, im Gegenteil, dabei vergesse ich alles.»

«Aber jetzt geht es uns gut und du kannst hier in dieser herrlichen Landschaft zeichnen.»

«Ja, diese Wildheit und die schroffen Felsen sind faszinierend. Sie zu malen ist jeden Tag eine neue Herausforderung. Und siehst du den Raubvogel da drüben, carissima mia? Schau, wie der grosse Vogel seine Kreise zieht, ohne mit den Flügeln zu schlagen. Ich träume immer davon, auch einmal fliegen zu können.»

«Fliegen?»

«Ja, mit einem Flugapparat, den ich noch erfinden muss. Die Vögel machen es uns vor. Sie nutzen die Strömung des Windes.» Angela wusste nichts zu antworten, solche Überlegungen waren ihr sehr fern. Bewundernd schaute sie ihn an. Sie stiegen hinter dem Städtchen auf einem schmalen Saumpfad nach oben. Er führte zu einem alten Steineichenwald, danach wurde der Pfad beschwerlich, die Gegend war wild und mit niedrigem Gestrüpp versehen, bot aber eine prachtvolle Aussicht auf weitere Bergrücken. Kein Mensch verirrte sich in diese Gegend. Sie trafen nur einmal einen Ziegenhirten mit seiner Herde.

«Der einsame Hirte in dieser wilden Gegend gefällt mir ausserordentlich. Es würde mich nicht wundern, wenn er in dieser verwunschenen Landschaft plötzlich durch einen Pan erschreckt würde, nicht wahr?», meinte Arnold schmunzelnd, und der Gedanke setzte sich bei ihm fest.

«Wer ist Pan?», fragte Angela erstaunt. Böcklin drehte sich zu ihr um und starrte sie an:

«Du hast noch nie von Pan gehört?»

«Nein, weder Tante Carlotta noch die Nonnen haben ihn je erwähnt», erwiderte Angela kleinlaut. Kopfschüttelnd erklärte ihr Arnold in groben Zügen die Welt der griechischen Götter.

«Pan ist der griechische Hirtengott, er hat Ziegenfüsse und Hörner und einen Bart.»

«So wie ein Teufel?»

«Ja, so ähnlich. Man fürchtete sich auf jeden Fall etwas vor ihm. Er jagte gerne Herdentiere, die dann in ‹panischem› Schrecken davonrannten – und der Hirte ebenfalls. Pans liebster Aufenthaltsort sind die Berge.»

«Gibt es noch mehr solche Geschichten?»

«Aber natürlich, du wirst von mir noch viele hören. Die Antike ist meine Welt, in meinen Bildern findet man Nymphen, Satyrn, Najaden oder eben Pan.»

«Hier oben fürchte ich eher, dass Räuber uns erschrecken könnten», erwiderte Angela und blickte etwas ängstlich um sich. Sie hatte von den Dorfbewohnern gehört, dass es immer wieder Raubüberfälle gab in dieser einsamen Gegend, und sie waren ganz ohne Schutz. Einen Überfall erlebten sie hingegen erst, als sie einmal unten im Tal wanderten. Plötzlich tauchten Feldarbeiter auf. Der Vorderste attackierte Böcklin mit einer Schaufel. Zum ersten Mal in ihrem Leben war Angela von Angst erfüllt, sie sah überall Angreifer und schrie laut um Hilfe. Tatsächlich lockten ihre Hilferufe einige Leute an. Das half, die Männer zu vertreiben. Angela zitterten die Knie.

«Es sind alles Tagelöhner», wurde ihnen erklärt, «sie arbeiten so lange im Feld, bis ein Fremder kommt, den überfallen sie, und danach arbeiten sie wieder weiter, als ob nichts geschehen wäre.»

«Man hätte bei uns nicht viel holen können», meinte Böcklin trocken und noch etwas ausser Atem.

«O doch, diese Menschen haben rein gar nichts. Da sind Leute wie Sie immer noch wohlhabend dagegen.» Von nun an weigerte sich Angela, weiter in unbekannte Gefilde vorzudringen, obwohl Böcklin gerne seine Studiengänge noch ausgedehnt hätte, aber Angela duldete nach dem Erlebnis keine weiten Ausflüge mehr.

Nach zwei wunderbar unbeschwerten Monaten kehrte das Paar Anfang September nach Rom zurück. Sie fanden eine kleine Wohnung in einem Pavillon der Villa Albani in der Via delle quattro Fontane. Ein schöner Garten umgab das Haus und liess vom bunten, lärmenden Treiben der Strassen Roms wenig spüren. Böcklin bezog sein Atelier, und die übrigen Zimmer waren rasch gemütlich eingerichtet mit Möbeln, welche Angela als Aussteuer mitbekommen hatte. Es war für sie ein besonderes Glücksgefühl, eine eigene Wohnung einrichten zu können, ganz nach ihrem Geschmack und mit Möbelstücken, die ihr gehörten. Ein ausgesprochen hübsches Rosenholzschreibpult war das Glanzstück der Einrichtung. Sie strich mit der Hand darüber und konnte es nicht fassen, dass dies nun alles ihr und Arnold gehörte. Keine Tante Carlotta, die bestimmte, was wohin gestellt werden sollte und welche Arbeiten sie zu verrichten habe.

«Mein eigenes Reich, und bald meine eigene Familie!», ging es ihr durch den Kopf. Angela hatte nämlich unterdessen festgestellt, dass sie schwanger war.

Obwohl Böcklin praktisch keine Bilder verkaufte, hatten sie vorläufig keine Geld- und Nahrungssorgen, denn Angela bekam eine kleine Pension, welche sie als Tochter eines päpstlichen Maresciallo für zwei Jahre ausbezahlt erhielt.

«Davon können wir gut leben, und an Weihnachten folgt erst noch ein Geschenk des Heiligen Vaters», rief Angela stolz. «Dazu verfüge ich auch noch über etwas Geld von meinem Papa, das wir für den täglichen Bedarf einsetzen können. Das Leben in Rom ist für den, der zu wirtschaften versteht, nicht allzu teuer, und wirtschaften habe ich bei Tante Carlotta gründlich gelernt.» Das Geld genügte, um ihnen ein sorgloses Leben zu ermöglichen, denn sie vermieden beide alle Extras und lebten ausgesprochen genügsam.

Nicht weit von der Wohnung entfernt konnte ein Maler eine Fülle von Motiven finden, was Böcklin, zusammen mit seinem Freund Franz Dreber, fleissig nutzte. Die anderen Freunde von Böcklin waren vergnügte junge Leute, halb Künstler, halb Studenten, eine kleine deutschsprachige Kolonie innerhalb der Stadt. Sie nahmen Angela herzlich in ihren Kreis auf. Mehrere von ihnen wohnten in einem Atelierhaus, das aus drei Stockwerken bestand. Hier wurde gearbeitet, getrunken, geraucht und gefeiert. Es ging zwar einfach, aber mit grosser Ausgelassenheit zu und her. Angela teilte freudig das unbeschwerte Leben, ein Leben, das sie bis dahin nicht gekannt hatte, das ihr vollkommen fremd war. Das behütete Dasein in der Klosterschule und bei Tante Carlotta schien ihr in unendliche Ferne gerückt zu sein.

Angela war gerade achtzehn Jahre alt geworden, als sie am 16. März 1854 ihrem ersten Kind das Leben schenkte. Der kleine Knabe wurde auf den Namen Fritz getauft.

«Fritz heisst mein Vater. Es ist bei uns Tradition, dass der erste Knabe den Vornamen des Grossvaters väterlicherseits erhält, das erste Mädchen den Vornamen seiner Grossmutter mütterlicherseits», erklärte Arnold.

«Gut, somit wird unser erstes Mädchen dann Clara heissen, wie meine Mutter», nickte Angela und betrachtete glücklich den kleinen Buben in ihren Armen und flüsterte: «Fritz – mein kleiner Federico.» Mutter Böcklin schickte aus Basel Glückwünsche und ein Päckchen. Als es Angela neugierig öffnete, enthielt es ein reizendes, aus feinster Baumwolle gestricktes, weisses Häubchen, welches Arnold als kleines Kind getragen hatte.

«Wie überaus lieb von deiner Mutter», rief Angela freudig aus und zog es dem kleinen Fritz sofort an.

«Das ist bei uns üblich», meinte Arnold lächelnd, «man bewahrt die ersten Sachen der Kinder auf, das Taufkleidchen zum Beispiel, oder eben das erste Häubchen. Du kannst es dann wieder für unsere Enkelkinder zur Seite legen.»

«Mir gefällt so etwas ganz besonders, weil ich von meinen eigenen ersten Monaten gar nichts mehr habe. Ich war ja wegen der Choleraepidemie im Lazarett.» Im Päckchen lag zudem auch noch ein Geschenk für sie persönlich, ein grünseidener Beutel mit einer Perle daran. Angela betrachtete ihn ehrfurchtsvoll. Ob sie diese Kostbarkeit irgendeinmal verwenden konnte?

Böcklin malte Angela mit dem kleinen Federico auf dem Arm als Madonna in einem roten Schal, verkaufte aber leider keine Bilder, oft auch, weil er mit dem Ergebnis seiner Bemühungen nicht zufrieden war und entstandene Gemälde wieder zerstörte. Er forschte tagelang über die Wirkung der Farben nach und interessierte sich dafür, wie haltbar sie waren.

«Ich habe den Schornstein der Loggia bemalt», erklärte er Angela.

«Bemalt?», staunte Angela, « wozu soll das gut sein?»

«Nun, ich will prüfen, wie die Farben auf Feuchtigkeit und Sonne reagieren.»

«Wir sind bestimmt die Einzigen in der Stadt, die einen farbigen Kamin besitzen», meinte sie kopfschüttelnd, denn sie verstand nichts von seinen Problemen. Aber sie bewunderte seine Werke. Er hatte gerade ein Bild in Arbeit, das ihr sehr gefiel. Es zeigte einen dunkeln Wald, im Vordergrund war ein silbern glänzendes Wasser zu sehen, um das Nymphen in der Sonne tanzten. Die verschiedenen Farbschattierungen faszinierten Angela, während Freund Dreber nur spöttisch meinte:

«Was willst du denn mit deinen Färbchen!»

«Davon verstehst du nichts», antwortete Böcklin hart.

«Komm mir nicht so. Ich bin schon länger Maler als du, und ich beobachte die Natur. Du kannst mir nicht weismachen, dass sie solch kräftige Farben aufweist», ereiferte sich Dreber mit lauter Stimme. Dreber war einige Jahre älter, hatte ein markantes, lebendiges Gesicht mit einem Schnurrbart, wie ihn alle trugen, und eine tiefe, etwas heisere Stimme. Angela erschien er etwas hochmütig.

«Warum denn immer so saft- und kraftlos? Der Maler zieht sowieso immer den Kürzeren, wenn er die Farbenskala der Natur einfangen will. Wir müssen die Farben beim Malen übersetzen und durch Kontraste ihre Wirkung sichern», verteidigte sich Böcklin.

«Und ein paar Nymphen hinzusetzen, damit es niemand bemerkt», grinste Dreber in sarkastischem Ton.

«Nun, das Ideal antiker Kunst scheint mir viel besser zu sein als die Realität. Krieg, Tod und Krankheit sind allgegenwärtig, aber mit der Mythologie kann man sie vergessen. Und die Nymphen fielen mir plötzlich ein – da musste ich sie dazusetzen.» Die beiden diskutierten heftig weiter miteinander, denn es war klar ersichtlich, dass Arnold im Begriff war, eine andere Richtung einzuschlagen. Der ältere Dreber konnte und wollte die neuen Wege seines Freundes nicht verstehen und äusserte sich immer boshafter und abfälliger darüber. Als er schliesslich im Zorn die Wohnung verliess, zertrat und zerstörte Böcklin das Bild. Dann zündete er sich eine Zigarre an und setzte sich sinnend auf einen Stuhl. Angela sah ihm traurig zu, aber sie schwieg.

Die Freundschaft mit Dreber hatte einen Riss bekommen, der durch die familiäre Situation Böcklins nie mehr richtig geflickt wurde. Familie zu haben und ein freies Studentenleben zu führen, war schwer zu vereinen. Anstelle von Dreber begleitete ihn nun Angela mit dem kleinen Fritz, wenn er hinaus in die Landschaft zog. Ihr bevorzugtes Ziel war der Monte Mario, der sich jenseits des Tibers erhob und eine herrliche Aussicht über die Campagna und die Stadt Rom bot. Vorneweg rannte jeweils der kleine Pudel Dick, den sie aufgenommen hatten, nachdem er aus dem Tiber gerettet worden war. Der anhängliche, kluge Hund jagte immer aufgeregt voraus und sprang wieder zu ihnen zurück und umkreiste sie, sehr zur Freude des kleinen Fritz. Böcklin entdeckte verschiedene einsame Villen mit kunstvoll geschmiedeten Gittertoren, uralten Zypressenalleen und moosbedeckten Mauern, die ihn besonders faszinierten. Solange er zeichnete, strampelte der kleine Fritz auf einer Decke im Schatten einer Pinie. Neben ihm lag wohlig ausgestreckt der Pudel. Einige Palmenblätter raschelten leise im Wind, während Angela, meist mit einer Strickarbeit beschäftigt, auf die Stadt hinunterblickte, die entweder im nebligen Morgen oder in der Sonne funkelnd unter ihr ausgebreitet lag.

«Willst du nicht einmal die Altertümer zeichnen, für die Rom so berühmt ist?», fragte sie eines Tages, während sie wieder einmal im Schatten sass und auf Rom hinunterblickte, «das Forum, die Thermen und die Tempel? Sie sind mit üppiger Vegetation überwuchert, das sieht sehr malerisch aus.» Böcklin lächelte:

«Ich weiss, sie wirken faszinierend mit all den Pflanzen. Rom ist ja das Ziel aller Maler, und jeder, der hierherkommt und auch nur ein wenig mit einem Zeichenstift umzugehen vermag, malt die Altertümer. Antike Ruinen hat es hingegen auch in der Campagna, dazu sind noch weite Flächen unkultiviert, da finden sich herrliche Baumgruppen auf kahlem Erdreich, Felsen und Abhänge. Und schau dir den Himmel an, wenn die Wolken ihre Schatten über die Landschaft werfen oder das Flimmern des Lichts bei der Mittagsglut, oder das Spiel der Sonnenflecken im Schatten der Haine.» Böcklin hatte sich in Begeisterung hineingeredet, und Angela nickte. Sie versuchte, die Landschaft mit seinen Augen zu sehen, doch die Geheimnisse der Farben waren für sie ein Buch mit sieben Siegeln. Dazu hatte Arnold ja seine Freunde, niemand erwartete von ihr, dass sie mitreden konnte.

Der Alltag sah oft auch anders aus, indem Böcklin am Morgen ins Atelier verschwand, um dort fleissig zu arbeiten, nur schnell zum Mittagessen eine Pause machte und weitermalte bis zum Abend. Früher waren sie dann zusammen weggegangen, um einen vergnügten Abend zu verbringen, aber seit das Kind da war, blieb Angela zu Hause, während Arnold zu seinen Freunden ging. Tagsüber beschäftigte sie der Haushalt, sie sorgte für den kleinen Fritz, holte Wasser, machte Feuer, um zu kochen, und ging einkaufen, abends strickte oder flickte sie und wartete auf Arnold. Der kleine Bub schlief wohlig neben ihr in seiner Wiege, während das Licht der Petroleumlampe den Schatten ihres Körpers an die Wand warf, und ihre Finger flink die Nadel durch das Leinen zog, bis ihr fast die Augen zufielen. Andererseits lernte sie abends auch schreiben, denn Arnold hatte begonnen, sie darin zu unterweisen. Mit viel Fleiss machte sie sich dahinter. Sie fühlte sich gut dabei, denn es schien ihr, als ob sie mit jedem geschriebenen Wort den Nonnen und Tante Carlotta ein Schnippchen schlagen würde. Böcklin kehrte oft erst spät in der Nacht zurück. Meist hatte er dann noch keine Lust, schlafen zu gehen und plauderte mit Angela, trank und rauchte, und sie hörte ihm getreulich zu. Dabei erzählte er ihr von seinen Jugend-, Lehr- und Wanderjahren, vom Widerstand seines Vaters seinen Künstlerplänen gegenüber, auch über seine Ausbildungszeit in Düsseldorf, von seiner Zeit in Genf beim berühmten Maler Calame und den unruhigen Wochen in Paris während der Aufstände.

«Schliesslich machte ich mich mit ganzen zweihundertfünfzig Franken auf den Weg nach Rom.»

«Wie alt warst du da?»

«Nun, gerade mal einundzwanzig. Aber als ich mit der Postkutsche am Petersplatz vorbeifuhr und durch die Säulen die Springbrunnen sprudeln sah, wusste ich, dass ich richtig gehandelt hatte.»

«Waren damals die Franzosen schon hier?»

«Ja. Es war eine aufregende Zeit. Die Februar-Revolution war gerade beendet, Garibaldi hatte Italien verlassen und in Rom herrschten nun die Franzosen. Alles ging drunter und drüber.» Angela nickte lebhaft.

«Daran erinnere ich mich auch noch. Als Garibaldi den Rückmarsch antrat, durfte ich auf den Schultern meines Onkels sitzen und zusehen. Garibaldis wallendes Haar wehte im Wind, als er auf seinem Pferd vorüberritt, und sein rotes Hemd und die weisse Mütze mit den Federn machten mir grossen Eindruck. Der Einzug der Franzosen war hingegen viel weniger malerisch. Ihre Gesichter waren verdreckt und die Kleider mit Blut bespritzt, das konnten wir deutlich sehen, denn wir hatten ein Fernrohr auf unserer Terrasse.» Böcklin streichelte in Gedanken versunken ihren Arm.

«Und ich erinnere mich noch, wie ich einmal mit meinen Freunden in einer Osteria sass, und wir Eviva Vittorio Emanuele rufen und den jungen König hochleben lassen sollten. Er war ja das Idol aller freiheitsliebenden Italiener – aber ich als Schweizer!», schüttelte er lachend den Kopf, «wir verliessen rasch das Lokal und wollten uns verdrücken. Doch die italienischen Freiheitsleute folgten uns und bewarfen uns wütend mit Steinen. Da bin ich ausgerastet und schlug drei davon nieder, so flüchteten sie endlich.» Angela blickte ihn entsetzt an.

«Und das alles, während ich im Palazzo zusammen mit Tante Carlotta ein friedliches, behütetes Leben führte!»

«Nun, etwas anderes wird von jungen Frauen auch nicht erwartet. Aber wir Künstler verbringen unser Leben ebenfalls ziemlich abgeschirmt im Atelier, ohne wahrzunehmen, was in der Stadt wirklich vor sich geht. Wir sehen höchstens vielleicht noch die armen Bettler, weil sie für ein romantisches Bild einen guten Vordergrund abgeben.» Böcklin hatte seine Zigarre endlich fertig geraucht, ein Zeichen, dass er gewillt war, schlafen zu gehen. Angela seufzte erleichtert auf.

Der Winter des Jahres 1855 war sehr regenarm, der Fluss Tiber floss nur noch als dünnes Rinnsal durch die Stadt und stank bestialisch, und die Kutschen wirbelten beim Fahren durch die vielen ungepflasterten Strassen mächtig Staub auf, welcher durch alle Ritzen drang. Unzählige Fliegen quälten sie. Angela versuchte schon gar nicht mehr, sie zu erschlagen. Arnold vertrieb sich die Zeit, indem er sie zum Spass mit roter Farbe anmalte. Angela lachte.

«Sie fliegen massenhaft durchs Haus, lauter rote Fliegen!»

«Ja, der Nachbar hat sie auch schon entdeckt und

gemeint, diese mörderische Hitze liesse sogar die Fliegen rot werden, das sei noch nie da gewesen, er sei überzeugt, das Jüngste Gericht stehe bevor. Ich wäre innerlich beinahe geplatzt vor Lachen.»

Ende April erkrankte der kleine, gerade einjährig gewordene Fritz schwer. Nichts konnte er mehr bei sich behalten, magerte ab und lag ganz apathisch im Bettchen. Angela machte sich grosse Sorgen. Auch der Arzt wusste keinen Rat.

«Ich werde noch verrückt, dass ich nichts tun kann gegen diese Krankheit! Ich werde mit ihm nach Albano gehen, dort ist die Luft besser und es ist nicht so heiss. Es muss einfach etwas geben, das ihm hilft», meinte Angela besorgt und verzweifelt.

«Ja, mach das. Bei vielen Krankheiten hilft eine Luftveränderung», nickte Böcklin hoffnungsvoll und betrachtete seinen kleinen Sohn, der schwer atmend dalag. «Und du? Wird es dir nicht zu beschwerlich in deinem Zustand?»

«Das ist jetzt nicht wichtig, wenn es nur unserm Buben etwas bringt», seufzte Angela ergeben. Sie wusste, dass es nur noch wenige Wochen bis zur Geburt ihres zweiten Kindes dauerte, aber der Gesundheitszustand von Fritzchen stand im Vordergrund. Ihm zu helfen war jeden Aufwand wert, auch eine mühsame Reise auf holprigen Wegen in der Kutsche. Sie kam ihr sehr lang vor, die Minuten schleppten sich endlos dahin. Hart schlugen die Hufe der Pferde auf das Pflaster, während auf dem Gehweg Arbeiter, Strassenhändler und Dienstboten rasch zur Seite traten. Angela liebkoste die Wange ihres Kleinen, während ein betrübtes Lächeln ihre Lippen umspielten. «Federico», flüsterte sie liebevoll, «bald geht es dir besser.»

Doch leider zeigte sich, dass die Luftveränderung nichts bewirkte. Mit geschlossenen Augen und blutleeren Lippen lag der Knabe auf dem Bett und atmete nur noch stossweise. Angela sass verzweifelt und hilflos da und wusste nicht, was sie noch tun könnte. Schliesslich wiegte sie ihr Kind in ihren Armen, um es zu trösten, bis es sich etwas beruhigte und einschlief – und während sie es noch sanft wiegte, löschte das kleine Leben ganz aus. Angela konnte es nicht fassen und sass wie gelähmt da. Sie fühlte sich unendlich allein und verlassen. Der Schmerz war unerträglich und erdrückte sie fast. Sie konnte es einfach nicht begreifen. Es war doch gerade erst eine gute Woche her, da hatte der Kleine noch ganz vergnügt am Boden gespielt. Wie konnte das nur so rasch ändern? Sie schluchzte verzweifelt und deckte das leblose Kindchen auf dem Bett sorgsam zu.

Erst nach Stunden raffte sie sich auf. «Wie nur sage ich es Arnold? Wie wird er es aufnehmen, dass sein Fritz nicht mehr lebt?» überlegte sie. «Ich muss versuchen, stark zu sein und ihm Mut zu machen. Irgendwie muss das Leben weitergehen, denn in wenigen Wochen kommt unser zweites Kind auf die Welt. Hoffentlich werden wir es länger behalten können!»

Ihre Befürchtungen bewahrheiteten sich. Arnold starrte sie entsetzt an, als sie ihm die traurige Botschaft überbrachte.

«Nein, nein, nein», rief er mit zittriger Stimme, sank auf einen Stuhl, bedeckte das Gesicht mit beiden Händen und Tränen liefen ihm herunter.

«Es war nichts mehr zu machen, ich habe alles versucht», sagte sie sanft, aber eindringlich, streckte ihre Hand aus und legte die Finger um seine Hand, «Fritz ist ganz friedlich eingeschlafen. Jetzt geht es ihm gut.» Sie wusste nicht, ob ihre Worte ihn erreichten. Sie umarmte ihn und legte ihren Kopf an seine Schulter, müde und verzweifelt. Lange sassen sie zusammen da, bis Angela sich aufraffte, zum Herd ging und Wasser aufsetzte. Aber Arnold schüttelte den Kopf und griff nach einer Flasche Wein.

Vier Wochen später, Ende Mai, wurde ihnen ein Mädchen geboren. Sie nannten es Clara, nach Angelas Mutter. Glücklich betrachteten sie zusammen das entzückende, kleine Wesen mit seinen schwarzen Haaren und den winzigen Händchen.

«Chiara», murmelte Angela und blickte zu Arnold auf, «ist es nicht ein schöner Name?»

«Ja, mir gefällt er auch auf Deutsch: Clara.» Sie dachten beide an den kleinen Fritz, war es doch erst etwas mehr als ein Jahr her, als sie genauso glücklich über seine Wiege gebeugt dagestanden und darüber geredet hatten, dass Fritz auf Italienisch Federico genannt würde. Aber sie schwiegen beide, es war nicht nötig, es auszusprechen, sie fühlten die Gedanken des andern.

Clara wurde von Parroco Consolini in der gleichen Kirche getauft, in welcher Arnold und Angela getraut worden waren. Doch von nun an verschlechterten sich ihre finanziellen Verhältnisse dramatisch, denn der päpstliche Zuschuss hörte auf, und das kleine Vermögen von Angelas Vater war ebenfalls aufgebraucht. Böcklin verkaufte nach wie vor keine Bilder. Er versuchte deshalb Geld zu beschaffen, indem er für andere Maler arbeitete. Ein Buchhändler bot ihm an, regelmässig Zeichnungen abzuliefern für den Druck, was täglich einen Scudi einbrachte. Dieser Beitrag deckte wenigstens die Wohnungsmiete.

«Niemand will ein Bild von mir erstehen. Wir müssen unsere Möbel verkaufen und umziehen in eine kleine möblierte Wohnung, andere Einnahmen sind nicht zu erwarten», seufzte Arnold resigniert.

«Die Möbel verkaufen? Auch das Schreibtischchen aus Rosenholz?», fragte Angela erschrocken.

«Ja, es wird sicher einiges einbringen», meinte Arnold mit mehr Zuversicht in der Stimme, als ihm zumute war, «wir brauchen dringend Geld, um etwas Essen zu kaufen.» Angela trennte sich höchst ungern von ihren Möbeln und ihrer ersten Wohnung. «Das war eine kurze Freude. Es scheint mir, dass Glück und Leid immer nahe beieinander sind», dachte sie und schickte sich in das Unvermeidliche. Sie fanden schliesslich eine bescheidene möblierte Bleibe in der Via delle Vite, klein, aber sonnig. Die Toilette mussten sie allerdings mit den vielen übrigen Hausbewohnern teilen, aber das war so üblich und störte nur, wenn man krank war. Angela packte die wenigen Dinge, die sie nicht verkauft hatten, zusammen – darunter den grünseidenen Beutel mit der Perle, den sie von ihrer Schwiegermutter zur Geburt des kleinen Fritz erhalten hatte. Sie konnte sich nicht davon trennen. Sinnend strich sie darüber.

Und immer noch hatte es nicht geregnet. Das Wasser wurde immer knapper. Der Tiber, der bereits im April nur als ein Rinnsal durch die Stadt geflossen war, verkam nun zu einem stehenden, verschlammten Gewässer und stank so sehr, dass sich niemand gerne in der Nähe aufhielt. Es roch nach Fäulnis, Kot und Abwasser. Die Hühner scharrten überall im trockenen Boden vergeblich nach etwas Essbarem, und die Ratten sah man nun sogar am Tag herumhuschen. Es dauerte nicht lange, da zählte man erste Cholerakranke. Niemand wusste, woher die Krankheit kam, man rätselte schon lange darüber und vermutete die unmöglichsten Dinge. Wurde es vom Obstessen, von der Hitze oder vielleicht vom Barfussgehen ausgelöst? Die Stadt leerte sich in kurzer Zeit, alle flüchteten in grosser Eile vor der schrecklichen Krankheit, denn man wusste auch nicht, wie sie sich ausbreitete. Überall lauerte sie, um zuzuschlagen. Kein Mittel half dagegen, man versuchte es mit Beten, Hausrezepten, Brechmitteln oder auch mit Abführmitteln, wusste aber von den früheren Epidemien, dass der einzige Ausweg die Flucht war.

Bald lag die Stadt wie ausgestorben da, kaum ein Mensch war auf der Strasse zu sehen, Hals über Kopf hatten alle ihre Häuser und Gärten verlassen. Nur einige Katzen lagen unbekümmert im Schatten der Häuser, die Vögel zogen ihre Kreise und die Zikaden zirpten in den Bäumen. Und natürlich interessierte sich kein Mensch mehr für Bilder. Die Maler, denen Böcklin hin und wieder bei einem Bildauftrag geholfen hatte, waren ebenfalls alle abgereist. Auch Buchdrucker hatten keine Aufträge mehr. Nur die ärmste Bevölkerung war in der Stadt zurückgeblieben, mit ihnen auch Angela und Arnold. Es fehlte ihnen an Geld, um irgendwo anders hinzugehen. Sie sassen beide ratlos in ihrer möblierten Wohnung, während die kleine Clara in ihrer Wiege schlief, hielten die Fensterläden geschlossen, um sich vor der heissen Sonne zu schützen und wussten nicht weiter, denn das Geld der verkauften Möbel war fast aufgebraucht. Der Hunger quälte sie.

«In den Gärten ist das Obst reif und niemand kümmert sich darum. Was meinst du, könnte man diese Früchte holen? Dann hätten wir etwas zu essen», fragte Angela unsicher. Böcklin hob den Kopf.

«Ja, warum nicht? Niemand ist da, um die Früchte zu ernten. Ich komme mit. Es hat sicher auch reife Feigen, du weisst, wie gerne ich sie esse.» In den folgenden Wochen ernährten sie sich von den Früchten aus den verschiedenen vereinsamten Gärten und tranken den billigsten Wein, denn es war das einzige Getränk, von dem man sicher sein konnte, dass es nicht krank machte. Sie liessen sich aber nichts anmerken. Es wäre ja ein Einfaches gewesen, die vermögende Tante Carlotta um Unterstützung zu bitten. Aber dazu war Angela zu stolz. Böcklin hingegen drückte die Verantwortung für seine Familie. Er war verzweifelt, weil er keine Bilder verkaufen konnte. Als er eines Tages durch die einsamen Strassen spazierte, auf der Suche nach einem Garten mit Obstbäumen, traf er einen Offizier der Schweizer Garde und kam mit ihm ins Gespräch. Er klagte ihm sein Leid und dieser engagierte ihn auf der Stelle als Offizier für die Armee des Königs von Neapel. Böcklins stramme Haltung entsprach ganz den militärischen Vorstellungen, er war schon oft mit «Monsieur le capitain» angeredet worden, weil man ihn für einen französischen Offizier gehalten hatte.

«Ich habe eine Stellung als Offizier erhalten!», rief Böcklin, als er in die kleine Wohnung zurückkehrte. Angela sah ihn mit grossen Augen entsetzt an:

«Du willst Offizier werden? Das kommt überhaupt nicht infrage.»

«Wir brauchen dringend Geld», verteidigte Böcklin seinen Entschluss.

«Ich weiss, aber du bist doch Maler! Hast du nicht

alles daran gesetzt, um diesen Beruf ausüben zu können, und sogar den Willen deines Vaters missachtet?»

«Schon, aber wir haben kaum etwas zu essen, und du musst bei Kräften bleiben, damit du die kleine Clara stillen kannst. Zudem schulden wir auch die Wohnungsmiete.» Doch Angela schaute ihn erbost an und schüttelte entschieden den Kopf:

«Damit bin ich auf keinen Fall einverstanden, auch wenn wir weiterhin nur von Obst leben müssen. Ich habe einen Maler geheiratet und keinen Offizier!» Da nahm Böcklin sie in die Arme und merkte gleichzeitig, wie erleichtert er war. Mit ihrem Widerstand hatte sie eine klare Entscheidung getroffen.

Noch immer lag die Stadt unter der brütenden Hitze. Glasig verschwammen die Dächer im gleissenden Licht der Sonne, und die Fensterläden der kleinen Wohnung in der Via delle Vite waren geschlossen, um etwas Kühle im Innern zu behalten. Arnold Böcklin sass im halbdunklen Atelier vor seiner Staffelei mit einem fertig gemalten Bild darauf und suchte fieberhaft einen Weg, wie er zu Geld kommen könnte. Er hatte das vor ihm stehende Werk an eine Ausstellung des deutschen Künstlervereins von Rom geben wollen, denn es war Ehrensache, dort auszustellen. In der Aufsichtskommission sass auch ein Kardinal, der zwar von Kunst nichts verstand, jedoch dafür zu sorgen hatte, dass in der Stadt des Papstes nur sittlich einwandfreie Bilder ausgestellt wurden. Auf Böcklins Bild war ein Kentaur zu sehen, der eine Nymphe raubte, während eine zweite flüchtete. Selbst der kritische Dreber hatte nichts daran auszusetzen gehabt, denn die Farbgebung war relativ monoton, keine glanzvollen «Färbchen» störten. Der Kardinal hingegen befand die nackten Nymphen als äusserst ungehörig. So war das Bild zurückgewiesen worden. Böcklin sass vor der Leinwand, zerbrach sich den Kopf und überlegte angestrengt hin und her, wie er das Bild verändern könnte, damit der Kardinal zufrieden, das Gemälde aber trotzdem seine Wirkung behalten würde. Plötzlich lächelte er. «Ich werde über die beiden nackten Nymphen mit Tempera einen Schleier malen, sodass der Kardinal zufrieden sein muss, und nach der Ausstellung werde ich ihn wieder wegwischen», murmelte er. Eifrig ging er ans Werk und schmunzelte dabei über seinen genialen Einfall.

Als der Sommer sich dem Ende zuneigte, wurden endlich auch keine neuen Cholerafälle mehr bekannt. Die Stadt füllte sich langsam wieder und kehrte zur Normalität zurück. Als die Ausstellung des deutschen Künstlervereins schliesslich eröffnet wurde, war Böcklins Bild darunter, denn der Kardinal hatte nun gegen die verschleierten Nymphen nichts mehr einzuwenden. Dem Werk war an der Ausstellung ein durchschlagender Erfolg beschieden, alle umstanden es und feierten den Maler stürmisch. Die Witwe eines

Wiener Bankiers kaufte es auf der Stelle für zweihundert Scudi – ein Vermögen für den armen Kunstmaler. Aber nicht genug, ein weiterer Interessent, Konsul Wedekind aus Hannover, bestellte das gleiche Bild noch einmal und bezahlte denselben Betrag. Angela konnte das Glück kaum fassen.

«Vierhundert Scudi», rief sie ein über das andere Mal strahlend aus, «vierhundert Scudi! Ich fühle mich als Millionärin. Schon ein Viertel davon ist ein Vermögen.»

«Komm, carissima mia, lass uns ausgehen, geniessen wir etwas, wovon wir lange Zeit nur geträumt haben», lachte Böcklin und zündete sich eine Zigarre an, stolz und glücklich, seiner Frau endlich etwas bieten zu können. Sie hatten beide das Gefühl, dass dieses Geld unendlich weit reichen würde. Zur Feier des grossen Erfolges zog sich Angela ihre schöne, weisse Bluse mit den gelben Streifen an, warf sich ein Tuch über die Schulter und schlang ihr rotes Haarnetz um den Kopf. So gingen sie zusammen aus, assen Amaretti und tranken schwarzen Kaffee dazu, ein unglaublicher Genuss nach den entsagungsreichen Wochen. Danach kauften sie eine ganze Tüte voll Amaretti, suchten die Freunde auf und zogen mit ihnen in die *Osteria del Cochio.* Mit viel Wein feierten sie den ganzen Abend ausgelassen das Ereignis, während die kleine Clara selig auf einer Bank schlief, sorgsam in eine Decke gehüllt.

Der grosse Erfolg spornte Arnold Böcklin an, er war im Schaffensfieber und arbeitete von früh bis spät in seinem Atelier. Daneben begann er, einen kleinen Flugapparat zu bauen, aber er zeigte ihn nur Angela. Sie konnte keine grosse Begeisterung heucheln, denn ihr schien das Ganze viel zu unrealistisch. Und wozu nur sollte es gut sein, fliegen zu können? Abends wanderten sie zusammen mit Freunden zu einer Osteria, tranken Wein und assen Sardinen, welche Angela gebacken hatte. Dazu leisteten sie sich wieder eine Wohnung, diesmal an der Via del Buffalo, mit Möbeln, die sie von einem Onkel günstig übernehmen konnten. So vergingen die Herbst- und Wintermonate. Als sich im Frühling die warmen Tage ankündigten und die kleine Clara ihren ersten Geburtstag feierte, merkte Angela, dass sie wieder schwanger war. Nun konnten sie es sich sogar leisten, eine Stundenhilfe zu nehmen, eine Frau, welche die gröbsten Arbeiten verrichtete, wie Wasser holen, putzen und Feuer machen. Angela kochte und schaute zur kleinen Clara, die nun bereits auf ihren eigenen Beinchen die Welt zu entdecken begann.

Doch eines Tages sass Arnold Böcklin mit vor Schmerzen verzerrtem Gesicht an seiner Staffelei. Angela sah sofort, dass sie etwas unternehmen musste und holte einen Arzt. Er meinte, es sei eine Gallenkolik. Viel war leider dagegen nicht zu machen, obwohl die Schmerzen manchmal so stark wurden, dass Böcklin sich krümmte oder schreiend durch die Wohnung lief. Der Arzt verordnete warme Bäder zur Linderung. Es kostete viel Mühe, solche herzurichten, zuerst das Wasser zu holen und zu kochen, danach in einen grossen Holzzuber zu füllen, und diesen nach dem Bad wieder leer zu schöpfen. Angela konnte diese Prozedur nur dank ihrer Haushaltshilfe bewältigen. Nach solchen Anfällen war Böcklin tagelang gelb im Gesicht. Die Hitze des anbrechenden Sommers trug auch nicht viel zu seiner Erholung bei. Die Nachmittagsstunden verbrachten alle im dunkeln Wohnzimmer und es dauerte lange, bis die Temperatur am Abend etwas erträglich wurde.

Kaum war Böcklin einigermassen wieder hergestellt, erkrankte die kleine Clara. Angela meinte, fast das gleiche Krankheitsbild wie bei Fritz zu erkennen. Sie erbleichte. «Nicht noch einmal, bitte nicht!», flüsterte sie und liess keine Zeit verstreichen, sondern packte rasch eine Tasche mit dem Nötigsten, setzte ihren Hut auf und machte sich sofort mit dem kranken Kind auf den Weg mit der Postkutsche nach Palestrina, wo es weniger heiss war. Während sich der Postwagen den Hügel hochkämpfte, dachte sie an ihre Hochzeitsreise und bedauerte, dass Arnold sie nicht begleiten konnte. Aber es war nur in Rom Geld zu verdienen. Nun, wenigstens hatte Arnold noch Dick, den Pudel, tröstete sie sich. Schon am nächsten Tag ging es der kleinen Clara deutlich besser, Angela merkte es sofort, als sie wieder den Kopf hob und neugierig die Umgebung musterte. Erleichtert atmete sie auf. Somit konnte sie beruhigt und gelassen die Zeit bis zur vollen Genesung abwarten, schob aber eine Rückkehr in die heisse Stadt Rom möglichst weit hinaus. Böcklin jedoch hielt es alleine nicht lange aus, sondern reiste zusammen mit dem Pudel seiner kleinen Familie nach.

«Es geht Clara besser», rief ihm Angela jubelnd entgegen, noch bevor er die imposante Steintreppe des Hauses erreicht hatte, welche zum Eingangsportal des Palazzo Barberini führte. Der herrliche alte Bau war für Feriengäste umgestaltet worden. Im Innern fanden sich hohe Zimmer, einige sogar mit Fresken versehen, und von den Fenstern aus hatte man eine traumhafte Aussicht über die Campagna, ja bei guter Sicht ahnte man in der Ferne sogar das Meer. Die kleine Clara klatschte in die Hände und wippte freudig auf dem Arm von Angela, als sie ihren Papa erblickte. Sie sah reizend aus mit ihren graublauen Augen und den schwarzen Löckchen. Böcklin betrachtete sie glücklich.

«Dem Himmel sei Dank, diesmal ist es gut gegangen», seufzte er erleichtert, «ich hatte solche Angst.» Angela nickte und strich der kleinen Clara liebevoll über das Köpfchen.

«Ich auch. Ich denke, wir bleiben noch etwas hier, solange es in der Stadt so heiss ist. Es lässt sich auch für dich wesentlich besser arbeiten als in der brütenden Hitze mit geschlossenen Fensterläden.» Arnold packte seine Malutensilien aus und begann gleich an einem Bild zu arbeiten. Es war ein Pan im Schilf, wie Angela bald bemerkte, es gefiel ihr ausserordentlich gut.

«Wie kommst du nur darauf, einen Pan in das dichte Schilf zu setzen?», fragte sie neugierig.

«Nun, manchmal entsteht vor meinem inneren Auge ein Bild, das ich dann nur noch ausführen muss.»

«Nur noch …», lachte Angela und hob die kleine Clara hoch, damit sie das Werk ihres Vaters auch betrachten konnte. Bald mieteten sie einen Esel, so wie sie es während ihrer Hochzeitsreise auch getan hatten, setzten die kleine Clara darauf, während der Pudel vorneweg sprang. Die Felsen und gewaltigen Steinhalden, Bergkegel und malerischen kleinen Dörfer, die an den Abhängen klebten, begeisterten Böcklin. Angela war unsagbar glücklich, wieder ein gesundes Kind zu haben. Auch ihre Schwangerschaft war bei der angenehmen Temperatur besser zu ertragen als im heissen Rom, und zudem stellte sie mit Erleichterung fest, dass sich Arnold von seinen Attacken mit den Gallensteinen ebenfalls gut erholt hatte. Schliesslich dachten sie daran, wieder nach Rom zurückzukehren, denn die heissesten Tage waren vorüber.

«Ich glaube, wir nehmen die Kutsche, welche am Abend startet, um für die Fahrt die Kühle der Nacht zu nutzen», entschied Böcklin.

«Meinst du? Es ist doch bekannt, dass die Post häufig von Räubern überfallen und ausgeraubt wird», wagte Angela dagegen einzuwenden.

«Das kümmert mich wenig, bei uns ist nicht viel zu holen», lachte Arnold. Er setzte sich vorne auf den

Kutschbock, während Angela mit der schlafenden Clara auf dem Schoss im Wageninnern Platz nahm. Die Fahrt ging flott vorwärts, aber als der Kutscher nach einiger Zeit in einen Wald einbog, benahm er sich plötzlich sehr eigenartig, fuhr langsamer, sang und pfiff, so als ob er darauf aufmerksam machen wolle, dass die Postkutsche auf dem Weg sei. Dann erklärte er, die Pferde bräuchten eine Pause, hielt den Wagen an und liess die Zügel fahren. Böcklin wurde sehr misstrauisch, und tatsächlich erblickte er einen verdächtig schleichenden Kerl, der sich von den Bäumen her der Kutsche näherte. Da zog Böcklin sein Messer, das er immer bei sich trug, und hielt es dem Kutscher an die Kehle und befahl:

«Weiterfahren! Wenn wir jetzt überfallen werden, mein Freund, so seid Ihr die erste Leiche.» Bevor der Kutscher reagieren konnte, hörten sie die Glöckchen eines sich nähernden Wagens. Das war die Rettung. Der unheimliche Kerl verschwand blitzschnell im Dunkeln des Waldes.

«Weiter gehts!», forderte Böcklin im Befehlston den Kutscher auf und drückte ihm die Zügel in die Hand, «folgt dem andern Wagen, wenn er uns überholt hat, und keinen Halt mehr, verstanden.» Der Kutscher fluchte unterdrückt, folgte aber der Anweisung. Angela sass zitternd im Wageninnern und drückte die kleine Clara an sich. Ihr Herz klopfte zum Zerspringen. Im Wagen, der sie überholte, sassen zwei Carabinieri, so dass sie sich beruhigt anschliessen konnten. Sie waren beide erleichtert, als sie endlich die Stadt erreichten.

«Ich fahre nie mehr während der Nacht», äusserte sich Angela mit Bestimmtheit, als sie mit Clara ausstieg, und Böcklin nickte zustimmend.

Ende Januar 1857, kurz vor Angelas zwanzigstem Geburtstag, schenkte sie einem kleinen Knaben das Leben. Sie nannten ihn nach seinem Vater: Arnold. Zur Entlastung nahmen sie nun eine Magd ins Haus, an die sie sich aber zuerst gewöhnen mussten. Es war eine stämmige Person mit erstaunlich dicken Beinen, kräftigen Händen und stramm auf dem Hinterkopf verknoteten, braunen Haaren. Vittoria erwies sich als ziemlich kratzbürstig, konnte jedoch zupacken und führte aus, was man befahl. Ihr Gang war so schwerfällig, dass sämtliche Möbel wackelten, wenn sie durchs Zimmer lief, um den Kamin zu säubern oder Feuer zu machen. Um Wasser zu holen, musste sie über die abschüssige Terrasse gehen, denn der Brunnen befand sich im Hof. In diesem kalten Winter kam es vor, dass die Terrasse am Morgen vereist war und die stämmige Vittoria ausrutschte und auf ihr Hinterteil fiel und fluchte. Böcklin, der schon darauf gewartet hatte, lachte hell heraus, was Vittoria mit Schimpfworten quittierte. Angela schüttelte nur den Kopf und schaute Arnold vorwurfsvoll an.

Aus heiterem Himmel brach nun ein Verhängnis auf sie herein, mit dem sie nie gerechnet hatten. Alles wäre weiterhin in schönster Minne verlaufen, wenn sich Tante Carlotta nicht eingemischt hätte. Sie war immer noch beleidigt und hatte sich auch noch keineswegs damit abgefunden, dass Angela mit einem Protestanten verheiratet war. Sie wollte sie unbedingt vor der Hölle retten, und dazu war ihr jedes Mittel recht. Da Parroco Consolini das junge Paar getraut hatte, liess sich Tante Carlotta nun von anderen Geistlichen beraten, und diese hatten ein Mittel gefunden, gegen den Protestanten Böcklin vorzugehen. Parroco Consolini warnte Böcklin sofort:

«Wir haben hier die Inquisition. Die Geistlichkeit meint, dass es im Kirchenstaat nicht schwer sein wird, etwas gegen einen ausländischen Protestanten vorzubringen, was einen Haftbefehl nach sich ziehen würde.»

«Und Tante Carlotta nimmt danach die reumütige Angela mit meinen zwei Kindern tröstend auf, wenn ich verhaftet werde», antwortete Böcklin bitter.

«Ja, das wäre der einzig gangbare Weg für Ihre junge Frau, denn es wäre für sie kaum möglich, ohne Geld mit den kleinen Kindern irgendwo unterzukommen.»

«Aber wo sollen wir denn jetzt hinflüchten?», rief Angela verzweifelt. «Ich kenne nur Rom und Palestrina, beides liegt im Einflussbereich der Geistlichkeit.» Arnold Böcklin schwieg lange und zog an seiner Zigarre.

Schliesslich meinte er zögernd:

«Hier können wir nicht bleiben. Lass uns in meine Heimatstadt Basel ziehen. Meine Familie wird uns sicher aufnehmen, bis wir eine Wohnung gefunden haben.» Angela schaute ihn unsicher an.

«Ich habe keine Ahnung, wo Basel liegt und wie es dort sein wird. Ich kam noch nie weiter als bis Palestrina.»

«Meine Familie ist dort, meine Eltern, meine Geschwister, und viele meiner Freunde. Es ist sowieso an der Zeit, dass sie dich, Clara und Arnoldo kennenlernen.»

«Aber ich spreche kein Deutsch, sie werden mich nicht verstehen.»

«Doch, keine Angst, sie verstehen alle Französisch, und das sprichst du ja genauso gut wie Italienisch.»

«Die Frauen auch?»

«Natürlich. Sie verbringen alle ein Jahr im Welschland, um die Sprache zu lernen. In Basel sagt man, ein Frauenzimmer, das nicht Französisch kann, sehe lächerlich aus.» Angela fielen keine Argumente mehr ein. Der Gedanke, Rom zu verlassen, ängstigte sie sehr, und sie konnte sich ein anderes Leben gar nicht vorstellen. Hier war sie zu Hause, hier war sie aufgewachsen, kannte die Strassen, die Leute, die Art zu leben. Was erwartete sie wohl im kalten Norden?

«Wird es sehr kalt sein?», äusserte sie ihre Gedanken laut.

«Nun, das Wetter ist schon ganz anders als hier, selten so heiss, dafür hat es im Winter Schnee, das wird dir und den Kindern gefallen. Ich hoffe zuversichtlich, es finden sich dort auch Käufer für meine Bilder. Ich nehme den «Pan im Schilf» und das «Kinderständchen» mit.» Angela spürte, dass Arnold diesen Umzug nicht mit Begeisterung vorschlug, er liebte Italien, es war das Land, das er ausgewählt hatte – hingegen blieb ihm nun nicht viel anderes übrig, als Rom möglichst umgehend zu verlassen, wollte er nicht eine Gefangennahme riskieren.

«Und woher nehmen wir das Geld für eine so grosse Reise?», fiel es Angela siedend heiss ein.

«Wir müssen unsere Möbel verkaufen, wohl auch deinen Schmuck und die Wäsche, einfach alles», antwortete Arnold.

«Und mit gänzlich leeren Händen bei deinen Eltern anklopfen?», fragte Angela entsetzt. Diese Vorstellung behagte ihr gar nicht. Arnold zuckte die Schultern.

«Dafür haben wir dann auch nicht so viel Gepäck auf der Reise», meinte er tröstend und ging auf keine weiteren Diskussionen mehr ein. Angela begann nun, alles rasch in die Tat umzusetzen, bevor ein Geistlicher Böcklin wegen irgendeiner an den Haaren herbeigezogenen Sache anklagen konnte. Über der Stadt lag eine feuchte, drückende Atmosphäre, die ganz ihrer eigenen Stimmung entsprach.

Nur wenige Tage später fuhren sie frühmorgens los. Sie wählten den billigsten Reiseweg, nämlich mit dem Schiff von Civita Vecchia nach Genua. Angela setzte sich ihren besten Hut auf, hob den sechs Monate alten Arnoldo auf den Arm und nahm entschlossen die zweijährige Clara an die Hand. Während sie mit der Post losfuhren, blickte sie stumm und mit schwerem Herzen zum letzten Mal auf die vertrauten Häuser. Von Weitem sah sie die Kuppel des Petersdomes in der bläulichen Morgendämmerung, hörte die vertrauten Glocken zur Frühmesse läuten – es tat weh, aber sie biss sich auf die Lippen.

«Nur keine Sentimentalität! Glocken und Dom, das ist die Geistlichkeit und ihr verdanken wir, dass wir wegmüssen», murmelte sie.

«Und Tante Carlotta», ergänzte Böcklin verdrossen. Angela nickte ergeben und zwang sich, ihre Gedanken nicht weiterzuspinnen, denn es war alles zu traurig. Sie wandte sich den beiden kleinen Kindern zu, um ihnen die lange Fahrt zu verkürzen. Bis zur Hafenstadt war es bereits eine ermüdende Fahrt, die Kutsche rumpelte und ächzte, die Luft war stickig und heiss. Die Landschaft nahm sie fast nicht wahr, sie war in Gedanken versunken und kämpfte mit den Tränen. Als der Postwagen in die Uferstrasse zum Meer einbog, staunte sie. Da lag es, das Meer! Ein Kindheitstraum ging in Erfüllung. Aber das Wasser zeigte sich von der bedrohlichen Seite, denn es braute sich ein Gewitter zusammen. Der Anblick der hohen Wellen, welche ans Ufer donnerten, und die Gischt, die sich beim Überschlagen bildete, liessen Angela erschauern und erschreckt ausrufen:

«Kein vernünftiger Mensch begibt sich bei einem solchen Sturm aufs Meer!»

«Es bleibt uns keine andere Wahl, die Fahrkarten sind bereits bezahlt, wir können die Pläne nicht ohne grosse Kosten ändern.»

«Aber schau dir den Dampfer an! Er wirkt kein bisschen vertrauenswürdig, er ist uralt, rostig und verraucht. Und es hat keine andern Passagiere, ist das nicht verdächtig?», rief Angela verzweifelt. Böcklin zuckte gelassen mit den Schultern.

«Wahrscheinlich sind schon alle an Bord. Komm einfach.» Einige Matrosen beugten sich über die Reling und winkten. Angela hatte von klein auf gelernt, pflichtbewusst und gehorsam zu sein. So fügte sie sich ergeben in ihr Schicksal, nahm Clara fest an der Hand und schritt mit dem kleinen Arnoldo auf dem Arm mutig auf den alten Kahn.

Kaum hatten sie das offene Meer erreicht, rollte und schlingerte das Schiff in den hohen Wellen, so dass es nicht lange dauerte, bis alle seekrank waren, ausser Böcklin. Er war auf Deck geblieben, um die hohen Wogen zu betrachten, die sich schäumend überstürzten. Der Wind zerrte an seinen Haaren, er schlug den Mantelkragen hoch und zog scharf die Luft ein. Der Sturm spielte mit dem Schiff wie mit einem Ball. Angela und die Kinder litten entsetzlich. Der kleine Arnoldo weinte, weil er nicht verstand, was vor sich ging, und warum seine Mama dieses Übelsein nicht beseitigen konnte. Die Situation verschlimmerte sich aber noch, denn kurz vor Livorno gingen dem Schiff die Kohlen aus.

«Wegen des Sturms haben wir viel länger gebraucht für die vorgesehene Strecke», erklärte Böcklin seiner mit geschlossenen Augen daliegenden Angela. «Und von Land wurde signalisiert, man könne wegen des hohen Wellengangs keine Kohle hinausbringen. Das bedeutet, dass wir die Nacht auf See verbringen und Anker werfen müssen.» Angela nickte nur und stöhnte.

Es wurde eine unendlich lange Nacht. Angela dämmerte so gut als möglich vor sich hin, zu ihrem Glück waren beide Kinder eingeschlafen. Als es jedoch am anderen Morgen hell wurde, bemerkte Böcklin entsetzt, dass sie nur noch wenige Meter von den Uferfelsen entfernt waren. Der Anker hatte sich losgerissen, das Schiff war unkontrolliert abgetrieben und näherte sich den Klippen. Aber der Sturm war vorüber, so dass nun Kohlen gebracht wurden. Die Dampfmaschinen konnten wieder in Betrieb genommen werden und endlich lief der Kahn in den sicheren Hafen ein, lud neue Kohle und setzte bald den Weg fort. Von alldem hatte Angela nicht viel mitbekommen. Sie war unendlich erleichtert, als sie endlich in Genua einfuhren und sie wieder festen Boden unter den Füssen spürte.

«Es war eine schreckliche Fahrt», klagte sie. Ihr Haar hing herunter, die Frisur hatte sich aufgelöst, die Haarnadeln hielten sie kaum noch zusammen. Der Hut bedeckte zum Glück den grössten Teil. Auch ihr Kleid war zerknittert, aber nach dieser Schiffsreise war ihr alles gleichgültig geworden. Sie schritt mit den beiden Kindern hocherhobenen Hauptes zum Gasthof, beachtete weder die Obsthändler noch die Gemüsekarren, und auch die vielen Lastfuhrwerke, welche im Hafen die Waren transportierten, würdigte sie mit keinem Blick. Der bescheidene Gasthof kam ihr vor wie eine Oase, sie fühlte sich richtig geborgen. Die Kinder hatten Hunger, auch Arnold freute sich über ein gutes Glas Wein und eine Zigarre, die er nach dieser stürmischen Fahrt mit besonderem Genuss anzündete.

«Wie geht es nun weiter?», fragte Angela zermürbt. Sie fühlte sich übermässig erschöpft. Eigentlich hatte sie bereits genug vom Reisen, gestand sie sich ein, ihre anfängliche Neugier war mit jeder zurückgelegten Schiffsmeile verflogen, sie hatte nur noch den Wunsch, Ruhe zu haben.

«Nun nehmen wir die Eisenbahn bis zum Lago Maggiore. Das dauert auch wieder einige Stunden, aber ich verspreche dir, obwohl die Lokomotive genauso rauchen wird wie das Schiff und es beim Fahren auch wackelt, es ist ein angenehmes Reisen.» Auch mit einer Eisenbahn war sie noch nie unterwegs gewesen, hatte jedoch schon viel davon gehört. Tante Carlotta hatte stets von «Teufelsmaschinen» gesprochen, aber unterdessen hatte für Angela alles kein Gewicht mehr, was von Tante Carlotta kam. Und Böcklin sollte recht behalten, die Reise mit der Eisenbahn gefiel ihr ausserordentlich gut. Die Landschaft flog an ihnen vorüber, man sah blühenden gelben Ginster, Bäume, Pferde, Schafe und Kühe, Dörfer und Menschen, die ihrer Arbeit nachgingen. Es war äusserst unterhaltsam, sie hätte es sich nicht schöner ausmalen können. Allerdings fegte der Rauch zu den Fenstern herein und sie mussten sie schliessen, damit sie keinen Russ in die Augen bekamen. Der Staub drang jedoch durch die Ritzen und deckte ihre Kleider langsam von oben bis unten mit einer feinen Schicht zu. Da Angela den Hut abgenommen hatte, setzte sich der Staub auch in ihrem Haar fest. Aber sie bemerkte es nicht, denn sie war viel zu fasziniert von dieser Art zu reisen und blickte gespannt aus dem Fenster.

«Und nun fahren wir mit dem Schiff in die Schweiz», verkündete Böcklin vergnügt, als sie nach Stunden den Lago Maggiore erreicht hatten. Im Hafen kamen Händler an Bord und hielten allerlei Ware feil. Angela lächelte unsicher. Sie wusste so gut wie nichts über die angekündigte Schweiz, das Land, aus welchem ihr Gatte stammte. Der See sah hingegen einladend aus, auch das kleine Schiff wirkte trotz seiner geringen Grösse wesentlich vertrauenswürdiger als der Kahn, den sie über das Meer benutzt hatten.

«In der Ferne kann man bereits einige grössere Berge ausmachen, wofür die Schweiz ja berühmt ist. Bald hörst du zum letzten Mal Italienisch», fügte Böcklin bei, was nicht gerade ermutigend klang für sie. Alles war sehr fremd, die Menschen, die Häuser, die Landschaft, nichts erschien ihr vertraut. Es wurde leider noch schlimmer. Als sie in Locarno ankamen, sammelte Angela die Gepäckstücke zusammen und setzte ihren Hut zurecht, nahm Clara an die Hand und Arnoldo auf den Arm – aber da war Böcklin plötzlich verschwunden, wie vom Erdboden verschluckt. Aufgeregt suchte ihn Angela überall, auf dem Dampfer und im Zollhaus an der Landungsbrücke, immer mit den Kindern belastet. Arnoldo war müde und schrie aus Leibeskräften. Doch Böcklin war und blieb unauffindbar. Sie war ratlos, fühlte sich verloren und mutterseelenallein in einem fremden Land und sank schliesslich verzweifelt auf eine Bank. Es schien ihr, als höre sie Tante Carlotta sagen, das komme nun davon, das sei nun der Moment mit der prophezeiten Hölle. Da tauchte Arnold lächelnd wieder auf.

«Wo um Himmels willen warst du?», schrie sie ihn vorwurfsvoll an, «wir haben dich überall verzweifelt gesucht.»

«Du wirst es nicht glauben: Man hat mich verhaftet!»

«Verhaftet?»

«Ja, sie suchen einen Spanier mit Frau und zwei Kindern, und da passten wir genau ins Bild. Doch sobald sie meine Schweizer Papiere geprüft hatten, liessen sie mich wieder frei», lachte er. Ums Mitlachen war Angela nicht zumute, aber sie atmete befreit auf.

«Lass mich ja nie mehr allein», flehte sie ihn an.

Am nächsten Morgen setzten sie ihre Reise mit der Postkutsche fort, um mit ihr über den Gotthardpass zu reisen. Leider stiegen auch zwei Damen mit riesigen Krinolinen ein, sodass diese die Fenster ganz verdeckten und Angela ängstlich darauf bedacht sein musste, dass die Kinder und ihre Füsse die Damen mit ihren ausladenden Röcken nicht behinderten oder gar beschmutzten. So konnte sie von der angekündigten Berglandschaft nur an den Pferdewechselstationen etwas sehen. Es schienen ihr unzählige, Arnold hingegen wusste, dass es zwischen Como und Flüelen zwölf seien. Bei jeder Station war sie froh, einen Moment aussteigen zu können, um sich die Füsse zu vertreten. Auf der Passhöhe war der Himmel mit Wolken überzogen, und es wehte ein kalter Wind. Die grünen Matten mit den Bergblumen gefielen Angela sehr, die hohen Berge mit den schroffen Felswänden und den Schneeflecken machten ihr jedoch eher Angst. Abgesehen davon tat ihr unterdessen der Rücken weh, die Füsse fühlten sich an wie Steine und das Fahren auf den holprigen Wegen hatte sie derart durchgeschüttelt, dass ihr der Kopf brummte. Auch Arnold sass angegriffen und verstimmt in seiner Ecke und blickte schläfrig vor sich hin. Angela war ständig mit den Kindern beschäftigt, die diese lange Reise mehr oder weniger ergeben über sich ergehen liessen, und Clara fragte bei jedem Halt sehnsüchtig: «Sind wir jetzt in Basel?»

Nach stundenlanger Fahrt meinte Böcklin aufmunternd: «Morgen nehmen wir noch einmal die Eisenbahn. Sie wurde erst vor einem Jahr eröffnet, sie führt uns direkt nach Basel.» Angelas Körper versteifte sich bei dieser Ankündigung. Sie war nun schon so lange unterwegs und hatte so viele Eindrücke zu verarbeiten, dass sie wie im Traum alles mit sich geschehen liess, was an sie herangetragen wurde. Aber mit jedem Kilometer, der sie näher nach Basel brachte, wuchsen ihre Unruhe und Unsicherheit. Auch Arnold sass mit angespannten Gesichtszügen da, denn er machte sich Gedanken darüber, wie man ihn und seine Familie aufnehmen würde. Beide schwiegen.

Basel

Der Empfang in Basel fiel nicht so herzlich aus, wie Angela es erhofft hatte. Bis anhin hatte sie in ihrer Familie nur die italienische Art der Begrüssung kennengelernt. Die etwas kühle Distanziertheit der Basler war ihr gänzlich fremd. Sie wusste natürlich, dass man sie als mittellos Dastehende nicht unbedingt mit offenen Armen empfangen wollte, aber sie hatte darauf gezählt, dass die Eltern sich sehr freuen würden, ihren Sohn wiederzusehen. Vater Böcklin begrüsste sie freundlich, musterte aber zugleich ihr Äusseres, das nach der langen Reise höchst unvorteilhaft wirken musste, das war sich Angela bewusst. Arnolds Mutter hingegen zeigte ihr gegenüber ein mütterliches Willkommen und begrüsste sie und die Enkelkinder mit grosser Freude. Sie war eine stattliche Frau mit ruhigem, gütigem Blick, ganz in Schwarz gekleidet und mit einem weissen Spitzentuch um den Hals. Sie trug ihr dunkles Haar in der Mitte gescheitelt und mit einer schwarzen Spitzenhaube bedeckt. Arnolds Bruder Werner empfing sie ebenfalls sehr herzlich, wohl weil er auch mit einer Ausländerin verheiratet war, einer Amerikanerin. Aber im Gegensatz zu Angela hatte sie Geld mit in die Ehe gebracht, ihre Familie war im Seidenhandel tätig, und da Vater Böcklin im gleichen Beruf arbeitete, passte diese Schwiegertochter ausgezeichnet zur Familie.

Auf einer breiten Treppe wurden sie nun in den ersten Stock zum Empfangszimmer geleitet. Alles erschien Angela sehr gediegen, peinlich sauber und aufgeräumt. Ein golden eingefasster Spiegel mit Konsole präsentierte sich in der Eingangshalle, an den Wänden des Salons hingen Ölbilder der Grosseltern, auch zwei Stiche mit Stadtansichten vom berühmten Basler Kupferstecher Matthäus Merian sowie schwere, dekorative Vorhänge aus Brokat. In der Nähe des Kamins standen zwei Bronzestatuetten auf einer französischen Schreibkommode, und ein Leuchter aus Muranoglas dominierte den Raum.

«Schau Mama, Engel!», rief Clara freudig und deutete auf die Supraporten.

«Du musst zuerst deine Tanten begrüssen», flüsterte Angela rasch und nahm Clara bei der Hand. Neben dem Kamin standen kerzengerade Rosa, Bertha und Mathilde, die drei ledigen Schwestern von Arnold. Rosas Kleid war mit Seidenbandschleifen am Ärmel ausstaffiert und mit einem gehäkelten weissen Kragen versehen, während Bertha und Mathilde eine hochgeschlossene weisse Bluse trugen, vorne mit einer gediegenen Brosche versehen. Sie waren nicht nach der neuesten Mode gekleidet, aber man sah sofort, dass sie Stoffe aus bester Qualität gewählt hatten. Angela kam sich in ihrem staubigen Reisekleid und dem ziemlich zerknautschten Hut vollkommen fehl am Platze vor.

«Das sind meine Schwestern Bertha, Mathilde und Rosa. Sie und meine Brüder Werner, Walter und ich tragen alle Namen aus Schillers *Wilhelm Tell*, musst du wissen. Meine Eltern verehren den Dichter, und dieses Werk ganz besonders», erklärte Arnold, um die etwas kühle Atmosphäre aufzulockern. Aber da Angela das Stück nicht kannte, half es wenig, mit Wilhelm Tell Konversation machen zu wollen.

Bald hatten sie sich etwas eingelebt. Angela wurde allerdings das Gefühl nicht los, dass man ihr verübelte, dass sie keine finanziellen Mittel besass. Vater Böcklin nahm auch kein Blatt vor den Mund und meinte eines Tages vorwurfsvoll zu seinem Sohn: «Wie kasch du eini hyrote, wo nit isch und nit het!» Obwohl Angela die Sprache nicht verstand, genügten Blick und Tonfall, um zu merken, dass er nicht wohlwollend von ihr sprach. Arnold bestätigte ihr, dass der Vater ihm vorwarf, eine mittellose Frau geheiratet zu haben, und noch eine Fremde dazu.

«Weisst du, Vater findet, ich hätte eine Frau aus einer gut situierten, alteingesessenen Basler Familie heiraten sollen, weil mit meinem Beruf kein Geld zu verdienen ist», erklärte ihr Arnold mit bitterem Lächeln. Angela nickte zerknirscht, sie fühlte sich schuldig.

«Und statt eine reiche Frau zu heiraten, bist du nun bettelarm in den Schoss der Familie zurückgekehrt.

Ich kann verstehen, dass man keineswegs darauf erpicht ist, uns lange durchzufüttern.» Sie waren im elterlichen Haus aufgenommen worden, denn eine eigene Wohnung hätten sie sich nicht leisten können. Alle waren stets freundlich zu ihr, aber Angela suchte vergeblich nach einem Funken Wärme. Oft vernahm sie boshafte, kleine Spitzen, selbstverständlich mit dem liebenswürdigsten Lächeln auf den Lippen ausgesprochen. Sie versuchte es zu überhören und nach Möglichkeit zu ignorieren, einiges schob sie auch darauf, dass man in der Fremdsprache die Feinheiten nicht immer ausdrucken konnte, aber sie spürte, wie sie innerlich mehr und mehr erstarrte. Es war eine geordnete Welt mit klaren Abgrenzungen. «Solide» schien ein Lieblingswort zu sein, es war eines ihrer ersten deutschen Wörter, die sie lernte und auch immer wieder anwenden konnte.

«Ihr habt alle die stramme Haltung eures Vaters geerbt», meinte sie zu Arnold gewandt, «aber seine Pünktlichkeit bereitet mir Mühe. Auf mich wirkt es fast pedantisch.» Sie senkte beschämt den Kopf, weil sie sich eine kritische Bemerkung erlaubt hatte.

«Das entspricht natürlich keineswegs deiner südlichen Lebensart», lächelte Böcklin verständnisvoll, «aber so genau nimmt man es auch in Basel nicht überall. Vater ist berühmt für seine Pünktlichkeit. Schon als ich ein Kind war, richteten die Leute stets ihre Uhren nach ihm, weil sie wussten, er trat immer um Punkt zwei

Uhr aus dem Haus.» Angela staunte. Die Uhrzeit hatte sie bis anhin an den Kirchtürmen abgelesen.

«Vater besuchte und kontrollierte früher die Seidenbandweberinnen in den Dörfern auf der Landschaft. Heute ist er Direktor, aber früher war er Bändeligumper, wie man in Basel sagt. Ich habe ihn oft begleitet. Es waren paradiesische Flecken, die wir zusammen aufsuchten, vor allem die Gegend um Arlesheim oder beim Schloss Wildenstein. Dort wimmelte es von Schmetterlingen und Hagrosen, Buchen, Eichen und Tannen, es war märchenhaft. Ich habe oft dort gezeichnet.»

Es kostete Angela einige Mühe, sich immer zu beschäftigen, wie es sich für eine Frau gehörte, denn es blieb ihr nur wenig zu tun übrig. Da gab es Marie, die Magd, welche morgens im gestreiften Waschrock den Stubendienst versah, und mittags und abends im schwarzen Rock mit weisser Schürze alle anfallenden Arbeiten erledigte, und in der Küche stand Minna und kochte. Während Arnoldo in einem Kinderbettchen schlief, weilte die kleine Clara am liebsten in der Flickstube bei Marie aus dem Wiesental oder bei Minna in der Küche. Da roch es nach gedünstetem Gemüse, Braten oder manchmal auch nach Kuchen. Oft besuchte Angela mit den beiden Kleinen den Kutscher im Stall, es gab für die Kinder nichts Schöneres als beim Füttern der Pferde zuzusehen oder gar beim Beschlagen der Hufe. Sonst blieb Angela jedoch nichts anderes übrig, als sich mit einer Handarbeit im Salon aufzuhalten, zusammen mit den drei Schwestern. Richtig wohl fühlte sie sich nicht dabei. Als Frau war es nicht denkbar, mit einem Buch dazusitzen und zu lesen, also beschäftigten sie sich alle mit Stickereien oder einer Strickarbeit. Angela plauderte gerne mit Rosa. Sie war geistig und körperlich behindert und half mit ihrem sonnigen Gemüt, manche Situation aufzuheitern. Ihre Zuneigung war echt, das schätzte Angela sehr. Auch Mutter Böcklin begegnete ihr stets liebevoll. Sonst aber hatte sie laufend das Gefühl, sich in einem Netz fremder Bräuche zu verheddern, und hoffte vergeblich, dass man sie ein wenig mit den Basler Sitten vertraut machen würde. Die Schwestern schüttelten verächtlich die Köpfe über Angelas Kleider, die sie in Rom in mühevoller Arbeit Stich für Stich von Hand genäht hatte. Sie hatte sie keineswegs nach modischen Gesichtspunkten geschneidert, sondern nach praktischen. Abgesehen davon hätte sich Angela weder Seide noch sonst einen wertvollen Stoff leisten können. Und dabei legte man in Basel besonderes Gewicht auf die Qualität. Angela ahnte nicht, dass die Schwestern sie um ihr südländisches Aussehen beneideten. Mit den schwarzen Haaren, die ihr Gesicht einrahmten und den grossen, grauen Augen sah sie auch im einfachsten Kleid sehr ansprechend aus. Zu welcher Gelegenheit man welche Kleider anzuziehen hatte, war offensichtlich ebenfalls genau vorgeschrieben, nur hatte Angela keine Ahnung davon. Immerhin stellte sie fest, dass man genau wie in Rom vom Hals bis zur Ferse vollkommen bekleidet war und Hut und Handschuhe trug beim Ausgehen. Mutter Böcklin schenkte ihr einen ihrer grauen Kaschmirschals, die gerade sehr in Mode waren. Diesen trug Angela von nun an zu all ihren Kleidern. Er stand ihr grossartig zu Gesicht und hob ihre grauen Augen hervor.

Die Schwestern Mathilde und Berta schickten auch oft entsetzte Blicke zum Himmel über Angelas Erziehungsmethoden. Als Römerin war sie gewohnt, dass die Kinder bis spät in die Nacht hinein bei der Familie weilten. Nun lernte sie, dass man in Basel die Kinder zeitig zu Bett schickte. Angela benötigte viel Einfühlungsvermögen, zu merken, wie man sich an diesem fremden Ort zu benehmen hatte, und es war schwierig, dafür zu sorgen, dass sich beide Kinder ruhig verhielten, oder gar, ihnen die andere Art des Essens schmackhaft zu machen. Sie wusste, es war Sache der Mutter, ihre Kinder zu erziehen, und sie wollte sich möglichst keine Blösse geben.

«Hier gibt es Eintopf mit Rindfleisch und eingemachte saure Gurken und Zwetschgen oder auch Apfelkompott und Kartoffeln. Das kennt Clara alles nicht, deshalb habe ich die grösste Mühe, dass sie ihren Teller leer isst», klagte Angela.

«Sie wird sich daran gewöhnen», antwortete Böcklin geistesabwesend. Er studierte gerade an einem Problem mit der Farbgebung eines Bildes herum.

«Nur der Pudding schmeckt ihr – sie kann es sogar schon auf Baseldeutsch sagen - s'gääl und s'bruun Kepfli – sie würde ihn am liebsten schon vor der Suppe essen.»

«Wie? Ja, natürlich.» Angela bemerkte, dass sie auf keinerlei Verständnis stiess und schwieg von nun an. Es war ja ihre Sache, Clara beizubringen, den Teller leer zu essen. Der kleine Arnoldo bekam sowieso erst Gemüsebrei, war stets hungrig und öffnete brav den Mund, wenn sie ihn fütterte. Bald hielt sie es nicht mehr länger aus, zu Hause zu sitzen und zu stricken oder Stickereien zu machen oder die Wäsche der Kinder zu besorgen. Sie nutzte deshalb jede Gelegenheit, mit den Kindern zusammen die Stadt kennenzulernen. Damit war sie einige Zeit aus dem Haus, die Kinder waren auch beschäftigt, und in den Augen der Familie tat sie etwas Vernünftiges. Für den kleinen Arnoldo hatte Mutter Böcklin lächelnd einen hochrädrigen Korbwagen aus dem Estrich geholt.

«Hier haben alle meine Kinder drin gesessen», erklärte sie, und Angela bemerkte, wie sie in Erinnerung schwelgte. Auch der kleine Arnoldo fühlte sich wohl darin und betrachtete interessiert die Umgebung. Sie wurden meistens begleitet von einer der Schwestern in Hut und Mantel und der Stubenmagd im schwarzen Kleid, weisser Schürze und schwarzer Jacke. Als Erstes zeigten sie Angela das Münster, das allerdings nur von aussen zu besichtigen war, denn im Innern fanden gerade grössere Umbauten statt.

«Es soll neue, farbige Scheiben geben, dauert aber seine Zeit», meinte Mathilde sachlich, die sie begleitete.

«Du meinst, ich kann die Kirche nicht von innen sehen?»

«Nein. Man hat noch viel vor, will die rote Farbe, mit der das Münster aussen angemalt ist, abkratzen, und auch ein neues Dach soll es geben, und im Innern versetzt man den Lettner und stellt eine neue Orgel darauf – ich kann mir nicht vorstellen, dass ihr so lange in Basel weilt, bis das alles beendet ist.» Die letzte Bemerkung stimmte Angela nachdenklich. War es ein Wink mit dem Zaunpfahl? Sie selbst konnte sich zwar auch nicht vorstellen, noch lange in Basel zu bleiben, aber sie enthielt sich einer Antwort.

«Gehen wir noch auf die Pfalz, dort siehst du den Rhein und den Schwarzwald, das wird dir gefallen», meinte Mathilde versöhnlich. Angela war tatsächlich beeindruckt. Träge wälzte sich der Strom dahin, Angela verglich ihn sofort mit dem Tiber. Die bescheidenen kleinen Häuschen auf der andern Flussseite vermittelten allerdings einen vollkommen anderen Anblick.

«Der Rhein erinnert mich an den Tiber in Rom. Aber es findet sich nirgends eine Engelsburg», meinte sie leicht enttäuscht, «dafür hat es rauchende Kaminschlote.» Aber der Blick in den Schwarzwald mit den bewaldeten Hügeln gefiel ihr gut. Danach schlenderten sie zusammen weiter, den Schlüsselberg hinab zum Marktplatz. Eine Kutsche fuhr dicht an ihnen vorbei und wirbelte das Schmutzwasser auf, das sich in einer Pfütze angesammelt hatte. Angela wischte sich erschrocken einige Wasserspritzer vom Kleid. «Das wird wieder sauber», erklärte sie hoffnungsvoll, aber sie spürte, wie Mathilde missbilligend den Kopf schüttelte.

Arnold hatte unterdessen ein Atelier in einem Nebengebäude der Seidenbandfabrik de Bary bei Sankt Jakob bezogen, der Firma, in welcher Vater Böcklin Direktor war. Er malte fleissig und hoffte, dass er bald einige Bilder verkaufen könnte, aber vorerst blieben die Aufträge aus. Es war nicht einfach für ihn, das einzugestehen. Auch Angela hatte längst bemerkt, dass man in Basel den Reichtum hoch einschätzte, aber nicht, um ihn zu geniessen, und auch nicht, um ihn zu zeigen. Man ging sparsam mit dem Geld um.

«Man dreht hier den Taler viermal um, bevor man ihn ausgibt, das gehört sich so. Aber im Stillen ist man enorm grosszügig», versuchte ihr Böcklin zu erklären, «man lebt einfach und bescheiden, aber man schaut auf Qualität.»

«Ja, gestern zeigte mir deine Mutter, wie man Sauerkraut zubereitet. Sie verriet mir, dass du es besonders gerne isst. Ich werde in Zukunft stets ein Fass Sauerkraut einmachen, Weisskohl gibt es ja überall», beschloss Angela in der Hoffnung, irgendeinmal wieder einen eigenen Haushalt führen zu können. Alle Familienangehörigen gaben sich Mühe, miteinander auszukommen, aber der hörbar ungeduldige Unterton, der sich immer öfter einschlich, zeigte Angela, dass sie lange genug zur Last gefallen waren.

«Wir sollten nicht mehr allzu lange hier wohnen bleiben, Arnold», bemerkte Angela abends beim Zubettgehen vorsichtig, während sie ihr Nachtgewand zuknöpfte.

«Ja, das habe ich auch überlegt. Ich habe mit Werner darüber gesprochen und er hat angeboten, dass wir zu ihm an den Blumenrain ziehen könnten», antwortete er ihr. Überrascht blickte sie auf.

«Gerne», meinte sie und strich verlegen über ihr Nachtgewand. Es widerstrebte ihr zuzugeben, dass sie das Leben in seinem Elternhaus als Belastung empfand, «die Kinder sind sicher auch froh, sie müssen sich sehr zusammennehmen, um den hohen Ansprüchen zu genügen, obwohl das ja nichts schadet. Werners Frau Cornelia ist Amerikanerin, sie hat sicher freiere Vorstellungen von der Kindererziehung.» Arnold nickte nur. Woher sollte er das wissen?

Am neuen Ort fühlte sich Angela deutlich wohler. Sie verstand sich mit ihrer Schwägerin recht gut, obwohl sie mit ihr nicht englisch und Cornelia mit ihr weder italienisch noch französisch sprechen konnte. Cornelia war von mittlerer Statur, besass ein unauffälliges Gesicht mit regelmässigen Zügen, hohen Backenknochen und dunklen Augen. Sie pflegte ihr braunes

Haar straff nach hinten zu kämmen und aufzustecken und trug oft um den Hals einen einfachen Kragen mit einer grossen Schleife, was einen jugendlich beschwingten Eindruck vermittelte. Angela hatte sich unterdessen einige deutsche Begriffe angeeignet, zusammen mit Cornelias auch nicht gerade grossem Wortschatz ergaben sich oft erheiternde Momente und Missverständnisse und sie lachten viel zusammen. Für Angela wirkte dieses Zusammensein ausgesprochen befreiend. Die Stunden zogen sich aber auch hier oft lange dahin, denn es war auch in diesem Hause nicht einfach, nie müssig zu erscheinen, wie es sich gehörte. Cornelia führte den Haushalt, und Angela versuchte, sich nützlich zu machen, soweit es neben dem Dienstpersonal möglich war. Im Haus fand man überall geblümten Brokat und ovale, gerahmte Familienbilder. Den Gang dominierte ein grosser Schrank mit gedrehten Säulen. Eine Wandtäferung aus Eichenholz gab dem Wohnzimmer einen warmen Rahmen, schwere Vorhänge hingen herab, rechts vom Fenster stand ein Schreibtisch aus schön poliertem, gemasertem Holz mit einer Gipsbüste von Goethe darauf, daneben ein hübsches Tischchen, dessen Beine eine vergoldete Lyra bildeten, und in der Ecke befand sich ein Klavier. An den Wänden hingen verschiedene Stiche und Aquarelle, meistens Stadtansichten, aber auch ein Porträt des Grossvaters.

«Schau, hier auf diesem Bild ist die St. Albankirche», erklärte ihr Arnold, «die habe ich als Kind gemalt. Wir sind daneben aufgewachsen, musst du wissen. Mein Vater führte dort in den ehemaligen Klostergebäuden eine Seidenbandfabrik.»

«Zeigst du mir, wo das ist?»

«Nun ja, das lässt sich sicher einmal einrichten. Aber das Quartier ist nicht sehr ansprechend, es hat viel Industrie dort, Papierfabriken und eine Tabakfabrik. Und mittendurch fliesst der St. Albanteich, der die Mühlen antreibt. Ich zeige dir lieber das Eisenbahntor, das ich entworfen habe, als die erste Eisenbahn von Strassburg nach Basel geführt wurde. Damals schlug man ein Loch in die Stadtmauer, um die Eisenbahngeleise bis zum Bahnhof zu führen, und schloss abends die Lücke in der Mauer sorgfältig mit einem neuen Tor. Dessen Entwurf stammt von mir», berichtete er stolz, stockte dann einen Moment und fügte hinzu: «Das werden sie jetzt wohl auch abreissen, wenn man die ganze Mauer niederreisst.»

«Es scheinen mir sehr viele Pläne zu sein, die Basel umsetzen will», meinte Angela, «Schwager Werner hat mir schon erzählt, dass man die Stadttore und Stadtmauern abreissen will.»

«Ja, davon wird geredet, aber es ist noch nichts beschlossen. Man braucht dringend mehr Platz. Seit es Arbeit in den Industrien gibt, wohnen immer mehr Leute in der Stadt.» Angela nickte und betrachtete noch einmal das Bild und murmelte:

«Die Kirche sieht wirklich hübsch aus.»

«Da hast du recht, und der alte Kreuzgang daneben ist ebenfalls sehr stimmungsvoll. Dort habe ich als Kind oft gespielt.»

Während sie mit ihrer Strickarbeit beschäftigt war, konnte Angela vom Fenster des Wohnzimmers aus auf den Blumenrain blicken und den Besucherandrang im *Hotel Drei Könige* bestaunen, welches genau gegenüberlag. In den ankommenden Kutschen sassen nach der neuesten Mode gekleidete Damen, deren Hüte mit Federn, grossen Seidenschleifen und Rüschen geschmückt waren, die Herren entstiegen den Kutschen im Gehrock und dunklen Stadthosen und trugen schlanke, hohe Zylinder. Es waren alles gut aussehende, ernste Männer. Es schien ihr wie ein Blick in eine andere Welt, die ihr unwirklich und märchenhaft vorkam, besonders wenn abends das regennasse Kopfsteinpflaster im Widerschein der Gaslaternen glänzte. Gerne betrachtete sie auch die farbigen Figuren der drei Könige hoch über dem Eingang des Hotels. Sie hatte für die Kinder eine hübsche Geschichte dazu erfunden und erzählt, wie die Heiligen Drei Könige einst nach Basel gekommen waren, und dass sie eines Tages wieder weiterziehen würden. Seither schaute Clara jeden Morgen nach, ob sie sich noch an Ort befänden.

Täglich führte ihr Weg zum Einkaufen zum nahen Marktplatz. Angela dehnte die Spaziergänge danach noch weiter aus, um die Innenstadt näher kennenzulernen. Sie trug dabei wie es sich gehörte Mantel und Handschuhe, dazu einen Hut, den ihr Cornelia geschenkt hatte. Es war eine Schute, eine Mischform zwischen Haube und Hut. Sie wurde mit einer grossen Schleife unter dem Kinn gebunden und gehörte zur beliebtesten Kopfbedeckung jener Zeit. Sie stand ihr sehr gut zu Gesicht.

«Ich weiss manchmal gar nicht mehr, wo wir sind, es geht immer Gässlein auf und Gässlein ab», erzählte sie Arnold.

«Ja, das ist so. Es hat hier auch sieben Hügel wie in Rom!» Angela schaute ihn ungläubig an und lachte.

«Auch sieben Hügel! Bist du sicher? Auf jeden Fall sind Rom und Basel recht verschieden. Hier fehlen die imposanten antiken Bauten.» Angela mied wenn möglich das Gebiet rund um den Andreasplatz, es schien ihr dort sehr schmutzig und trist, und es roch penetrant nach Abfall. Ein trübes Rinnsal floss gegen den Fischmarkt zum kleinen Fluss Birsig, in welchem sich viel Dreck angesammelt hatte und wo hin und wieder sogar eine Ratte davonhuschte. Clara und Arnoldo freuten sich allerdings über die Hühner, die Futter suchend umherspazierten, und über die Hunde, die am Abfall schnupperten. Auch beobachteten sie mit Interesse, wie man in der Schol über dem Fluss die Tiere schlachtete und ausnahm. Was nicht verwertbar war, landete direkt im Wasser. Unwillkürlich beschleunigte Angela ihre Schritte. Es roch unangenehm, sie wurde sogleich an den Tiber erinnert, der ähnliche Düfte verbreitete, wenn es zu wenig geregnet hatte.

«Am Andreasplatz scheinen ziemlich arme Leute zu wohnen, solche Quartiere hat es auch in Rom. Manche Kinder kommen recht zerlumpt daher», erzählte sie Arnold abends von ihren Erlebnissen.

«Das ist gut möglich. Da hausen die Familien, welche in den Fabriken arbeiten», erklärte ihr Arnold, «auch die Mütter müssen mitverdienen, und die vielen Kinder sind unbeaufsichtigt, die Grösseren hüten die Kleinen.»

«Ich habe bemerkt, dass auch viele Kinder in die Fabrik arbeiten gehen.»

«Natürlich. Ein Fabrikarbeiter verdient nicht genug, um eine Familie durchzubringen, da müssen alle mithelfen. Die Frau und die grösseren Kinder helfen mit, Geld zu verdienen. Um das eigene Überleben zu sichern, ist man darauf angewiesen, die Arbeit aufzuteilen.» Angela fühlte sich trotz ihrer Situation plötzlich wieder viel besser.

«Und die Schule?»

«Nun, man bezahlt wie überall einen Schulbatzen. Die Eltern entscheiden, ob und wie lange ihr Kind in die Schule gehen soll, je nach den finanziellen Möglichkeiten.»

«Gibt es denn keine Klosterschulen?»

«Aber nein, Basel ist doch eine protestantische Stadt. Aber es gibt Schulen für Fabrikarbeiterkinder, die nichts kosten. Sie werden morgens eine Stunde vor Fabrikbeginn abgehalten und im Winter über Mittag.»

«Und da gehen die Kinder der Fabrikarbeiter hin?»

«Ich glaube vor allem die Mädchen. Die Knaben schickt man eher in die öffentlichen Schulen und bezahlt den Schulbatzen, weil man dort mehr lernt. Du siehst, wie wichtig es ist, dass unsere Kinder einmal gute Schulen besuchen.»

«Und hier gibt es erst noch eine Universität», meinte Angela voll Bewunderung in der Stimme, «ich habe sie gesehen, gestern, als wir vom Münster den Rheinsprung hinunterliefen.»

«Ja, es ist eine bedeutende und alte Universität mit vielen hervorragenden Professoren. Man ist in Basel mit Recht stolz darauf. Da lehrt zum Beispiel auch Jakob Burckhardt, unser Trauzeuge.» Angela nickte beeindruckt.

«Das hat mir Cornelia auch erzählt. Ich würde ihm gerne einmal zuhören.»

«Das geht auf keinen Fall. Frauen haben an der Universität nichts zu suchen.»

«Ich weiss. Ich hätte ihm ja nur einmal zuhören wollen. Aber wenn das nicht geht … Gestern hat sie mir übrigens noch dein Geburtshaus gezeigt an der Gerbergasse 4, wir betrachteten auch den kleinen Hof und den Ziehbrunnen.»

«Natürlich, der Ziehbrunnen – da habe ich oft gespielt als ganz kleines Kind», lächelte Arnold, «aber dann zogen wir ins St. Albantal und ich vergass ihn.»

Freitags kaufte Angela zusammen mit Schwägerin

Cornelia Fische ein am Fischmarkt. Sie betrachtete die vielen Fischer und deren Frauen, die rings um den grossen Brunnentrog hinter ihren Tischen standen. Angela bewunderte aber auch den reich verzierten Stock des Brunnens mit den vielen Engeln, die musizierten.

«In Rom haben wir ganz andere Brunnen», meinte sie sinnend.

«Ja? Dieser hier ist sehr alt, musst du wissen, der steht schon seit dem Mittelalter da.» Angela entdeckte zu ihrer Freude eine Marienstatue neben zwei Heiligen, wagte aber nicht zu fragen, weshalb in einer protestantischen Stadt eine Marienstatue zu sehen sei. Es fehlten ihr auch die passenden deutschen Worte. So begleitete sie schweigend die Magd bis zum Marktplatz. Die Marktfrauen riefen ihre Waren mit lauter Stimme aus, Angela verstand kein Wort, freute sich aber über die verschiedenen Gemüse und Früchte und über die Marktfrauen in ihren schlichten Trachten. Es erinnerte sie an die Marktstände auf dem Mercato in Rom. Aber schnell verdrängte sie diesen schmerzlichen Gedanken an ihren Heimatort, griff entschlossen nach der Hand der kleinen Clara und wies auf das glänzende Türmchen auf dem Dach des Rathauses: «Siehst du das Türmchen? Das ist aus Gold.»

«Oh, wohnt dort ein König?», fragte Clara begeistert. Angela lächelte geheimnisvoll.

«Wer weiss? Hat er nicht ein schönes Haus?»

Der Dezember begann mit kaltem Wetter, der Wind heulte um das Haus und über Nacht gab es starke Schneefälle. Die Strassen und Gehsteige verwandelten sich im Nu in unangenehm rutschige Partien. Angela blickte voll Entzücken auf die weisse Pracht, vor allem gefiel es ihr, den tanzenden Schneeflocken zuzusehen. So hatte sie sich den Schnee nicht vorgestellt! Sie entdeckte die Gitter der verschiedenen Barockhäuser ganz neu, weil der Schnee die einzelnen Formen sorgfältig nachzeichnete, selbst die drei Könige am Hotel gegenüber standen mit weissen Kappen da. Auch die kleine Clara geriet ganz aus dem Häuschen. Sie verbrachte Stunden vor dem Haus im kalten Schnee und kam mit roten Backen, aber nassen Schuhen und vollkommen durchnässten Kleidern zurück. Und der kleine Arnoldo ruhte nicht, bis auch er im Schnee spielen konnte. Es dauerte nicht lange, husteten alle beide und ihre Nasen liefen ununterbrochen. Angela war nun beschäftigt mit Nasen putzen und froh, nicht dauernd den kritischen Blicken von Arnolds Schwestern ausgesetzt zu sein, denn sie kam mit Putzen kaum nach. Die dunklen Abende begannen nun noch früher, spätestens um halb fünf Uhr blieb man im Innern des Hauses. Hin und wieder setzte sich dann Cornelia ans Klavier und spielte eine Sonate von Mozart.

«Das gefällt mir», rief Angela spontan aus.

«Ja, das ist ein hübsches Stück. Die moderneren kann ich leider nicht spielen, sie sind zu schwierig für mich.

Chopin, Liszt und wie sie alle heissen, es sind unglaublich virtuose Stücke.» Angela wusste nicht, was sie antworten sollte, denn sie hatte leider nicht ganz verstanden, was Cornelia gesagt hatte. So nickte sie nur und lächelte.

«Ich liebe Mozart», antwortete sie, weil sie sicher war, damit nichts Falsches zu sagen, und sie meinte es auch so.

Arnold hingegen verbrachte den ganzen Tag in seinem Atelier bei Sankt Jakob, obwohl er nun kräftig einheizen musste. Jeden Morgen packte er deshalb auch einige Holzscheite unter den Arm, um genug zum Heizen zu haben. Es war zu Fuss eine recht weite Strecke, die er zu laufen hatte, aber er war nie alleine unterwegs, denn zahlreiche Arbeiter marschierten ebenfalls täglich zu ihren Fabriken. Angela sah Arnold immer nur morgens und abends. Freitags pflegte er zudem seine alten Freunde zu treffen, in einem Kreis, der sich den Namen «Leimsutt» gegeben hatte.

«Im ‹Sutt› sehe ich meine treuen Freunde, vor allem Fritz Burckhardt und Louis Holzach und lauter interessante Leute», erklärte er Angela, «es ist ganz zwanglos, eine Stammtischrunde. Wir trinken Bier und rauchen und diskutieren über Gott und die Welt, manchmal dichten wir oder singen auch, es ist einfach ein wunderbarer Freundeskreis.» Diese Abende schienen Angela besonders lang, während sie mit der Schwägerin Cornelia am runden Tisch sass, über dem eine alte Petroleumlampe flackerte. Es gab immer etwas zu flicken, vor allem Strümpfe, aber oft auch einen Kittel des kleinen, ziemlich wilden Arnoldo, dessen Knöpfe immer wieder neu angenäht werden mussten. Oder einen wollenen Pullover, der ein Loch bekommen hatte, denn kein Mäuerchen war sicher vor ihm, überall wollte er hinaufklettern. Oder der Saum einer Schürze musste heruntergelassen werden, weil Clara wieder gewachsen war. Angela kannte die langen Abende schon von Rom her. Sie liebte das stille Sitzen und Nähen, man konnte dabei seine Gedanken schweifen lassen. Hier fühlte sie sich jedoch nicht zu Hause, und die Kinder, die sie am Tag ablenkten, lagen im Bett und schliefen. Die Abende in Rom kamen ihr in den Sinn, was aber keineswegs hilfreich war, im Gegenteil. Sie vermisste die laue Luft, das Zirpen der Grillen, das laute Reden und Lachen auf der Strasse. Das ganze Leben schien ihr hier viel ernster und gesitteter vonstattenzugehen. Manchmal wurden sie auch eingeladen, aber diese Besuche waren für Angela keineswegs nur erfreulich. Zu Beginn gab man sich jeweils Mühe, mit ihr französisch zu reden, doch nach kurzer Zeit sprachen alle im Basler Dialekt miteinander, lachten und diskutierten und Angela sass daneben, lächelte krampfhaft und verstand kein Wort, obwohl sie versuchte, einige Wörter aus dem Gespräch aufzuschnappen und den Sinn der Unterhaltung zu erraten. Hilflos und leicht verärgert gab sie schliesslich den Versuch auf und sass schweigend an ihrem Platz und wartete still und ergeben, bis man endlich zum Aufbruch blies.

So flossen die Tage in ziemlicher Eintönigkeit dahin, bis Angela merkte, dass sie wieder schwanger war. Wie sollte sie es den Verwandten nur beibringen, dass sie bald eine noch grössere Familie sein würden? Arnold hatte in den vergangenen Monaten mehrere Bilder gemalt, ohne davon auch nur ein einziges verkaufen zu können. Da zeichnete sich zum Glück eine Lösung ab.

«Erinnerst du dich noch an Konsul Wedekind?», fragte Böcklin aufgeräumt, als er abends heimkehrte.

«Aber natürlich, er hat doch damals das zweite Bild gekauft für zweihundert Scudi. Das werde ich nie vergessen.»

«Er ist gerade hier in Basel und hat gefragt, ob ich zu ihm nach Hannover kommen könne, um dort einen Saal auszumalen», berichtete Arnold und fuhr sich aufgeregt durch sein kräftiges Haar. Angela hob den Kopf von ihrer Handarbeit.

«Hannover? Ich habe keine Ahnung, wo das liegt.»

«Die Residenzstadt befindet sich ganz im Norden. Es wird wohl etwas kälter werden als hier.» Angelas Augen schimmerten erwartungsvoll. Der Gedanke, dass sie bald wieder ihr eigener Herr und Meister sein könnte, dass sie nicht mehr abhängig sein würde und sich wieder bewegen könnte, wie es ihr gefiel, schien ihr wie ein Traum. So reisten sie schliesslich im März 1858 alle zusammen dritter Klasse, jedoch voller Hoffnung nordwärts.

Hannover

Ein feines, unaufhörliches Nieseln hüllte die Landschaft in ein ödes Grau, je näher sie der Stadt Hannover kamen. Es war deutlich kühler als in Basel, eigentlich genau so, wie sich Angela den Norden immer vorgestellt hatte, kalt und abweisend. Neugierig blickte sie aus dem Fenster, als sie mit der Droschke durch die Stadt fuhren und über einen gepflasterten Platz rumpelten. Die unaufdringliche Eleganz der Häuser und einige imposante Portale fielen ihr auf. Der Regen tropfte mit monotonem Geräusch auf das Kutschendach, während sie unter einer Baumallee durchfuhren, und unter den Rädern spritzte der Schlamm in alle Himmelsrichtungen. Sie sagte sich, dass Rom im Winter oft auch keinen erfreulichen Anblick bot, und tröstete sich mit dem Gedanken, der Norden würde sich im Mai wohl von einer besseren Seite zeigen.

Konsul Wedekind hatte nicht erwartet, dass Böcklin mit seiner ganzen Familie nach Hannover kommen würde. Für Arnold war das jedoch selbstverständlich, er hätte sich nicht von Angela und seinen Kindern getrennt, um irgendwo einen Auftrag auszuführen. Wedekind hatte sich hingegen erhofft, den Maler nur mit Kost und Logis entlöhnen zu können. Nun war er gezwungen, der Familie eine möblierte Wohnung zu organisieren und ein bescheidenes Taggeld auszuzahlen. Er drängte deshalb den Künstler, intensiv an die Arbeit zu gehen, damit sein Aufenthalt sich nicht zu lange hinziehen würde. Er erschien manchmal schon um sieben Uhr morgens, um den Fortschritt der Arbeiten zu kontrollieren. Böcklin schuf nun seine ersten Wandbilder, duftige Landschaften der genuesischen Küste und aus den Sabinerbergen. Aber Wedekind und seine Getreuen kritisierten laufend die Arbeit. Böcklin war gezwungen, immer wieder Korrekturen anzubringen und war sehr ungehalten darüber.

Angela hingegen freute sich, keine Rücksichten mehr nehmen zu müssen auf irgendwelche Verwandten. So fremd ihr auch alles erschien, sie atmete befreit auf, denn nun fühlte sie sich zum ersten Mal seit acht Monaten nicht mehr auf Besuch. Mit neuem Schwung machte sie sich ans Kochen und Waschen, ans Bügeln und Einkaufen. Aber sie stellte rasch fest, dass das Leben in der vornehmen Residenzstadt sehr teuer war. Ihr ganzes Leben lang hatte sie gelernt, sich zu bescheiden, doch der geringe Lohn, den Wedekind zahlte, reichte fast nicht aus, um die Familie durchzubringen. Abgesehen davon machte ihr die Sprache Mühe. Die wenigen Worte, die sie in Basel zur Verständigung gelernt hatte, klangen in der deutschen Sprache oft anders. Brot blieb zum Glück Brot, aber woher sollte sie ahnen, dass «Angge» nun Butter hiess? Die kleine Clara war ihr mit dem Wortschatz schnell voraus, sie lernte mühelos. Obwohl

Angela mit ihr italienisch oder französisch redete, konnte die Kleine sich mit ihren nunmehr drei Jahren bald auch auf Deutsch verständigen und mischte die Sprachen nach Gutdünken. Auf jeden Fall erreichte sie stets, was sie wollte. Angela wusste, dass man von einer Frau keine gehobene geistige Tätigkeit erwartete, sie also nicht unbedingt Konversation machen musste. Eine Frau hatte sich ausschliesslich auf die häusliche Arbeit zu konzentrieren. Aber sie fühlte sich recht einsam ohne den Austausch mit anderen Leuten. Sie konnte nicht einmal mit den Marktfrauen plaudern. Zudem fiel es ihr schwer, sich an das Wetter zu gewöhnen, sie fror ununterbrochen, und es war ausgesprochen mühsam, den Kindern jeweils die vielen warmen Sachen anzuziehen.

Nicht nur für Angela, auch für Böcklin stellte sich der ganze Aufenthalt als ziemlich unglücklich heraus. Mit hochgeschlagenem Mantelkragen, grimmig den Schirm über sich haltend, kehrte Arnold eines Tages mit finsterem Gesicht nach Hause zurück und meinte erbost:

«Nun will Wedekind, dass ich auch noch am Sonntag arbeite.»

«Am Sonntag? Das ist doch nicht möglich, das ist sicher nicht erlaubt, oder? Hier im frommen Hannover kann ich mir das nicht vorstellen.»

«Natürlich ist es verboten. Aber was soll ich machen, Konsul Wedekind verlangt es.»

«Und wenn man dich erwischt?»

«Nun, dann muss ich eine Strafe bezahlen. Ich nehme an, dass Wedekind sie übernehmen wird, da er mir ja befiehlt, dass ich sonntags arbeite.» Doch darin täuschte er sich. Wedekind dachte nicht im Entferntesten daran, als Böcklin tatsächlich von der Polizei bei der Arbeit ertappt wurde und entgegnete nur mit spitzem Lächeln:

«Hätten Sie sich nicht erwischen lassen!»

«Ich weiss nicht, woher ich das Geld nehmen soll. Es reicht schon so fast nicht zum Leben für mich und meine Familie.»

«Das ist Ihre Angelegenheit.»

«Dürfte ich Sie dann untertänig bitten, bald die drei Bilder zu bezahlen, die sie mir abgekauft haben, damit wäre es mir möglich, die Strafe zu übernehmen.» Aber Wedekind zuckte nur mit den Schultern und verliess ihn. Böcklin kam im Zustand äusserster Gereiztheit nach Hause. Er hielt die Anspannung fast nicht mehr aus. Als nach fünf Monaten ein Ende der Arbeiten in Sicht war, erkrankte er. Angela betrachtete besorgt sein blasses Gesicht, wunderte sich jedoch nicht darüber.

«Zuerst schliefst du schlecht, dann stellte sich jeden Abend Nasenbluten ein, und nun folgt heftiges Fieber. Bei der wochenlangen, pausenlos strengen Arbeit inmitten der vielen Farben musste es ja so weit kommen!», rief sie erbost aus.

«Zum Glück habe ich meine Arbeit bald beendet.

Dann müssen wir schnell weg von hier, ich halte das nicht mehr aus», murmelte er schweissgebadet.

«Ich habe nichts dagegen», antwortete Angela mit einem Seufzer, «aber wohin sollen wir gehen? Nach Basel zurück?»

«Nein. Dort konnte ich ja keine Bilder verkaufen. Ich habe mit einigen Künstlern geredet und glaube, München wäre ein guter Ort. Ich kenne dort auch einige Maler, Paul Heyse zum Beispiel.»

«München? Ich weiss, ihr habt manchmal davon gesprochen, aber wo liegt das? Ist es weit von hier?»

«Das spielt doch keine Rolle! Natürlich sind es schon mehrere Stunden, die wir reisen müssen, ich denke, wir werden zwei Tage unterwegs sein.» Angela sass schweigsam und ergeben da. Sie wollte ihm nicht vorrechnen, dass sie im achten Monat schwanger war und einen Umzug mit allem Drum und Dran lieber nicht ins Auge fassen wollte, und eine weite Reise schon gar nicht. Der Gedanke daran war eine grosse Last, sie fühlte sich unendlich matt und erschlagen, andererseits gab es keine andere Lösung als fortzureisen.

«Und Geld haben wir auch kaum», murmelte sie nachdenklich.

«Für dritte Klasse von Hannover nach München reicht es bestimmt noch», meinte Arnold zuversichtlich. So packte Angela wieder einmal alle Sachen zusammen und reiste hochschwanger, mit beiden Kindern auf dem Schoss und mit einem fiebergeschüttelten, in seinen

Mantel gehüllten Ehemann, fast ohne einen Pfennig Geld von Hannover nach München, in eine Stadt, die sie nicht kannte, zu Menschen, die ihre Sprache nicht verstanden, ins Unbekannte und Ungewisse.

München

Im August 1858 langten sie in München an. Der Bahnhof erinnerte Angela spontan an eine italienische Kirche, allerdings war er nicht aus Marmor, sondern aus rotem und gelbem Sandstein erbaut. Die Sorge, wie es weitergehen würde, blockierte jedoch ihre Gedanken. Sie nahm kaum zur Kenntnis, wie die Häuser aussahen, achtete auch nicht auf die Kutschen, welche ohne Rücksicht auf die vielen Menschen in vollem Tempo vorbeifuhren. Sie suchte nach einem kleinen Gasthof, der bezahlbar schien. Als sie ihn gefunden hatte, sank Arnold gleich ins Bett, und auch die kleine Clara kränkelte und weinte. Aber im Gasthof wollten sie möglichst nur wenige Tage verweilen, da das Geld zusehends knapper wurde. Angela war äusserst gereizt. An einem heissen Augusttag hochschwanger nach einer billigen Wohnung suchen zu müssen mit zwei quengelnden Kindern im Schlepptau, überstieg ihre Geduld. Hinzu kam die Schwierigkeit der Sprache. Sie verstand meist kein Wort, denn die Leute redeten wieder ganz anders als in Hannover. Ausserdem musste sie feststellen, dass das, was sie unterdessen gelernt hatte, nie das war, was sie sagen wollte.

Mit dem Mut der Verzweifelten fand sie nach acht Tagen endlich in der Schommergasse eine Dachwohnung in einem Hinterhaus, die zur Not bewohnbar war, denn das eigentliche Quartier im Vorderhaus, das ihr zusagte, war noch nicht bezugsbereit. Sie mietete einige Möbel, Betten, Schrank, Tisch und Stühle und wechselte vom Gasthof ins Hinterhaus. Arnold hatte immer noch Fieber und rasende Kopfschmerzen. Trotzdem begann er in einem Atelier zu malen, das ihm ein Kollege zur Verfügung stellte. Er arbeitete wie in Trance.

«Du gehörst ins Bett», meinte Angela besorgt.

«Ich weiss, doch ich fürchte, wenn ich mich hinlege, kann ich nicht mehr aufstehen und werde ganz arbeitsunfähig, vielleicht für Wochen, und wir brauchen dringend Geld. Ich male Bilder auf Vorrat, damit man sie verkaufen kann, während ich krank im Bett liege.»

«Aber du sollst bald wieder gesund werden, und da hilft nur, der Krankheit nachzugeben.» Böcklin brummte und verliess das Haus, um ins Atelier zu gehen. Zuerst nahm er den in Rom begonnenen «Pan im Schilf» hervor und vollendete das Bild. Danach begann er verschiedene, ansprechende Landschaftsbilder zu malen, von denen er wusste, dass sie leicht verkäuflich sein würden. Abends ging er zu seinem Malerfreund Paul Heyse.

Angela hingegen versuchte, trotz der fortgeschrittenen Schwangerschaft in der feuchten Dachwohnung des Hinterhauses den Alltag zu bewältigen. Eine Magd konnten sie sich nicht leisten, also musste sie alle schweren Arbeiten alleine durchführen. Wasser holen bereitete ihr viel Mühe, sie füllte den Kessel nur zur Hälfte, damit sie ihn noch tragen konnte und lief dafür zweimal zum Brunnen, immer mit beiden Kindern zusammen, was ein rasches Vorankommen verhinderte. Auch die vier Zimmer mussten gereinigt werden. In ihrer Schwerfälligkeit war das Sandfegen am Boden eine grosse Mühe, trotzdem konnte sie es mit mehreren Pausen dazwischen erledigen. Und wie gewohnt musste eingekauft und für die Familie gekocht werden. Zudem drückten sie die Sorgen um Arnold, denn wenn er nach Hause kam, klagte er über seine schrecklichen Kopfschmerzen. Aber auch sie fühlte sich schlecht und erschöpft.

Als nachts um zwei Uhr die Wehen einsetzten, war sie ratlos. Es blieb wohl keine andere Wahl, sie musste ihren kranken Mann wecken. Sie kannte niemanden in der ganzen Stadt ausser Maler Heyse, der jedoch viel zu weit weg wohnte.

«Da liege ich nun mit heftigen Wehen, neben mir Arnold mit Fieber und Kopfschmerzen, dazu mit zwei kleinen Kindern, einsam in einer fremden Stadt und brauche dringend Hilfe», fuhr es ihr durch den Kopf. Es blieb nichts anderes übrig, als Böcklin zu wecken.

«Es tut mir leid, aber es geht los. Bitte geh zu Hausmeister Radlbeck, er wird sicher wissen, wo man Hilfe holen kann, eine Hebamme oder so.» Arnold nickte, zitternd kleidete er sich an, nahm den Mantel und rannte zum Hausmeister, um ihn mitten in der Nacht aus dem

Bett zu holen. Angela wartete verzweifelt, ihre Wehen kamen in immer kürzeren Abständen. Radlbeck war nicht nur Hausmeister, sondern Metzger von Beruf und ein praktisch veranlagter Mann, der sofort sah, dass ein kranker Mann vor ihm stand, der Hilfe brauchte.

«Gehen Sie wieder heim, ich kümmere mich um alles.» Arnold Böcklin liess sich gerne dazu überreden und kehrte zu Angela zurück.

«Er holt jemanden», versicherte er ihr. Der resolute Metzger Radlbeck weckte zuerst seine Frau und schickte sie zu Böcklins, danach holte er eine Hebamme und brachte sie dazu, in die Dachwohnung zu steigen und das Nötige zu veranlassen.

So kam am 5. September 1858 der kleine Robert auf die Welt. Arnold Böcklin freute sich, einen kleinen Sohn zu haben, und hatte sich trotz seiner schlechten körperlichen Verfassung die ganze Nacht hindurch nützlich gemacht, bis der Metzger ihm befahl:

«Jetzt aber ins Bett mit Ihnen, und morgen gehen Sie schleunigst zu einem Arzt, es ist ja nicht mit anzusehen, wie Sie herumlaufen.»

«Es wird schon wieder werden», antwortete Böcklin matt – ging aber weiterhin zu keinem Arzt. Offensichtlich glaubte er gar nicht daran, wieder gesund zu werden. Mit einer nie da gewesenen Emsigkeit malte er Bild um Bild. Es schien Angela fast, als wolle er ihr und den drei kleinen Kindern möglichst viel hinterlassen. Sie wagte nicht, ihn darauf anzusprechen, konnte aber auch sonst mit niemandem über ihre Sorgen reden, denn kein Mensch verstand Italienisch oder Französisch. Sie war froh, wenn sie mit ihrem bescheidenen deutschen Wortschatz wenigstens das Nötigste erledigen konnte. Die beleibte Frau des Metzgers mit den gütigen Augen half ihr immer wieder, wenn eine Schwierigkeit auftauchte. Doch das grösste Problem war Arnold, der täglich gegen sein Fieber und seine Kopfschmerzen ankämpfte, während Angela, geschwächt durch die Geburt, knapp die Hausarbeiten erledigen und die drei kleinen Kinder versorgen konnte.

«In Basel liegt man vier Wochen im Kindsbett», murmelte sie, «davon kann ich nur träumen.» Das Stillen des kleinen Robert brauchte ihre letzten Reserven, sie wusste gar nicht, ob er überhaupt genug Milch bekam. Er kränkelte, schrie häufig und liess sich nur schwer beruhigen. Es war kalt und neblig und Angela fror wieder einmal am ganzen Körper. Und dazu musste sie feststellen, dass ihre Ersparnisse nun fast vollständig aufgebraucht waren, es reichte höchstens noch für ein bis zwei Wochen.

In dieser äussersten Not überwand Angela ihren ganzen Stolz und schrieb an Tante Carlotta, schilderte die schlimmen Umstände, berichtete von Arnolds Krankheit, ihrer Schwangerschaft und von den beiden Kindern, die bald nichts mehr zu essen hätten, weil hinten und vorne das Geld fehle. Sie bat Tante Carlotta um Hilfe und Unterstützung. Die Antwort kam umgehend. Tante Carlotta erklärte sich bereit, Angela und die Kinder bei sich in Rom aufzunehmen, aber von Böcklin, dem «Ketzer», wolle sie nichts wissen, auch wenn er krank sei. Angela traute ihren Augen nicht und las den Brief zweimal. Sie konnte beim besten Willen nicht nachvollziehen, dass ihre strenggläubige Tante, welche Sonntag für Sonntag in die Kirche ging, um zu beten, und der sie von Kind an vertraut hatte, ihr Herz verschlossen hielt und keinerlei Verständnis aufbringen wollte. Nicht einmal einem Kranken gegenüber. Im Stillen hatte sie immer gehofft, Tante Carlotta würde ihre Heirat mit einem Protestanten nach einiger Zeit verstehen und ihr nachsehen. Nun zeigte es sich, dass sie sich getäuscht hatte. Zorn stieg in ihr hoch. Es war offensichtlich, dass Tante Carlotta ihre Heirat nie akzeptieren würde.

«Dabei hat sie so viel Geld. Es wäre ein Leichtes, uns zu helfen», murmelte sie und strich sich eine Haarsträhne aus dem Gesicht, «wahrscheinlich fühlt sie sich noch bestätigt, weil es uns so schlecht geht. Dabei ist es ja ihre Schuld, dass wir unser schönes Rom verlassen mussten.» Tief enttäuscht starrte Angela auf den Brief in ihrer Hand und fühlte sich niedergeschlagen, einsam und verlassen. Schliesslich zerriss sie das Papier langsam in kleine Stücke, und mit jedem Stück rissen auch die letzten Bindungen zu ihrer Tante.

Anfang November konnten sie endlich in die fertig gestellte Wohnung im Vorderhaus umziehen. Doch

Böcklins Zustand verschlechterte sich von Tag zu Tag, Kopfweh und Fieber begleiteten ihn unablässig, bis schliesslich sein Malerfreund Heyse eingriff und einfach einen Arzt holte. Doktor Wolfstein verordnete ein Mittel, das selbst Böcklins Widerstand brach: «Gehen Sie ins Hofbräuhaus und trinken Sie so viel Bier als möglich.»

«Bier trinken?», rief Angela entsetzt aus, «das soll helfen?» Aber diesen eigenartigen ärztlichen Rat befolgte Böcklin. Nur erwies es sich, dass dieses Mittel dazu gedient hatte, die Krankheit richtig zum Ausbruch zu bringen.

«Es ist leider Typhus», versuchte der Arzt Angela schonend beizubringen. Angela zuckte entsetzt zusammen.

«Typhus?»

«Ja. Wir können nur hoffen, dass er robust genug ist, ihn zu überstehen.» Nachdem die Krankheit ausgebrochen war, fantasierte Arnold durch das hohe Fieber und hatte schlimme Halluzinationen. Sein Zustand war entsetzlich. Angela sass Tag und Nacht an seinem Bett, soweit es neben den Kindern möglich war. Böcklins Fieberfantasien drehten sich oft um Wedekind und das fehlende Honorar für die drei Bilder. Ganz offensichtlich machte er sich auch noch in seinem schlimmsten Zustand Sorgen um die Familie. Angela fand zum Glück moralische Unterstützung bei Dr. Wolfstein, der französisch sprach, und schliesslich auch beim Basler

Freund Louis Holzach, der in München eingetroffen war. Er verstand italienisch, besuchte sie täglich und half auch finanziell aus, anders wären sie nicht über die Runden gekommen.

Wer sich mit Wedekind in Verbindung gesetzt hatte, fand Angela nicht heraus, aber tatsächlich schickte der Konsul eines Tages endlich hundertfünfzig Taler für die drei Bilder. Angela starrte zuerst auf das Geld und eilte dann sofort zu Arnold.

«Der Konsul hat das Geld geschickt für die drei Bilder, stell dir vor!», rief sie unendlich erleichtert. Böcklin drehte sich langsam auf die Seite und blickte sie mit fieberglänzenden Augen an. Sein eingefallenes Gesicht mit den vielen Bartstoppeln wirkte grau und erschreckend leblos.

«Tatsächlich?», murmelte er.

«Ja, nun kann ich endlich unsere Schulden begleichen.» Doch Arnold hatte bereits die Augen wieder geschlossen und dämmerte vor sich hin. Angela las den beigefügten Brief und stellte fest, dass der Konsul noch zusätzlich fünfundzwanzig Taler geschickt hatte mit dem Hinweis, diese für den Kranken zu verwenden. Sie fühlte sich in ihrem Stolz getroffen.

«Zuerst lässt er dich Tag und Nacht ohne Pause arbeiten, bis du krank wirst, dann schickt er monatelang kein Geld und schliesslich schenkt er gnädig fünfundzwanzig Taler. Ganz wie es dem Herrn beliebt», murmelte sie erbost. Sie wusste, dass sie überempfindlich reagierte, aber sie empfand es in ihrer Situation als ein beschämend gnädiges Almosen – und schickte die fünfundzwanzig Taler wieder zurück. Um das andere Geld war sie jedoch sehr froh, denn so brauchte sie sich für einige Zeit nicht mehr bei den wenigen Freunden Geld zu leihen. Ihre Sorgen wurden leider nicht geringer, denn nun erkrankten auch alle drei Kinder. Die dreijährige Clara hatte sich offensichtlich beim Vater angesteckt und sank ebenfalls mit Typhus schwer krank ins Bett. Der einjährige Arnoldo klagte auch über Schmerzen im Bauch und krümmte sich und weinte die halbe Nacht hindurch. Die grössten Sorgen machte sich Angela aber um ihren wenige Wochen alten Robert, der um sein Leben kämpfte, in seinem Bettchen lag und wimmerte und kaum zu beruhigen war.

Unterdessen war es kalt geworden. Häufig fiel Schnee, und es kam Frost auf. Die Weihnachtstage des Jahres 1858 verbrachte Angela, indem sie von einem Bett zum andern rannte. Arnold lag im Sterben und sie bemühte sich, irgendwie seine Lebensgeister zu erhalten. Das hohe Fieber wollte nicht weichen, seine Halluzinationen, bei denen er sich hin und her wälzte und aufstöhnte, ängstigten sie und sie merkte, dass er zwischen Fantasie und Wirklichkeit nicht mehr unterscheiden konnte. Fieber und Durchfall hatten ihn vollständig ausgetrocknet, seine grau-weissliche Zunge klebte ihm im Mund und Angela versuchte sie anzufeuchten. Da schrie wiederum die kleine Clara und sie rannte zu ihr, um mit Essigwickeln das hohe Fieber etwas zu senken und die Bettlaken zu wechseln, dann wollte der kleine Arnoldo etwas zu trinken, und im Bettchen daneben wimmerte Robert, und Angela lief dorthin, konnte ihn aber nicht beruhigen. Sie schlief kaum mehr und war vor lauter Müdigkeit nicht mehr sie selbst. Aber das Elend wollte nicht aufhören.

Am 27. Dezember starb der kleine Robert. Nur drei Monate alt war er geworden. Angela brach über seinem Bettchen zusammen und war wie von Sinnen. Doch da rief Clara nach ihr in einem Fiebertraum, und sie raffte sich auf, taumelte zu ihrem Bett, um ihr etwas zu trinken zu geben und deckte im Vorbeigehen den kleinen Arnoldo zu, der sich frei gestrampelt hatte. Ihr war schlecht und sie war müde zum Umsinken. Der Schmerz um den kleinen Robert drang durch sie hindurch, sie hatte nur noch einen Wunsch: zu schlafen und zu vergessen. Aber die Kranken brauchten sie! Sie lief ans Bett von Arnold und zitterte dabei vor Kälte, denn der Arzt hatte verboten, Feuer zu machen, damit der Fieberkranke nicht durch die Wärme noch mehr erhitzt würde. Sie sank neben seinem Bett nieder, aber Arnold war so krank, dass sie ihm vom Ableben des kleinen Robert nichts sagen konnte. Sie fühlte sich schwach und einsam wie noch nie in ihrem Leben.

Einige Stunden später schien es ihr, Arnold liege ebenfalls in den letzten Zügen. Schwer atmend lag er da und reagierte kaum mehr, wenn sie ihn ansprach. In ihrer Angst liess sie Dr. Wolfstein holen, obwohl sie ihn an den Feiertagen nicht gerne störte. Während sie in grosser Verzweiflung wartete, trat sie ungeduldig ans Fenster, um nach dem Arzt Ausschau zu halten. Da erblickte sie im fahlen Mondschein eine seltsame Gestalt, welche gegenüber vor dem Haus stand, ein Mann in hellen Sommerkleidern, obwohl es Winter war. Er blickte starr und mit grossen, seltsam umschatteten Augen zu ihr hinauf. Sein Gesicht wirkte wie eine Fratze. Was wollte die unheimliche Gestalt? Angela schauderte und trat rasch vom Fenster zurück. Gleich darauf hörte sie Schritte, trat wieder zum Fenster und sah, wie die Magd, welche sie zum Arzt geschickt hatte, mit dem geheimnisvollen Mann redete. Als diese schliesslich klopfte, um zu melden, dass der Arzt unterwegs sei, fragte Angela sofort:

«Wer war der eigenartig gekleidete Mann vor dem Haus, mit dem Sie gesprochen haben?» Die Magd blickte sie erstaunt an und meinte bestimmt:

«Ich habe niemanden gesehen und mit niemandem gesprochen.» Angela schauderte. Hatte sie nun selbst Halluzinationen? Sie schwieg erschrocken. Eigenartiges erlebte sie auch am nächsten Tag. Im unteren Stockwerk war ebenfalls ein Mann an Typhus erkrankt und kämpfte um sein Leben. Sie hatte Arnold nichts davon gesagt, um ihn nicht zu beunruhigen. In einem seiner lichten Momente winkte er sie jedoch an sein Bett und flüsterte:

«Kümmere dich um den Nachbarn von unten, sonst stirbt er.» Angela nickte erstaunt, obwohl ihr nicht klar war, wie er etwas von dem Kranken wissen konnte. Immerhin schien es, dass der Höhepunkt der Krankheit mit den Weihnachtstagen überschritten worden sei. Arnold ging es etwas besser und auch bei Clara keimten erste Hoffnungen auf, dass sie den Typhus überstehen würde. Die Beerdigung des kleinen Robert durch die Pfarrei St. Bonifaz stand Angela alleine durch. Paul Heyse, Louis Holzach und Dr. Wolfstein waren zum Glück gekommen, so dass sie nicht ganz alleine am Grab ihres Kindes stehen musste. «Roberto», flüsterte sie und dachte an das liebe Gesichtchen, das ihr innig zugelächelt hatte. Aber Tränen flossen keine mehr, es war alles zu viel gewesen in den vergangenen Wochen. Die dunklen Schatten unter ihren Augen sprachen für sich. Mit ihren vierundzwanzig Jahren hatte sie bereits das zweite Kind zu Grabe tragen müssen.

Wenige Tage später klopfte es an der Tür. Eine gepflegte Dame stand draussen in einem eleganten Mantel mit einem hübschen Hut und Handschuhen und lächelte freundlich. Ihr Gesicht strahlte Stärke aus und verriet eine entschlossene Person.

«Mein Name ist Emilie Linder. Ich bin Malerin und stamme aus Basel. Ich habe von der Krankheit Ihres Mannes gehört und da ich die Familie Böcklin kenne, wollte ich fragen, ob ich etwas für Sie tun kann?» Angela starrte sie sprachlos an.

«Etwas für uns tun?», wiederholte sie hilflos und bedachte die Dame mit einem unsicheren Lächeln. Sie fühlte sich ausgesprochen schlecht in ihrem plumpen, blauen Werktagsrock und den ungekämmten Haaren.

«Ja, Dr. Wolfstein hat mir von Ihrem Schicksal erzählt. Wenn Sie etwas brauchen können, so sagen Sie es ruhig. Für alle Fälle habe ich vierundzwanzig Flaschen Bordeaux mitnehmen lassen in der Kutsche.» Angela schaute zur Strasse, sah dort eine Kutsche mit Diener warten und konnte es nicht glauben.

«Nun ja», brachte sie schliesslich hervor, «eigentlich fehlt es an allem.» Ihre bleichen, erschöpften Züge und ihre Augenringe sprachen deutlich von den Strapazen und schlaflosen Nächten und zeigten, dass sie meinte, was sie sagte. Angela schämte sich, weil ein Schwall muffigen Geruchs aus der Türe drang. Sie konnte die Dame unmöglich hereinbitten. Emilie Linder lächelte und einen Moment erwiderten ihre klugen Augen Angelas unsicheren Blick.

«Ich komme besser nicht in die Nähe der Kranken. Aber den Wein für Ihren Mann möchte ich auf keinen Fall wieder mitnehmen.»

«Oh, entschuldigen Sie. Ich nehme ihn natürlich dankend entgegen», meinte Angela verlegen. Sie hob den kleinen Arnoldo vom Boden auf, der an ihrer Schürze gehangen hatte, und lächelte entschuldigend.

Von nun an sorgte die ernsthafte, tatkräftige Emilie Linder für die Familie, sie erschien Angela wie ein

Engel. Zuerst versuchte sie, sich noch etwas zu wehren, es widerstrebte ihr, von einem wildfremden Menschen so viel Hilfe anzunehmen. Aber es fehlte ihr die Kraft dazu. Emilie Linder lächelte nur und versicherte ihr, dass sie mit ihrem Geld nichts lieber täte, als ihnen zu helfen. An diesem Punkt hielt es Angela für weiser, nicht weiterzudenken und das unerwartete Geschenk einfach anzunehmen.

Mit dem Erscheinen von Emilie Linder schien sich das Blatt gewendet zu haben, denn nicht nur Arnold, sondern auch Clara ging es von Tag zu Tag besser. Und ganz unerwartet kam ein Bescheid vom König von Bayern, dass er das Bild *Pan im Schilf* zu erwerben gedenke, welches an der Ausstellung des Münchner Kunstvereins zu sehen war. Er bezahlte tausend Gulden dafür. Was für ein Lichtblick nach der langen finanziellen Durststrecke! Angela konnte es fast nicht fassen. Louis Holzach, der sie weiterhin täglich besuchte, meinte entschuldigend zu Angela:

«Der *Pan im Schilf* hängt nun in der Pinakothek, aber im Katalog steht, der Künstler sei gestorben!»

«Gestorben?», entfuhr es Angela und biss sich auf die Lippen.

«Ja, man hat einen schwarzen Kranz um das Bild gelegt.»

«Wie bitte? Einen Kranz? Lasst das ja nicht meinen

Mann hören, er hat immer noch Fieber und fantasiert die wunderlichsten Dinge zusammen.»

«Geht es ihm denn etwas besser?»

«Nun, verglichen mit den Weihnachtstagen schon, er hat wieder etwas Appetit und nicht mehr so hohes Fieber, aber ich wage nicht, ihm zu sagen, dass unser kleiner Robert gestorben ist. Und dabei fragt er immer nach ihm, und ich muss laufend Ausreden erfinden.»

«Vermutlich merkt er, dass ihm etwas verheimlicht wird.»

«Vielleicht. Aber ich bringe es einfach nicht übers Herz, ihm zu sagen, dass das Kind nicht mehr lebt. Es würde ihm bei seinem Genesungsprozess sicher schaden. Er hat schon den Tod unseres ersten Kindes, Fritz, sehr schwergenommen.»

Angela hatte jedoch nicht daran gedacht, dass Arnold die Kinder fragen könnte. Clara, welche schon wieder recht munter war und gerne an seinem Bett sass, antwortete auf seine Frage nach Robert ganz naiv, das Brüderchen sei gestorben. Da schrie Böcklin laut auf. Angela stürzte ins Zimmer und hatte die allergrösste Mühe, ihn zu beruhigen. Er bekam wie erwartet einen schweren Rückfall, ass fast nichts mehr und fiel immer wieder in Ohnmacht. Angela ängstigte sich sehr und befürchtete, dass sein Herz dieser Belastung nicht mehr gewachsen sein könnte. Hier halfen nun Emilie Linders vierundzwanzig Weinflaschen aufs Beste. Arnold trank sie mit Freuden und wurde dabei fröhlich und zufrieden, fantasierte allerdings umso mehr. Aber schliesslich stand es besser um ihn. Tag für Tag machte er Fortschritte, so dass der Arzt eines Morgens erklärte, nun dürfe Böcklin wieder etwas aufstehen. Nach zwei Monaten auf dem Krankenbett war er allerdings sehr schwach, die Beine trugen ihn kaum, er sah erbärmlich aus, war zu einem Skelett abgemagert und die Kleider schlotterten an ihm. Als Fräulein Linder wieder einmal einen Besuch abstattete, erzählte ihr Angela lächelnd:

«Beim ersten Spaziergang im Freien blieben die Leute stehen und starrten ihn an. Und wissen Sie, was er tat? Er streckte ihnen die Zunge heraus!» Sie lachten beide.

«Wenn das kein gutes Zeichen ist. Sein Humor kehrt zurück.»

«Nicht nur das, auch seine Lust zu rauchen! Sobald er genug weit gehen konnte, ging er Zigarren kaufen und verlangte gleich die stärksten. Und zum Verkäufer meinte er, er solle ihn nicht so ansehen. Er habe zwar Typhus gehabt, aber wenn der Mensch erst wieder rauche, dann sei er wieder gesund.» Angela lächelte. Wie schön, dass sie solche Geschichten erzählen konnte. Lange hatte es gar nicht danach ausgesehen, als ob Arnold die Krankheit überstehen werde. Die Geldsorgen waren in den Hintergrund getreten, vor allem dank Fräulein Linders Hilfe und dem Verkauf des Bildes an den König von Bayern. Angela war es peinlich, so viel

Schulden zu haben, und meinte errötend zu Emilie Linder:

«Sobald mein Mann wieder arbeiten kann, wird er dafür sorgen, dass Sie Ihr Geld zurückerhalten.» Emilie Linder lächelte wohlwollend:

«Ich möchte Ihnen die tausend Gulden schenken. Ich brauche sie nicht. Es ist nur wichtig, dass Ihr Mann wieder gesund wird. Das ist mir Lohn genug.» Angela war sprachlos, die Erleichterung konnte man in ihrem Gesicht ablesen. Schliesslich stammelte sie ein herzliches Dankeschön. Beschämt fragte sie sich, wie sie sich sonst hätte bedanken können.

Arnold Böcklin lebte von Tag zu Tag mehr auf. Er war so glücklich, wieder gesund zu sein, er hätte alle Leute umarmen können. Körperlich ging es rasch vorwärts, rasiert und mit frischem Haarschnitt versehen war er wieder ein anderer Mensch. Aber seine Arbeitslust kehrte nicht zurück. Angela fürchtete bereits, dass er nie wieder malen würde. Der Sommer ging ins Land, ein schöner, warmer und trockener Sommer, der es zuliess, dass sie zusammen mit den beiden Kindern viele Spaziergänge machen konnten. Sie verschwieg Arnold allerdings zuerst, dass sie wieder schwanger war. Es machte ihr selbst ziemlich Mühe, hatte sie sich von den Strapazen der monatelangen Pflege der Kranken doch noch gar nicht richtig erholt. Erst, als es nicht mehr zu vermeiden war, eröffnete sie ihm, dass sie wieder ein Kind erwarteten. Es zeigte sich, dass diese Mitteilung bei Arnold nicht nur grosse Freude, sondern auch die alte Schaffenslust auslöste, er begann wieder zu malen. Angela nahm es überglücklich zur Kenntnis. Als Erstes malte er eine «Villa am Meer», dann fing er an, einen Hirten zu malen, der von einem Pan erschreckt wird.

«Ich werde dem Bild den Titel *Panischer Schrecken* geben. Erinnerst du dich noch an den Hirten in Palestrina?», fragte er lächelnd.

«Und ob! Das waren glückliche Tage», antwortete Angela sehnsüchtig. Sie betrachtete das Bild und meinte, die Felsen wiederzuerkennen, die Wärme zu spüren und den Thymian zu riechen. Sie hatte alle Erinnerungen an Italien verdrängt, nun standen ihr die Tage mit Arnold in Palestrina plötzlich wieder vor Augen. Es war die flüchtige, ferne Erinnerung an etwas Schönes, das sie vor sehr langer Zeit erlebt hatte. Sie schluckte und hoffte, dass Arnold es nicht bemerkte.

Im Februar 1860 kam der kleine Ralph auf die Welt. Die ganze Familie freute sich darüber, ganz besonders Böcklin. Er hatte den Verlust von Robert immer noch nicht verschmerzt, vor allem, weil er diesen Buben wegen seiner Krankheit nur schemenhaft in Erinnerung hatte. Angela hingegen war zuerst einmal dankbar und froh, dass sie die Schwangerschaft und Geburt gut überstanden hatte, und der Kleine trotz ihrer Strapazen während der vielen Wochen der Krankheiten gesund

und munter schien. Nun war die Familie wieder auf drei Kinder angewachsen. Die fünfjährige Clara umsorgte liebevoll ihr neugeborenes Brüderchen, während der dreijährige Arnoldo am Boden spielte und Angela ein Essen kochte.

Im folgenden Sommer ergab sich ganz unerwartet eine Berufung Böcklins an die Kunstschule von Weimar. Grossherzog Carl Alexander von Sachsen-Weimar hatte eine Kunstakademie gegründet und deren Leiter war nach München gekommen, um Lehrkräfte zu suchen, die an seiner Kunstschule unterrichten könnten. Paul Heyse und weitere Freunde von Böcklin empfahlen, den jungen Künstler zu engagieren. Er sei zwar erst dreiunddreissig Jahre alt, aber äusserst begabt und habe eine grosse Zukunft vor sich. So erhielt Böcklin die ehrenvolle Anfrage, ob er als Professor an der neuen Kunstschule Landschaftsmalen unterrichten wolle. Als Gehalt bot man ihm fünfhundert Taler an sowie ein Atelier in der Akademie. Angela konnte es kaum fassen. Der Gedanke an ein regelmässiges Einkommen erschien ihr paradiesisch. Böcklin selbst war unterdessen auch klar geworden, dass ein sicheres Einkommen für ihn und vor allem für die Familie verlockend sein könnte, obwohl er seine Freiheit nicht gerne aufgab.

Nach seiner Zusage wandte sich Angela in überschwänglicher Stimmung den praktischen Dingen zu. Während sie nachts vor Aufregung nicht schlafen konnte, fiel ihr plötzlich ein, dass sie nichts anzuziehen hatte.

«Ruf und Titel sind da, aber die Mittel fehlen!», rief sie verzweifelt aus und ihre Gedanken überschlugen sich, «an einem Fürstenhofe muss man doch standesgemäss verkehren. Wir haben nicht einmal entsprechende Kleider.» Böcklin erwachte und blickte schläfrig und erstaunt auf Angela.

«Du hast sicher recht. Aber reden wir morgen darüber», murmelte er schlaftrunken.

«Auch die Wohnung muss sicher einen repräsentativen Charakter aufweisen», setzte ihm Angela ihre Zukunftsängste auseinander, aber er war bereits wieder eingeschlafen. In Gedanken durchforstete sie ihre Garderobe, alle ihre abgetragenen Kleider. Bis anhin hatte sie ausserordentlich bescheiden gelebt. Meist trug sie beim Ausgehen ein grosses Umhängetuch, das ihr schlichtes Kleid zur Hälfte verdeckte oder den Kaschmirschal, den sie von ihrer Schwiegermutter geschenkt bekommen hatte. Auch Arnold kam stets einfach gekleidet daher mit Weste, Beinkleidern und Jacke, meist in Dunkelgrau.

Gleich am folgenden Morgen nahm sie beim Frühstück ihre Gedanken wieder auf: «Ich kann mir beim besten Willen nicht vorstellen, mit einem meiner Kleider am Fürstenhof aufzutreten», stellte sie trübsinnig fest, «und du als Professor hast bestimmt genaue Kleidervorschriften einzuhalten. Aber wir haben kein Geld für eine neue Garderobe.» Angela merkte, dass Arnold ihre Probleme nicht nachvollziehen konnte. In ihrer

Not erinnerte sie sich an Emilie Linder. Sie nahm ihren ganzen Mut zusammen und klopfte bei Fräulein Linder an und bat sie, ihnen zweitausend Gulden zu leihen, damit sie sich standesgemäss ausstatten könnten für Weimar. Emilie Linder erklärte sich gerne bereit, ihnen das Geld zu borgen, stellte aber auch einen entsprechenden Schuldschein aus. Angela konnte nicht ahnen, dass die grosszügige Dame von Basel bereits ein Jahr später nicht mehr leben und ihr als Erbschaft die zweitausend Gulden vermachen würde.

Weimar

Es war Herbst. Die Blätter leuchteten in allen Farben, während der Himmel eine bleigraue Farbe aufwies, und die Sonne nur noch wenig Kraft zeigte. Als sie in Weimar ankamen, fanden sie am Theaterplatz eine nette Wohnung. Angela war sehr glücklich damit. Nach der bescheidenen Münchner Wohnung freute sie sich darauf, ein trautes Heim zu schaffen. Es gehörte zu den Aufgaben der Frau, denn in den eigenen vier Wänden war die Familie unter sich und brauchte sich nicht um Politik und Kriegsgeschrei zu kümmern. Allerdings ahnte Angela nicht, dass die schönen Räume wenig wintertauglich sein würden.

«Komm, wir gehen zum Denkmal vor dem Theater», forderte Böcklin sie auf, «es ist ein bronzenes Doppelstandbild von Goethe und Schiller, die beide hier in Weimar tätig waren. Das müssen wir uns ansehen. Du weisst, wie sehr ich Goethe schätze. Seine Werke und die von Homer lese ich am liebsten.»

«Ich weiss, du zitierst ihn ja manchmal. Ein Zitat kenne sogar ich: Kennst du das Land, wo die Zitronen blühn?»

«Meine Italienerin!», lachte Böcklin und nahm ihren Arm. Zusammen mit den Kindern spazierten sie zum Denkmal. Die beiden Gestalten aus Bronze waren fast gleich gross dargestellt. Angela betrachtete den Jüngeren, der in einem langen Gehrock dastand, den Hemdkragen übergeschlagen hatte und eine offene Weste trug. In der Hand hielt er eine Schriftrolle.

«Welcher von beiden ist Goethe?», fragte sie.

«Der Ältere im Frack, der an den Eichenstamm gelehnt dasteht.»

«Und Schiller erhält den Lorbeerkranz von ihm?»

«Ja, er gibt den Kranz an ihn weiter. Das Denkmal ist ganz neu, musst du wissen. Es wurde erst vor drei Jahren eingeweiht zum hundertsten Geburtstag von Herzog Carl August von Sachsen-Eisenach. Damals spielte man auch die Faust-Sinfonie von Franz Liszt, der hier Kapellmeister ist.»

«Das ist der berühmte Klavierspieler, nicht wahr?»

«Ja, Liszt war ein Wunderkind und spielt auch heute noch phänomenal. Und er komponiert auch. Wir werden wohl noch etwas von ihm zu hören bekommen und ihn vielleicht auch kennenlernen. Die Einweihung des Denkmals muss jedenfalls ein eindrücklicher Festakt gewesen sein, man spricht immer noch davon.»

Vorläufig galt es jedoch, sich an die neuen Verhältnisse zu gewöhnen. Für Böcklin bedeutete es vor allem einige Überwindung, bei Festlichkeiten in Uniform zu erscheinen.

«Die Schnallenschuhe drücken», klagte er, wenn er sich umzog, «der Frack und der hohe Kragen beengen ungemein, und die Kniehosen auch.»

«Du siehst grossartig aus damit», konnte Angela nicht umhin zu bemerken. Sie betrachtete ihn nicht ohne Stolz. In dem goldbestickten Frack mit den goldenen Knöpfen und mit seiner aufrechten Haltung machte er entschieden eine gute Figur. Zu gerne hätte sie ihn begleitet! Hoffähig waren aber nur die Professoren, nicht die Frauen. Dabei hatte Angela sich in München extra repräsentative Kleider nähen lassen. Böcklin hingegen hätte liebend gerne auf diese Empfänge verzichtet, denn sie hielten ihn nur von der Arbeit ab. Wenn der Kammerhusar erschien und ihn zu seiner Königlichen Hoheit beschied, musste er alles stehen und liegen lassen, denn den hohen Herrn durfte man nicht warten lassen. Angela war hin und wieder bei Graf Stanislaus von Kalckreuth und dessen Familie zu Gast, dem Direktor der Kunstschule. Mit seiner Frau Anna und deren Kindern verband sie bald ein freundschaftliches Verhältnis. Vor allem die fünfjährige Clara steckte oft mit den Kindern Kalckreuth zusammen. Für Angela bedeutete der Kontakt sehr viel, war es doch seit Langem das erste Mal, dass sie sich unbeschwert mit einer andern Frau austauschen konnte. Ihre Sprachkenntnisse erweiterten sich damit.

Von anderen hochgestellten Grafen und Baronen wurden sie ebenfalls eingeladen. Die Räume präsentierten sich jeweils sehr elegant möbliert mit mehreren Lehnsesseln, die Fenster waren umrahmt von schweren Vorhängen, Kronleuchter mit vielen Kerzen erhellten düstere Porträts von adeligen Vorfahren, welche in vergoldeten Bilderrahmen an den Wänden hingen. Es ging meist recht geziert zu und her, denn man eiferte dem Leben am königlichen Hof nach. Die hocheleganten Herren hatten etwas leicht Grossspuriges an sich, man gab sich steif, korrekt und ernst und tauschte Begrüssungsfloskeln aus. Angela wusste nicht, dass in Deutschland ein solches Gehabe bei offiziellen Anlässen immer an den Tag gelegt wurde. Die Damen trugen weite Röcke aus Samt und Seide mit Dekolleté, angesteckten Blumen, Spitzenbesatz und Rüschen, natürlich erlesenen Schmuck um den Hals und einen Fächer in der Hand. Ihre Wangen zeigten sich vor Aufregung leicht gerötet und es umfing sie ein zarter Duft von Parfüm. Es gab nur wenig Tee, hauchdünne Brötchen mit Gurken oder Brunnenkresse, Pastetchen und kleine Stücke Sahnetorte. Angela hätte gewünscht, dies wäre eine Gelegenheit, bei der man herzlich zulangen könnte, was selbstverständlich überhaupt nicht infrage kam. Sie hatte rasch gelernt, dass es in Deutschland keineswegs so zuging wie bei familiären Einladungen in Rom. Angela beobachtete, wie sich die Damen mit ihren blitzenden Juwelen am Hals jeweils kurz in einem der Rokokospiegel betrachteten, ihre Löckchen mit einer eleganten Fingerbewegung zurechtrückten oder sich mit einer ebenso vornehmen Geste über die Falten ihrer Röcke strichen. Angela konnte den Gegensatz zum äusserst bescheidenen, ja ärmlichen Leben, das sie noch vor Kurzem in München geführt hatte, kaum einordnen. War es wirklich erst ein paar Monate her, dass sie Wassereimer geschleppt, Böden gefegt und Kranke gepflegt hatte? Gewisse Damen verströmten eine solche Selbstsicherheit, dass sie sich daneben ausserordentlich dumm vorkam. Angelas Kleider waren zwar auch gut geschnitten, sie hatten ein hübsch plissiertes Oberteil und schön gebauschte Ärmel, aber sie mied alles Auffällige. Ihr schwarzes Haar hatte sie adrett frisiert, und sie bewegte sich mit aller Anmut, zu der sie fähig war. Geschickt verbannte sie eine entflohene Haarsträhne wieder an ihren Platz, denn eine gelöste Strähne war verpönt in der Gesellschaft, so viel hatte sie schon gelernt. «Wenn sie mich vor einigen Wochen gesehen hätten», ging es ihr durch den Kopf, «wie damals meine Haare aussahen – aber da spielten Äusserlichkeiten gar keine Rolle mehr.»

Ein eleganter Herr in Uniform spazierte vorbei. Die schimmernden goldenen Tressen und die blanken Knöpfe seines Rockes funkelten. Er machte eine leichte Verbeugung, was sie mit einem mechanischen Lächeln quittierte. Sie wusste nicht, dass sie mit ihren glänzenden grauen Augen und dem schlichten, unauffälligen Kleid, dessen Farbton das schwache Rot ihrer Wangen hervorragend zur Geltung brachte, ausgesprochen hübsch aussah. Sie scheute sich, Konversation zu machen, denn ihre Deutschkenntnisse liessen immer noch sehr zu wünschen übrig. Ein feines Lächeln umspielte ihren Mund, als sie daran dachte, dass die Nonnen in Rom stets gepredigt hatten, Schüchternheit sei die schönste weibliche Tugend. «So will es die Gesellschaft. Ein junges Mädchen soll wohlerzogen, lebensfremd und unsicher sein, damit es von seinem Ehemann geformt werden kann», hatte man ihr stets eingebläut. Während sie den Damen der Gesellschaft staunend zusah, erinnerte sie sich gleichzeitig daran, wie ahnungslos sie vor neun Jahren in die Ehe mit Arnold eingetreten war. «Lebensfremd und unsicher, ja, das war ich damals wirklich», ging es ihr durch den Kopf.

Da trat der Grossherzog Carl Alexander von Sachsen-Weimar auf sie zu, redete sie in italienischer Sprache an und fragte, ob es ihr in Weimar gefalle. Selbstverständlich hatte sie diese Frage zu bejahen. Es war sehr liebenswürdig und eine Ehre, dass er sich herabliess, mit ihr zu reden. Er war ein stattlicher Mann. Er besass die herrischen Züge eines Menschen, der es gewohnt war zu befehlen, eine hohe Stirn und grosse, scharf blickende Augen beherrschten sein Gesicht. Am nächsten Tag erhielt Angela sogar Bilder von Italien zugesandt. Eine ganz besondere Aufmerksamkeit liess er ihr zuteilwerden, als er ihnen Theaterkarten für die bewunderte italienische Schauspielerin Ristori zuschicken liess, welche in Stücken von Shakespeare und Schiller auftrat. Arnold war allerdings weniger begeistert. Er ging ungern ins Theater, denn sein sensibler Charakter liess ihn die gezeigten Schicksale tief nachempfinden, und er schämte sich, wenn ihm dabei Tränen in die Augen traten. Aber Shakespeare schätzte er sehr, er hatte fast alle seine Werke gelesen und war mit seinem phänomenalen Gedächtnis so beschlagen, dass er manch einem Shakespeare-Kenner etwas vormachen konnte.

Ein besonderes Vergnügen bereitete Angela der Zwiebelmarkt im Oktober. Es wurden leckere Zwiebelkuchen, Zwiebelsuppe und dekorative Zwiebelzöpfe angeboten. Die einfachen Buden und Stände erinnerten sie an Rom, an den Campo Vaccino. Marktweiber priesen da wie dort ihre Waren an und kunterbunt war das Angebot. Allerdings fehlte ihr die südliche Wärme, denn im Oktober war es in Weimar bereits empfindlich kalt, und Angela hüllte sich fröstelnd in ihr Umhängetuch. Der Zwiebelmarkt mit seiner stimmungsvollen Atmosphäre half aber nur wenig, Angelas Sorgen um die Kinder zu verkleinern. Sie kränkelten bereits wieder, husteten alle drei und die Nasen liefen. Der Herbst zeigte sich von seiner garstigsten Seite. Angelas Vorstellungen vom kalten Norden bestätigten sich alle. Tagelang musste man gegen den eisigen Wind kämpfen, der an den Fensterläden rüttelte und die Bäume bog, bis auch das letzte Blatt am Boden lag. Die kalte Luft drang durch die Ritzen der Fenster in ihre Wohnung ein, die Fenster waren jeden Morgen bedeckt mit Eisblumen und selbst an den Wänden bildete sich

Eis. Da das Haus schlecht isoliert war, brauchten sie Unmengen von Holz und bekamen trotzdem nicht richtig warm. Die klammen Räume führten dazu, dass sich der Husten der Kinder nicht besserte. Am schlimmsten hatte es den kleinen, zehn Monate alten Ralph erwischt. Bald stellte Angela erschrocken fest, dass er Fieber hatte. Sein Gesichtchen glühte und er atmete schwer. Der Grossherzog schickte täglich seinen Kammerhusaren, um sich nach dem Befinden des Kleinen zu erkundigen, und auch Anna Kalckreuth kam vorbei, um zu fragen, ob sie etwas helfen könne.

«Es ist eine Lungenentzündung», versuchte der Arzt Angela schonend beizubringen, «da können wir nur hoffen.» Angela starrte ihn entsetzt an.

«Kann man nichts dagegen tun?», fragte sie flehentlich und äusserst besorgt.

«Nein, vielleicht helfen Kräutertees, aber Ihr Kind ist noch klein, deshalb müssen wir vorsichtig sein, vor allem mit Eisenhuttinktur, die ich sonst gerne anwende. Wir müssen abwarten. Machen Sie Essigwickel, kühlen Sie ihm die Stirne – und beten Sie für ihn.» Angela wurde das Herz schwer bei diesem Bescheid. Sie ahnte, dass nicht viel Hoffnung bestand.

«Wir haben bereits zwei Buben verloren durch Krankheit», flüsterte sie erregt, fast vorwurfsvoll.

«Ja das ist leider so», antwortete der Arzt mit einer Gleichmut, die sie ihm übel nahm, «nur die Hälfte aller Kleinkinder erreichen das zehnte Lebensjahr.» Angela wandte sich ab, damit er ihren Gesichtsausdruck nicht sehen konnte. Aber leider sollte er recht bekommen: Nur wenige Tage später starb der kleine Ralph in ihren Armen, während Arnold verzweifelt und schwer atmend danebenstand.

«Er lebt nicht mehr», flüsterte Angela und sank in sich zusammen. Der Schmerz in Böcklins Zügen vertiefte sich, und er starrte blind aus dem Fenster. Jedes von ihnen gab sich in den folgenden Wochen dem Schmerz auf seine eigene Weise hin, Angela mit einer nie da gewesenen Putzwut, während Arnold sich von der Aussenwelt zurückzog, so gut es am königlichen Hof und mit dem Unterricht an der Kunstschule möglich war. Er sass stundenlang in seinem Atelier ohne etwas zu arbeiten und rauchte mit finsterem Gesicht vor sich hin.

Erst nach einigen Wochen stumpfer Teilnahmslosigkeit, als im März der Schnee zu schmelzen begann, fanden sie sich beide mit der unverrückbaren Tatsache ab. Sie begannen wieder Freude am Leben zu gewinnen, auch wenn ihnen zuerst der schrille Lärm, die Geschäftigkeit und das muntere Treiben der Menschen Mühe bereiteten. Fast jede Woche erfolgte eine Einladung, Angela bewegte sich bald mit mehr Sicherheit in der stickigen, parfümierten Luft der Festsäle. Sie hatte unterdessen bemerkt, wie künstlich die Gesten der Damen wirkten, und festgestellt, wie viele Stunden diese aufwenden mussten, um mit Hilfe einer Friseuse und mit unzähligen Haarnadeln und Spangen ihre Haartrachten aufzutürmen. Auch Angela hatte gelernt, mit der Brennschere umzugehen, um ihre Haare mit Löckchen zu versehen.

Der Höhepunkt der Saison war zweifellos ein grosser Ball, zu welchem Angela eingeladen und sogar in einer Sänfte getragen wurde. Ihr Kleid war ganz in Weiss gehalten, das Dekolleté mit grünen Seidenbändern verziert, obwohl es nach dem Todesfall in ihrer Familie angebracht gewesen wäre, ein dezentes Kleid als Zeichen der Trauer zu tragen.

«In Basel wäre es undenkbar, dass du während der Trauerzeit in einem solchen Kleid auftrittst», meinte Arnold leicht verärgert, während er Angela am Arm die Treppe emporführte. Sie atmete tief durch und straffte die Schultern.

«Ich weiss, aber hier an so einem Anlass interessiert es niemanden, ob wir ein Kind verloren haben. Und wie es in mir drin aussieht, geht niemanden etwas an», erwiderte sie trotzig. Ihre Stimme klang belegt und sie vermied es, ihn anzusehen. Sie wollte ihm später in Ruhe auseinandersetzen, dass sie wieder schwanger war und dieses weisse Kleid wenigstens einmal hatte anziehen wollen. Schon jetzt hatte sie ihre Taille nur noch mit Mühe schnüren können. Neun Monate später wäre das Kleid sicher aus der Mode. Ein Diener nahm ihr den Umhang ab. Sie drückte den grünen Beutel mit der Perle an sich, den sie einst von Mutter Böcklin zum ersten Kind geschenkt bekommen hatte und der hervorragend zu den grünen Seidenbändern ihres Kleides passte. Diesmal erschien sogar der Grossherzog und hielt einen Cercle, Franz Liszt sass da, umringt von vielen Damen. In seiner Nähe befand sich auch die Fürstin Carolyne zu Sayn-Wittgenstein, mit der Liszt schon einige Jahre liiert war, wie Angela durch den Hofklatsch erfuhr. Auch Liszts Tochter Cosima war anwesend. Sie hatte vier Jahre zuvor den Hofkapellmeister Hans von Bülow geheiratet. Dieser riss mit seinem Klavierspiel die Gesellschaft zu wahren Begeisterungsstürmen hin. Angela hörte rechts und links das Getuschel über die in den Augen der Anwesenden skandalösen Verhältnisse der umschwärmten Personen, sie verstand aber nur die Hälfte von all dem Gerede.

Der Geburtstag des Grossherzogs am 18. Juni war ein weiterer Höhepunkt im gesellschaftlichen Leben Weimars. Es wurde ein glanzvolles Fest, die Damen setzten mit ihren Krinolinen, verziert mit Volants und Rüschen und mit überaus schlanken Taillen, dem Ganzen die Glanzlichter auf, während Angela, nun im sechsten Monat schwanger, in einem weiten Kleid den Abend vorzugsweise sitzend verbrachte. Dabei beobachtete sie argwöhnisch mehrere Damen, die Böcklin schwärmerisch umgaben. Er sah hervorragend aus in seiner Uniform. An Angela nagten Zweifel, ob er den vielen überaus hübschen Damen widerstehen würde. Sie wusste, sie war eifersüchtig, konnte es aber kaum verbergen.

Ein Fackelzug der Studenten von Jena bildete den Abschluss des rauschenden Festes. An der Spitze schritten Hans von Bülow und Franz Liszt, jeder mit einer Fackel in der Hand. Als Angela und Arnold nach Hause kamen, erfüllt von den vielen Eindrücken, mussten sie feststellen, dass der vierjährige Arnoldo unterdessen ein Bild, welches auf der Staffelei gestanden hatte, in die Hände bekommen und mit seinem Kindersäbel zerfetzt hatte.

«Wie kannst du nur», schrie ihn Angela an, «das schöne Bild von dir und Ali!» Ihr kleiner Pudel Ali, der seit einigen Wochen zu ihnen gehörte, war ein sehr intelligenter Hund, der morgens mit der Magd zum Einkaufen ging und so lange vor dem Bäckerladen stehen blieb, bis der Bäcker ihm ein kleines Brötchen zuwarf. Dieses nahm er sorgfältig in sein Maul und brachte es unversehrt nach Hause. Böcklin hatte ihn nun zusammen mit Arnoldo auf einem Bild festgehalten.

«Wieso hast du das Bild zerschnitten?», fragte Böcklin streng. Der Kleine stand mit hängenden Armen und gesenktem Kopf ganz verschüchtert da.

«Ich … ich wollte es nicht kaputt machen, Papa, ich wollte … habe mit meinem Säbel nur Krieg gespielt», kam es schliesslich stockend aus seinem Mund.

«Krieg gespielt! Na, das ist dir auf jeden Fall gelungen, wenn man sich hier umschaut», meinte Böcklin und versuchte ein Schmunzeln zu verbergen. Er bückte sich und sammelte die verschiedenen Leinwandstücke zusammen.

«Schau an, der Kopf von dir ist noch heil! Jetzt ist es ein Porträt von dir, aber auf das Bild von Ali müssen wir nun verzichten», meinte er mit einem unmerklichen Lächeln, und der kleine Arnoldo seufzte erleichtert auf, während er sich die Tränen aus den Augen wischte.

«Kannst du ihn nicht nochmal malen?», fragte er hoffnungsvoll.

«Nein, tut mir leid, wenn man etwas kaputt macht, hat man es nicht mehr.»

«Und in Zukunft spielst du nicht mehr Krieg!», schloss Angela streng und schickte ihn ins Bett.

Kurz vor der erwarteten Geburt zogen sie in ein Haus an der Amalienstrasse um. Angela war sehr froh, im kommenden Winter nicht mehr im feuchtkalten Haus am Theaterplatz wohnen zu müssen, vor allem, weil ein Neugeborenes besser in einer warmen Stube aufwachsen sollte. Es reichte ihr noch, sich einigermassen einzurichten, dann kam im September 1861 die kleine Lucie auf die Welt, ein zartes Mädchen mit grossen hellen Augen und vielen schwarzen Härchen auf dem Kopf. «Lucia», flüsterte Angela mit leiser Stimme, «hoffentlich bleibst du gesund!» Glücklich blickte sie auf das kleine Mädchen nieder. Nun war ihre Familie wieder auf drei Kinder angewachsen.

Die kleine Lucie war erst wenige Tage alt, als sie die Nachricht erhielten, dass Tante Carlotta in Rom verstorben sei. Angela schluckte, denn ganz unberührt liess sie diese Mitteilung nicht. Sie hatte Tante Carlotta viel zu verdanken, jedoch mit dem Widerstand gegen ihre Hochzeit auch ein kummervolles Leben in der Fremde. Trotzdem fragte Angela, während sie die kleine Lucie stillte: «Arnold, meinst du, sie hat mir die versprochenen fünfundzwanzigtausend Scudi doch noch vererbt?»

«Ich an deiner Stelle würde nicht damit rechnen. Sie wollte dir ihren Willen aufzwingen, aber du liessest es nicht zu. Das wird sie dir kaum verziehen haben.» Angela nickte, erinnerte sie sich doch an die kategorische Absage, als sie Tante Carlotta von München aus um Hilfe gebeten hatte. Arnold wusste nichts davon, und sie wollte es auch jetzt nicht nachholen. Nur wenige Wochen später folgte ein weiterer Brief aus Rom, diesmal mit der Nachricht, dass auch der Onkel von der Brauerei verstorben sei.

«Hier kommt die Nachricht, auf die ich gewartet habe», rief sie, als sie den Brief geöffnet hatte, «Augusto schreibt: Wenn es euch interessiert, Tante Carlottas Angelegenheiten zu erfahren: Giovanni hat alles bekommen!» Die stille Hoffnung, die sie immer noch gehegt hatte, war jäh zerplatzt. Sie zuckte die Schultern und meinte mit einem säuerlichen Lächeln:

«Giovanni also.»

«Ja, du siehst, wenn du ihn geheiratet hättest, wärst

du nun eine wohlhabende Frau.» Sie lachte spöttisch, dann richtete sich kerzengerade auf.

«Das wollte mir Tante Carlotta wohl damit noch einmal sagen. Meinst du, man könnte es anfechten, dass Giovanni alles geerbt hat?»

«Nein, sicher nicht. Einerseits haben wir kein Geld, um den rechtlichen Weg zu beschreiten, und andererseits ist die Aussicht, etwas zu bekommen, nicht sehr gross. Doch mir fällt Wichtigeres ein: Nun ist endlich der Weg frei, wieder in Rom zu wohnen!» Angela schaute ihn überrascht an und begann zu strahlen. Ihre Gedanken hüpften wild durcheinander.

«Daran habe ich noch gar nicht gedacht! Das wäre ja … aber … willst du denn fort von hier?»

«Oh ja, ich möchte gerne wieder nach Rom ziehen», meinte Arnold sehnsuchtsvoll, «ich fühle mich sehr beengt hier in der Residenz. Die Hofetikette macht mir nach wie vor Mühe, und den Weimarer Klatschbasen entgeht einfach gar nichts.»

«Ja, ich weiss, man hat fast keine Privatsphäre. Und die meisten Leute sind egoistisch und extrem oberflächlich.»

«Und was mir noch wichtiger ist, ich mache künstlerisch wenig Fortschritte. Mir fehlt die italienische Landschaft, ich möchte nirgendwo lieber sein als dort.»

«Aber hier hast du viele nette Kollegen: Hans von Marées und Franz Lenbach oder der Bildhauer Reinhold Begas. Und Bilder kannst du auch verkaufen, wenn auch vor allem Porträts von Damen. Mir wären Landschaften natürlich lieber.»

«Ich weiss, dir passt es nicht, dass ich stundenlang mit Damen zusammen bin. Aber die Landschaft hier inspiriert mich nicht. Ich habe keine einzige Studie davon gemalt. Und der Kontakt mit den Damen, die ich porträtiere, ist nun einmal nicht zu vermeiden.» Böcklin fasste sie sanft an den Schultern, hielt sie fest und meinte fast jubelnd: «Carissima mia, ich verspreche dir, wir reisen zurück nach Rom! Ich werde natürlich meinen Zweijahresvertrag mit dem Grossherzog einhalten müssen. Aber dann werden wir nicht mehr länger hier verweilen.» Kaum war der Entschluss gefasst, spürte Angela, dass Böcklin ruhiger wurde und wieder besser arbeiten konnte.

So einfach, wie er es sich vorgestellt hatte, verliefen die Verhandlungen mit dem Grossherzog jedoch nicht. Der hohe Herr wollte ihn keineswegs ziehen lassen und erklärte sich erst nach langem Hin und Her bereit, ihm für ein Jahr Urlaub zu gewähren. Er blieb freundlich zu Böcklin, Angela hingegen bekam seinen Ärger zu spüren. Beim nächsten Gartenfest, zu welchem ausnahmsweise auch die Damen der Professoren eingeladen wurden, weil es nur ein Gartenfest war, empfing sie der Grossherzog mit vorwurfsvollen Worten:

«Sie sind schuld daran, dass er nicht bleiben will! Wenn Sie nicht Italienerin wären, bliebe er hier.» Es war nicht angebracht, dem Grossherzog zu widersprechen.

Angela erwiderte mit dem nötigen Respekt:

«Seien Sie versichert, dass ich mich sehr wohlfühle hier.» Er schüttelte nur ungnädig den Kopf und entliess sie abrupt. Sie stand mit angespannten Schultern kerzengerade da und lächelte, obwohl sie sich schlecht fühlte. Sie hatte jedoch längst gelernt, dass es bei einer Abfuhr am besten war, so zu tun, als hätte man es nicht bemerkt. Und bevor jemand sich an ihrer Verlegenheit weiden konnte, wandte sie sich lächelnd zur nächststehenden Dame um und machte eine belanglose Bemerkung. Sie hatte in den zwei Jahren viel dazugelernt.

Rom

Es war schon recht kalt, die Blätter an den Bäumen hatten sich bereits verfärbt, und leichter Nebel lag über dem Land, als sie sich am 1. Oktober 1862 auf den Weg nach Rom machten. Die Droschke, welche sie zum Bahnhof bringen sollte, sah allerdings ziemlich altersschwach aus. Das Pferd stand müde mit gesenktem Haupt da, und der Kutscher musterte jedes Gepäckstück mit einem tiefen Seufzer. Aber Angela liess sich nicht beeindrucken, bis zum Bahnhof musste es auch mit viel Gepäck zu schaffen sein. Die siebenjährige Clara und der fünfjährige Arnoldo warteten unternehmungslustig auf das, was man auf der Fahrt alles zu sehen bekommen würde, und auch die einjährige Lucie sass vorerst zufrieden auf Angelas Schoss. In der Eisenbahn blickte Angela ohne Wehmut auf die weite Landschaft, durch die sie fuhren. Wälder, Felder, Büsche, Häuser und Viehherden flogen an ihnen vorüber, aber sie nahm sie überhaupt nicht richtig zur Kenntnis. Sie hatte nur einen Gedanken im Kopf: Italien.

«Ich kann es mir kaum mehr vorstellen. Zum Beispiel die Luft, die von Lorbeer gewürzt ist, oder die Olivenbäume und die dunklen Zypressen», meinte sie zu Böcklin und strich sich eine Haarsträhne aus dem Gesicht.

«Genauso wenig wie ich die Kuppeln und Türme im zartblauen Dunst, vermischt mit den Strahlen der Sonne», antwortete er. Ein zufriedener Ausdruck huschte über seine Züge, während Angela am liebsten die Arme in die Luft geworfen hätte vor Freude. Sie wusste jedoch, das geziemte sich nicht.

«Das ist das Gemeinsame, das wir haben», dachte sie, während sie zum Fenster hinausschaute, «unsere Liebe zum Süden, zu Italien.»

In Basel legten sie einen Zwischenhalt ein, denn Mutter Böcklin war kurz zuvor gestorben. Es war für Arnold wichtig, am Grab von ihr Abschied nehmen zu können. Auch Angela war traurig.

«Deine Mutter hat mir ein warmes Willkommen entgegengebracht, das werde ich nie vergessen. Und ist es nicht schön, dass sie noch miterleben konnte, dass du Professor in Weimar geworden bist? Das hat sie sicher gefreut», meinte Angela und legte ihre Hand auf Arnolds Arm, als sie zusammen am Grab im Kirchhof zu St. Jakob standen.

«Ja, das denke ich auch. Sie hat mich bei meinen Plänen immer unterstützt, musst du wissen, schon als ich in jungen Jahren Maler werden wollte.»

«Gegen den Willen des Vaters?»

«Ja, aber mit Hilfe meiner beiden Lehrer Wackernagel und Kelterborn, die mein Bestreben ebenfalls guthiessen.»

«Hast du übrigens bemerkt, dass uns diesmal die Familie mit mehr Respekt aufgenommen hat?», ergänzte Angela sinnend.

«Natürlich. Es macht offensichtlich allen Eindruck, dass ich nun Professor geworden bin. Ich habe auch verschiedene Bestellungen von Porträts erhalten, und sogar die Kunstkommission hat mir einen Auftrag erteilt.»

Trotz des herbstlich kalten Regens verschwand Böcklin gleich am ersten Abend und traf seine Freunde vom «Leimsutt». Es drängte ihn, seine Erlebnisse zu erzählen. Angela hingegen hatte zu berichten, wie es der Familie unterdessen ergangen war. Arnolds Schwestern und Schwägerin Cornelia hörten mit grosser Anteilnahme zu, während sie von der Geburt und dem Tod des kleinen Robert und von Arnolds schwerer Krankheit erzählte. Die hochmütige Ungeduld der Schwestern war wie weggefegt. Angela entdeckte Mitleid und auch etwas Hochachtung in ihren Augen. Sie fühlte eine verständnisvolle Vertrautheit.

«Und Emilie Linder hat euch geholfen?», fragte Mathilde erstaunt und schüttelte ungläubig den Kopf.

«Ja, es war für mich wie ein grosses Wunder. Sie erklärte mir, dass sie euch kenne und uns deshalb helfen wolle. Ich war so verzweifelt, dass ich ihre Hilfe gerne annahm.»

«Und wir können ihr nicht einmal mehr danken dafür», murmelte Berta zerknirscht, «ich bedaure

Angela mit der kleinen Lucie, aufgenommen in Basel 1862.

unsäglich, dass sie nicht mehr lebt.» Schweigend sassen sie da und lauschten auf den prasselnden Regen.

«Von da an hat sich das Blatt gewendet», schloss Angela fast feierlich und strich über die Falten ihres Kleides, « Arnold ging es langsam wieder besser, er wurde schliesslich gesund und bald danach nach Weimar berufen.»

In jenen Tagen lief in Basel eine Ausschreibung für ein neues heroisches Denkmal für die Helden der Schlacht von St. Jakob von 1444. Im letzten Moment beteiligte sich auch Böcklin noch daran. Er hatte für den Grabhügel eine abgestumpfte Pyramide entworfen, auf der eine Schale mit einem lodernden Feuer zu sehen war. An den Ecken hüteten vier grosse Gestalten das Grab. Aus den zahlreichen Einsendungen wurden die Entwürfe von Ferdinand Schlöth, Ernst Stückelberger und Arnold Böcklin ausgewählt und öffentlich gezeigt. Aber keine der drei Arbeiten überzeugte die Jury. Schliesslich erhielt Schlöth den Auftrag für ein neues Modell. Somit verabschiedeten sich Angela und Arnold mit den Kindern nach drei Wochen von Basel.

Es war ein sonniger und warmer Oktobertag, und Angela machte sich so freudig auf den Weg wie schon lange nicht mehr. Während sie sich um die drei Kinder kümmerte, sass Arnold mit geschlossenen Augen zufrieden da, den Kopf gegen die abgewetzten Kissen gelehnt. Ein mürrischer Geschäftsmann hatte sich ebenfalls in der Postkutsche breitgemacht und warf jeweils einen bösen Seitenblick auf die Kinder, wenn sie etwas lauter wurden. Neben ihm hatte ein armes Mütterlein Platz genommen. Es hielt auf dem ganzen Weg seine Handtasche fest und sass fast regungslos da, den ganzen langen Weg bis ins Tessin. Die gebückte Gestalt nahm wenig Platz in Anspruch. Angela erinnerte sich an die Damen mit den Krinolinen, welche auf dem Hinweg die Fenster ganz verdeckt hatten. Diesmal konnte sie den Weg durch die Alpenlandschaft mitverfolgen. Das Rumpeln und Ächzen der Postkutsche erschien Angela wie eine süsse Melodie, und als sie den Pass überquerten, jubelte sie im Stillen. Sie blickte Arnold von der Seite an und wusste, ihm ging es genauso.

Erneut nahmen sie den Dampfer ab Genua, diesmal sah das Schiff aber bedeutend eleganter aus. Allerdings war das Meer wieder stürmisch, aber Angela und alle drei Kinder überstanden die Fahrt ohne Seekrankheit. Sie konnten nun auch mit einer neuen Bahn nach Rom fahren. Doch die Kinder waren unruhig, die endlose Fahrt und das lange Sitzen hatte sie überfordert. Böcklin zog einen kleinen Zeichenblock hervor und skizzierte einige Figuren für sie, einen Mann mit grossem Sack, einen Storch und einen Schullehrer und erfand dazu passende Geschichten.

«Seht hier den Herkules mit der Lanze», erläuterte er.

«Aber hatte Herkules nicht eine Keule?» fragte Clara verwirrt.

«Doch, da hast du gut aufgepasst. Aber seine Frau hat sie gerade versteckt. Nun hat er eben eine Lanze genommen.» Clara kicherte. Mit solch kleinen Geschichten ging die unterhaltsame Fahrt bald dem Ende entgegen.

Angela beschlich ein eigenartiges Glücksgefühl, als sie nach fünf langen Jahren wieder die Kuppel des Petersdomes in der Ferne erblickte. Sie stellte sich ans Fenster und betrachtete schweigend das Panorama der Stadt, die honigfarbigen Häuser in den alten Teilen Roms, entdeckte blaue Glyzinien, die an einer Mauer emporwucherten und verfolgte mit ihren Blicken lächelnd einen zweirädrigen Eselskarren, der schwer beladen mit Früchten unbeirrt seinen Weg suchte. Ihre Augen leuchteten und ihr Herz klopfte wild. «Mein Rom!», dachte sie, als der Zug seine Fahrt verlangsamte. Unruhe machte sich breit im Abteil. Auch Angela musste sich um die Kinder kümmern. Man suchte das Gepäck zusammen, Taschen, Mäntel und Handschuhe. Alle standen schliesslich erwartungsvoll da, bis der Zug mit einem Ruck stehen blieb. Als sie ausstiegen, vernahmen sie die Geräusche der Stadt.

«Unglaublich, wie laut das Leben hier ist, nicht wahr?», meinte Angela glücklich, «und die Luft so warm – einfach herrlich. Mir scheint es, als ob ich einem Gefängnis entwischt wäre.» Alles lag hell vor ihrem Blick, eine strahlende Zukunft. Wolkenlos stand der Himmel über der Stadt. Es war ein Moment, den sie nicht so schnell wieder vergessen würde. Abends, als sie im Gasthaus im Bett lag, konnte sie vor lauter Müdigkeit und Glück lange nicht einschlafen.

Nach ein paar Tagen mieteten sie eine Wohnung in der Via del Babbuiono. Die Zimmer mit ihren hohen Decken und Fenstern mit breiten Fensterbänken wirkten hell und fast vornehm, vor allem das Wohnzimmer mit dem offenen Kamin. Auch die Küche schien recht praktisch eingerichtet. Das Haus stand in der Nähe eines Brunnens, aber der Gang zum verschwiegenen Örtchen im Hof war etwas weit, denn die Wohnung befand sich im zweiten Stock. Vorläufig besassen sie noch einiges gespartes Geld und kauften sich zuerst Möbel für die neue Wohnung. Auch ein Harmonium konnten sie günstig erwerben, Böcklin hatte sich schon lange ein solches Instrument gewünscht. Angela war sich bewusst, dass nun die angenehme Zeit der regelmässigen Einkünfte vorüber war, die monatlichen Lohnzahlungen in Weimar hatte sie sehr geschätzt.

Sie feierten begeistert Wiedersehen mit den Verwandten und Freunden, wobei sich der Künstlerkreis während der fünf Jahre ihrer Abwesenheit erweitert und verändert hatte. Vor allem mit Anselm Feuerbach verstand sich Böcklin rasch sehr gut. Mit seinen langen Haaren, der breiten Stirn und der edlen Nase machte er eine überaus gute Figur, was er mit eleganter Kleidung noch unterstrich. Angela benahm sich eher etwas distanziert, denn Feuerbach lebte in freier Liebe mit einem Modell, was ihrem moralischen Empfinden sehr zuwiderlief. Als er zudem Böcklin um Geld anpumpte, um damit vierspännig mit seiner Geliebten nach Frascati zu fahren, wusste Angela, dass sie diese Verbindung nicht schätzte.

«Du hast selten so rasch Freundschaft geschlossen. Feuerbach scheint dich richtig überrumpelt zu haben», meinte sie vorsichtig, während sie am Fenster stand und hinausblickte. Die Sonne verfing sich in ihrem Haar.

«Überrumpelt? Nein, ich habe Feuerbach schon in München kennengelernt. Was stört dich an ihm?»

«Sein unmoralisches Verhältnis. Aber ich vermute auch, dass du dein Geld nie wiedersehen wirst», wagte sie sich leicht vorwurfsvoll zu äussern.

«Ich konnte es ihm doch nicht abschlagen», verteidigte sich Böcklin. Angela drehte sich um und blickte ihn erstaunt an.

«Warum nicht? Er brauchte es ja nur, um vierspännig nach Frascati fahren zu können! Das ist doch keine Notlage. Damit hat er nur deine Freundschaft ausgenutzt.»

«Komm, sei still. Ich weiss, dich stört das Verhältnis mit seiner Geliebten, und du hast Angst, dass ich womöglich auch so eine Verbindung eingehe», urteilte er wegwerfend. Ihr Gefühl täuschte sie jedoch nicht, denn von da an bekamen sie Feuerbach kaum mehr zu Gesicht.

«Ich werde mir mein Geld zurückholen», nahm sich Arnold energisch vor und begab sich frühmorgens um sieben Uhr zu Feuerbach, zu einer Zeit, da er vermuten konnte, dass dieser noch im Bett lag. Es kam zu einem heftigen Wortwechsel, aber Böcklin erhielt zum Schluss tatsächlich sein Geld zurück. Die Freundschaft jedoch war zerbrochen.

«Du glaubst nicht, was er überall herumerzählt», berichtete Arnold einige Tage später erbost und zündete sich eine Zigarre an, «er sagt tatsächlich, er verkehre nicht mehr mit uns, weil du ihm nicht sympathisch seist.» Eine feine Röte huschte über ihr Gesicht, dann zuckte sie mit der Schulter und meinte spöttisch:

«Oh, das beeindruckt mich nicht. Du sagst ja selbst immer, dass es zwei Gruppen von Menschen gibt, die eine sei dumm und die andere sei eitel und eingebildet.»

«Und zu welchen zählst du Feuerbach?»

«Nun, das kannst du dir aussuchen», kicherte sie mit spitzbübischen Augen.

Unterdessen war der Frühling ins Land gezogen, und obwohl Angela wieder schwanger war, fiel ihr alles viel leichter als im Norden. Das Leben schien ihr unkomplizierter und angenehmer, einfach vertrauter. Dank der Gnade des Grossherzogs von Weimar war Böcklin nun angesehener Professor, und diese Stellung brachte es mit sich, dass sich der Bekanntenkreis in Rom durch einige zahlungskräftige Personen erweitert hatte. Dazu gehörten der Graf Zeppelin oder auch der Kaufmann Otto Wesendonk, welcher Richard Wagner gerne unterstützte, sowie der Monsignore Graf von Lichnowsky, der bei der Prinzessin d'Este in Tivoli wohnte.

«Der Graf will als Dank, dass er in der Villa d'Este wohnen kann, der Prinzessin etwas Besonderes schenken und hat mich gebeten, sie zu malen. Ich werde ein, zwei Tage dort verbringen», berichtete Böcklin eines Tages und packte seine Malutensilien zusammen.

«Die Villa soll sehr schön sein, habe ich gehört. Ich bin gespannt, was du vorfindest», meinte Angela. Als Böcklin zurückkam, äusserte er sich tatsächlich sehr begeistert:

«Ich habe den ganzen Tag nur Licht genossen! Glaub mir, in Deutschland schien keine Sonne. Sie lag mir zwar auf den Schultern, aber ich fühlte sie nicht. Und nun dieses Licht, dies Brennen plötzlich diesseits der Alpen.»

«Und das Bild der Prinzessin?», fragte Angela sachlich, während sie ihre Augen nicht von ihrer Stickarbeit liess.

«Es ist ein frisches Bild geworden. Die Prinzessin reitet in einer Allee der Villa. Der Graf war sehr angetan davon, und ich habe dafür vier Flaschen Lacrimae Christi erhalten.»

«Oh, ist das nicht der Wein, der in einem Weinberg des Papstes wächst?»

«Ja, man bekommt ihn sonst nur vom Papst persönlich geschenkt.»

«Den sollten wir für eine besondere Gelegenheit aufbewahren, meinst du nicht?» Arnold lächelte.

«Und welche besondere Gelegenheit schwebt dir vor? Vermutlich die Geburt unseres Kindes, nicht wahr?» Angela nickte.

Bald darauf, im August 1863, wurde der kleine Hans geboren. Die Flaschen Lacrimae Christi tranken sie zusammen mit den Paten und ein paar Freunden auf das Wohl des Kleinen. Angela hatte nun für vier Kinder zu sorgen, wobei die achtjährige Clara bereits eine Hilfe bedeutete, denn sie schaute schon sehr zuverlässig zu den kleineren Geschwistern, dem sechsjährigen Arnoldo und der zweijährigen Lucie. Auch Böcklin beschäftigte sich gerne und liebevoll mit seinen Kindern, soweit er neben seiner Arbeit Zeit dafür fand. Am liebsten machte er kleine Zeichnungen für sie und freute sich, wenn sie selbst etwas malten. Er beobachtete die Einzelnen genau und förderte und unterstützte bewusst ihre Talente. Angela bemerkte, wie er keines gleich behandelte, jedoch alle leidenschaftlich liebte. Als Erzieher war er weniger geeignet, er hatte oft zu viel Verständnis für ihre Wildheit, vor allem beim übermütigen Arnoldo, und die süsse kleine Lucie wickelte ihn vollends um den Finger. Meistens arbeitete Böcklin unermüdlich an seiner Staffelei von morgens bis abends. Danach ging er mit seinen Freunden zum Abendschoppen. Hier sass er ruhig dabei, rauchte seine Zigarre und hörte zu, was alle zu berichten hatten, und warf hin und wieder eine sarkastische Bemerkung dazwischen. Sein Wortwitz war berühmt, aber wenn jemand diese Eigenschaft hervorhob, meinte Böcklin nur, das sei eben typisch baslerischer Humor.

Eines Tages erhielten sie Nachrichten aus Basel, die sie beide nur mit Mühe verarbeiten konnten. Arnolds Bruder Friedrich hatte sich das Leben genommen. Böcklin verschwand den ganzen Tag im Atelier, um mit dieser traurigen Mitteilung fertigzuwerden. Angela liess ihn in Ruhe, doch beim Abendessen fragte sie vorsichtig:

«Was fehlte ihm denn? Hatte er Probleme?»

«Ich weiss nicht, was ihn beschäftigt hat. Es kommt für mich selbst überraschend. Es steht nichts im Brief. Vielleicht waren es psychische Probleme?», antwortete Böcklin betrübt, «er war ja erst gut dreissig Jahre alt.»

«Als wir vor zwei Jahren in Basel weilten, hat niemand etwas erwähnt.»

«Aber gesehen haben wir ihn auch nicht. Das hätte mir eigentlich auffallen müssen.»

«Stimmt. Wir waren damals selbst zu sehr mit dem Tod von Mutter belastet. Zum Glück hat sie das nicht mehr erleben müssen!»

Unterdessen waren weitere Künstler nach Rom gekommen, vor allem Hans von Marées, der ihnen von Weimar her wohlvertraut war. Auch mit Rudolf Schick pflegte Böcklin bald regen Austausch. Der junge, schmächtige Mann arbeitete mit ihm zusammen im Atelier und begleitete ihn auch auf allen Ausflügen. Er notierte jeden Satz, den Böcklin über die Malerei und die Farben sagte, bis Angela staunend bemerkte:

«Wie hältst du das nur aus, dass jeder Satz von dir aufgeschrieben wird?»

«Ach, zuerst hat es mir gefallen, dann geärgert, aber nun mache ich mir einen Spass daraus, hin und wieder etwas Falsches zu sagen. Das schreibt er dann fleissig auf», lachte Arnold. Angela schüttelte missbilligend den Kopf.

«Was dir nicht alles einfällt! In meinen Augen ist Schick ein angenehmer, unauffälliger junger Mann und seine Anhänglichkeit ist irgendwie rührend.»

«Ja, er ist fleissig und will etwas lernen. Und er wird vorwärtskommen, da bin ich mir sicher. Er notiert sich die Farben, die ich benutze und alles, was ich über die Farbkontraste sage. Nur als ich gestern auf meinem Bild die grossen Huflattichblätter hinzufügte, welche ich tags zuvor gesehen hatte, und dabei meinte: »Donnerwetter, ist das eine schöne, stattliche Pflanze!», notierte Schick auch diese Bemerkung fein säuberlich in sein Tagebuch.» Arnold lachte. Angela schaute ihn ungläubig an.

«Das erfindest du, nicht wahr?»

«Nein, gar nicht. Man erlebt auch sonst allerlei Köstliches mit ihm. Gestern waren wir in einer Osteria und setzten uns zu ein paar Italienern an den Tisch. Du weisst, ich liebe es, mit ihnen zu plaudern. Bald fragten sie, ob wir Deutsche seien. Ich erklärte ihnen, dass Schick Deutscher sei und sogar ein Preusse. Die Preussen machen den Italienern ja grossen Eindruck, weil sie ihren Erzfeind Österreich geschlagen haben. Aber diesmal zögerten sie, weil Schick so klein und schmächtig ist. Schliesslich meinte einer:

«Wer hätte das für möglich gehalten, dass so ein kleiner Mensch ein Preusse sein kann!» Angela stimmte in sein Lachen ein. Das weckte Clara, denn plötzlich stand sie ganz verloren im Zimmer und jammerte:

»Ich kann nicht schlafen.» Da nahm Arnold seinen Zeichenstift, malte einen Zauberer auf ein Blatt Papier und streckte es Clara entgegen:

«Nimm ihn, er wird zaubern, dass du ganz rasch einschläfst.» Stolz lief die Kleine mit der Zeichnung wieder ins Zimmer zurück, schlüpfte ins Bett, welches sie mit Arnoldo teilte, und war nach kurzer Zeit selig eingeschlafen.

An einem der folgenden Abende ging die ganze Familie zusammen mit Rudolf Schick zum Abendessen. In den Strassen spielte sich das bunte Leben ab, das Angela so sehr liebte und im Norden vermisst hatte. Kinder tollten herum, Hunde räkelten sich im kühlen Schatten und einige Hühner scharrten nach Futter. In Gruppen standen die Männer vor den Häusern zusammen und diskutierten lauthals miteinander. Auch einige Mauersegler kreisten mit schrillen Rufen am Himmel.

Neugierig musterte Angela das magere, ernste Gesicht des jungen Schick, der mit seinem jungenhaften Körperbau, seinen hellen Augen und dem knapp anliegenden Haar einen deutlichen Gegensatz zu den italienischen Männern bildete. Seine scheue und aufmerksame Art gefiel ihr. Sie selbst trug eine weisse Bluse, die am Hals mit einem schwarzen Samtband durchzogen war.

«Das schwarze Band auf dem Weiss zieht die Blicke auf sich, nicht wahr, Herr Professor?», meinte Schick ganz im Malerischen verhaftet.

«Das soll es auch», antwortete Böcklin, «aber der Blick wird nur kurz auf diesem uninteressanten Detail ruhen und danach mit grösstem Wohlgefallen auf die Gesichtsformen übergehen», ergänzte er und legte liebevoll seinen Arm um Angelas Schultern. Schick zog augenblicklich sein Notizbuch heraus, um diesen Satz aufzuschreiben.

«In diesem Kleid habe ich übrigens meine Frau als Muse gemalt», ergänzte Böcklin und betrachtete Angela mit blitzenden Augen.

«Als Muse? Ich kenne nur das Bild mit dem schwarzen Schleier und dem feinen Lächeln um den Mund, das in Ihrem Zimmer hängt», antwortete Schick.

«Dann muss ich es Ihnen noch zeigen. Meine Frau ist mein liebstes Modell. Abgesehen davon duldet sie es ganz und gar nicht, wenn ich eine andere als Modell nehmen will.» Schick blickte Angela erstaunt an.

«Ich bin Römerin», gab sie stolz zur Antwort und beugte sich zum kleinen Hans hinunter, um ihn besser zuzudecken.

Im Jahr 1865, der kleine Hans war gerade zwei Jahre alt, kam wieder ein Knabe auf die Welt. Sie nannten ihn Maurizio. Angela war nun mit ihren fünf Kindern noch mehr beschäftigt. Die zehnjährige Clara wurde bereits mit verschiedenen Aufgaben betraut und half zuverlässig beim Hüten der Kleinen, beim Gemüserüsten und bei ersten Kochversuchen. Der grosse Haushalt verlangte nun, dass noch mehr Wäsche gewaschen werden musste, und es brauchte noch viel mehr Wasser, welches die Magd jeweils am Brunnen zu holen hatte. Allerdings mussten ihr oft Beine gemacht werden, denn sie brauchte unendlich lange dazu, weil sie mit den andern Dienstmägden liebend gerne Klatschgeschichten austauschte. Angela hatte zuerst viel Verständnis gezeigt für das lange Ausbleiben. Als es sich jedoch zeigte, dass die Zeit immer noch länger wurde, bis die Magd sich bequemte, heimzukehren, schalt sie sie tüchtig aus. Es war ihr eine Lehre, in Zukunft strenger zu sein.
Im Juni 1866 feierten sie in der *Vigne des Sor'Michele* ihren dreizehnten Hochzeitstag, zusammen mit allen Kindern, mit Rudolf Schick und mit Vetter Augusto.

«Wenn Augusto mich damals nicht heimbegleitet hätte …», hub Angela an in Erinnerungen zu schwelgen.

«Ja, weil er ein junger Mann war, jünger als ich, habe ich gewagt, dich anzusprechen», lächelte Böcklin. Augusto war immer noch von schmächtiger Gestalt, obwohl er längst erwachsen war und unterdessen den Beruf eines Goldschmieds ergriffen hatte. Fast entschuldigend meinte er:

«Man konnte dich ja gar nicht bremsen, Arnold.»

«Das stimmt. Ich hatte mir fest vorgenommen, mit ihr zu reden. Und das ist mir ja dann auch gelungen», lachte Böcklin und legte seinen Arm um Angelas Schulter. Als sie nach Hause zurückkehrten und Angela die Kinder ins Bett brachte, setzte sich Böcklin ans Harmonium und begann ein verhaltenes Musikstück zu spielen, das *Miserere* von Allegri, das ihm schon den ganzen Tag nicht aus dem Kopf gegangen war. Jeweils in der Karwoche wurde es in der Sixtinischen Kapelle gesungen. Ursprünglich hatte es niemand kopieren dürfen, aber Mozart schrieb es nach einem Besuch in der Karwoche aus dem Gedächtnis auf. Seither gab es auch eine instrumentale Fassung des wunderschönen Stückes. Angela lauschte entzückt den ergreifenden Harmonien.

«Das nächste Bild, das ich male, wird ein Miserere sein», murmelte er, als er geendet hatte, und trat ans Fenster. Angela gesellte sich zu ihm und blickte hinaus. Es war eine laue Sommernacht. Die Stadt breitete sich in ungewöhnlicher Klarheit vor ihnen aus, während sie tagsüber im Dunst und brütend heissen Sonnenschein dagelegen hatte. Die Mondsichel stand am Horizont, ein paar Wolkenstreifen waren zu sehen und einige Sterne funkelten. «Römische Nächte sind nicht zu überbieten, nicht wahr, carissima mia?», murmelte Böcklin.

Der Tiber floss wieder einmal nur noch als dünnes Rinnsal durch sein breites Flussbett, am Flussufer stank es fürchterlich und wimmelte von Fliegen, Mücken und Ratten. Eine Abkühlung war nicht in Sicht, denn der Sommer hatte erst angefangen. Angela begann sich Sorgen zu machen. Der heisse Sommer erinnerte sie an ihre ersten Ehejahre, als der kleine Fritz wegen der Hitze und der schlimmen Zustände gestorben war. Schon wenige Tage später musste sie feststellen, dass ihre Vorahnungen sich bestätigten, denn der knapp ein Jahr alte Maurizio erkrankte schwer. Er litt an Durchfall, nichts konnte er bei sich behalten. All ihre Bemühungen und auch die Ratschläge des Arztes nützten nichts. Ohnmächtig und ratlos stand Angela am Bett.

«Es ist ähnlich wie bei Fritz, weisst du noch?», jammerte sie ganz verzweifelt, «ich muss sofort in die Höhe mit ihm, raus aus der Hitze der Stadt.»

«Gut. Vielleicht nimmst du noch Hans mit, die andern drei kannst du bei mir lassen. Ich nehme mir möglichst viel Zeit für sie», nickte Böcklin, «Clara wird mir helfen, zusammen mit unserer Magd.»

Angela fuhr gleich am folgenden Tag mit dem kleinen, kranken Maurizio und dem knapp dreijährigen

Hans nach Rocca di Papa und fand bei einem Schuster eine nette Unterkunft. Die klare, frische Bergluft half jedoch wenig. Maurizio konnte weiterhin nichts bei sich behalten, magerte zusehends ab und reagierte kaum mehr auf die Umwelt.

«Das Kind ist nicht mehr zu retten», meinte der Arzt von Rocca di Papa mit flacher Stimme. Angela schaute ihn entsetzt und flehentlich an, merkte aber, dass er keinen Rat mehr wusste.

«Es ist schon unser viertes Kind, das wir verlieren müssen», murmelte sie verzweifelt mit zitternder Stimme und rang die Hände. Sie holte tief Luft, riss sich zusammen und versuchte, sachlich zu bleiben. Sie musste einen klaren Kopf bewahren, nahm sie sich vor.

«Ich werde sofort meinem Mann schreiben, dass er uns umgehend holen soll, ich möchte nicht, dass der Kleine an einem fremden Ort sterben muss.» Sie war froh, dass sie unterdessen schreiben gelernt hatte. Arnold musste kommen und ihr helfen. Sie wusste, es würde einige Umstände mit sich bringen, das Kind hier begraben zu lassen, da es an diesem Ort nur einen katholischen Friedhof und Geistlichen gab, der kleine Maurizio aber protestantisch getauft war. Andererseits konnte sie sich auch nicht vorstellen, mit einem Dreijährigen und einem sterbenden Kind ohne Unterstützung die Reise nach Rom anzutreten. Die Nacht schien ihr unendlich lang, der kleine Maurizio lag apathisch da und atmete nur noch ganz schwach. Verzweifelt wartete sie ungeduldig auf Arnold, aber er kam nicht. War ihre Nachricht noch nicht bei ihm eingetroffen?

Als der Arzt am nächsten Morgen bei der Untersuchung mit düsterer Stimme meinte, der kleine Maurizio würde die kommende Nacht nicht mehr überleben, handelte Angela. Es blieb kein anderer Weg, sie musste die Reise ohne Hilfe antreten. Sie wusste, dass um fünf Uhr nachmittags der letzte Zug von Frascati nach Rom fuhr, den wollte sie unbedingt erreichen. Es herrschte eine furchtbare Hitze, und der Fussweg nach Frascati verlief ohne Schatten. Sie beauftragte einen Bauern, ihr den Koffer zu tragen und mietete einen Esel, auf dem der kleine Hans reitend den langen Weg meistern konnte. Aber Hans weigerte sich standhaft, auf den Rücken des Tieres zu sitzen. Er spürte die ausserordentliche Situation, merkte, dass die Mutter am Rande ihrer Kräfte war und begriff nicht, warum sich alles nur um Maurizio drehte. Er wollte auch getragen werden! Alles Bitten und Zureden nützte nichts, Hans blieb dabei, schüttelte heulend den Kopf und schrie und wand sich trotzig, wenn man versuchte, ihn auf den Esel zu setzen. Schliesslich ergriff Angela verzweifelt seine Hand, denn der Zug wartete nicht. Sie trug ihr sterbendes Kind auf dem einen Arm und zog den heulenden Hans an der andern Hand den heissen Weg entlang. Das ging nur ein Stück weit gut, der kleine Hans strauchelte immer wieder und konnte bald nicht mehr. Auch Angela rang nach Atem. Da kam eine Bäuerin des Wegs und erklärte sich sofort bereit, Hans zu tragen, als sie die Situation überblickte. Trotzdem hätten sie den Zug nicht mehr erreicht, hätte nicht ein vornehmer Break angehalten. Ein Marchese hatte ihre Not bemerkt und trat ihnen sofort seinen Wagen ab, so dass sie tatsächlich den Zug noch erreichen konnten. Angela sank im Eisenbahnwagen erschöpft auf die Bank und drückte den kleinen Maurizio an sich. Ihr Gesicht war rot vor Anstrengung und Hitze. Hans hatte sich unterdessen beruhigt, denn die Fahrt im Break war ein Erlebnis gewesen. «Wir sind bald daheim», flüsterte sie noch ganz ausser Atem.

Aber dieses Versprechen hatte sie etwas voreilig gegeben, denn als sie vor ihrer Wohnung stand, war diese abgeschlossen. Sie klingelte und klopfte, bis sie die Magd im Innern stöhnen hörte: «Non posso!» Sie begriff nicht, was los war, vermutete jedoch, dass auch die Magd erkrankt im Bett lag, und Arnold mit den Kindern irgendwo unterwegs war und die Wohnung abgeschlossen hatte. Hans sass auf der Treppe und weinte wieder. Angela setzte sich mit dem schwer kranken Kind zu ihm. Sie hätte am liebsten mitgeweint. Nach kurzem Zaudern riss sie sich zusammen und holte den Schlosser, der zum Glück gleich nebenan wohnte. Er brach ihnen schliesslich die Türe auf. Angela legte ihren todkranken Maurizio sorgsam aufs Bett und deckte ihn liebevoll zu. Er regte sich kaum mehr. Vollkommen erschöpft sank sie neben dem Bett auf einen Stuhl, nahm seine kleine Hand und starrte vor sich hin. Erst jetzt fragte sie sich, wie Arnold alles aufnehmen würde. Bald hörte sie ihn nichts ahnend vor dem Haus mit einem Nachbarn plaudern. Irgendwie musste sie ihn schonend vorbereiten, denn offensichtlich hatte ihn ihr Brief nicht erreicht. Schliesslich entschied sie sich, vom Fenster aus nach Clara zu rufen. Aber statt des Kindes stürzte Arnold die Treppe herauf, denn ihr unvermutetes Zurückkommen liess ihn Schlimmes vermuten. Als er sie in ihrem aufgelösten Zustand sah, wusste er, was das bedeutete. Es traf ihn wie ein Faustschlag, und noch bevor er sie erreichte, fiel er in Ohnmacht. Angela, welche aufgesprungen war, sank wieder auf den Stuhl.

«Nicht auch das noch», flüsterte sie. Da lag der grosse, schwere Mann ohnmächtig auf dem Boden, das Kind im Sterben, die Magd fieberkrank im Bett, und die andern Kinder umstanden ihren Vater und weinten. Zum Glück erschien die Nachbarin vom unteren Stock. Sie liess sofort den Arzt rufen, der mit kalten Essigumschlägen Böcklin wieder zum Bewusstsein verhalf. Aber dem kleinen Maurizio konnte er nicht helfen, er schüttelte nur stumm den Kopf. Eine Stunde später wurde das Kind von seinem Leiden erlöst. Ein Zittern durchlief Angelas Körper. Sie legte ermattet ihren Kopf an Arnolds Schulter und schloss die Augen, während sie spürte, wie ihn ein Schluchzen schüttelte. Auch die elfjährige Clara stand erschüttert dabei, es war das erste Mal, dass sie bewusst mit dem Tod konfrontiert wurde.

Beim Ableben des kleinen Ralph war sie noch nicht alt genug gewesen, um erfassen zu können, was geschehen war. Aber auch Arnoldo und Lucie schauten sehr betroffen drein.

«Maurizio ist nun im Himmel bei den Engelein», versuchte Angela den Kindern zu erklären und hoffte inständig, dass es ihnen ein Trost sein würde. Sie staunte, dass die Kinder den Tod viel selbstverständlicher hinnahmen als sie, offensichtlich begriffen sie die Endgültigkeit noch nicht. Am folgenden Tag erreichte sie der Brief, den sie aus Rocca di Papa an Arnold geschrieben hatte. Sie brauchte ihn nicht mehr zu öffnen. Zudem lag aber auch ein Brief von Arnold dabei, den er zuvor an sie geschrieben hatte. Sie öffnete ihn im Bewusstsein, dass sich die Situation längst geändert hatte und las, während ihr die Tränen herunterliefen:

«Carissima mia .... noch kann alles gut gehen. Am Abend Deiner Abreise weinten die Kleinen im Bett. Sonntag ging ich mit ihnen spazieren und haben wir immer von Euch gesprochen. Wir sagten: Vielleicht speist die Mama jetzt auch zu Mittag, jetzt geht sie auch spazieren, oder speist zu Abend, oder geht schlafen, oder denkt an uns. In der Nacht schlief Lucie bei mir. Heute gehen wir in den Garten Piazza S. Silvestro. Du siehst also, dass alles in Ordnung ist und kannst ruhig sein, was uns betrifft. Küsse tausendmal Hans, der mir so sehr fehlt und unseren Maurizio ...»

In den folgenden Wochen versuchten Angela und Arnold trotz der Trauer wieder in den Alltag zurückzufinden. Aber nicht nur für die Familie, auch für Italien war es eine schwere Zeit. Der österreichisch-italienische Krieg beeinträchtigte die wirtschaftliche Lage. Die Niederlage der Italiener bei zwei Schlachten schlug sich auf die Stimmung nieder, und viele Besucher waren aus Rom abgereist. Der Spätsommer zeigte sich zwar von der schönsten Seite, doch niemand dachte in diesen Tagen daran, Bilder zu kaufen. Böcklin war wie gewohnt abends noch mit seinen Freunden zusammen gesessen und kehrte nun mit raschen Schritten nach Hause zurück.

«Es sind schlechte Zeiten, niemand verkauft mehr ein Bild, auch meine Kollegen nicht. Deshalb habe ich den Entschluss gefasst, Rom zu verlassen», liess er Angela wissen, welche mit einer Strickarbeit beschäftigt auf ihn gewartet hatte. Sie blickte überrascht auf und erblasste. Was sollte sie ihm antworten? Sie wollte nicht wieder fort von Rom, und das wusste er. Eine Weile war es ganz still in der Stube, man hörte nur von Zeit zu Zeit das feine Klicken der Stricknadeln.

«Einige Basler Freunde haben mir geschrieben», fuhr Arnold fort, als sie nicht antwortete, «wir sollen kommen, sie würden sich für mich verwenden.»

«Du willst wieder nach Basel?», fragte sie und ihre Stimme zitterte.

«Ja, Clara und Arnoldo müssen in eine geordnete,

deutsche Schule», meinte er ernst und nachdrücklich. Angela strich über ihre Rockfalten und versuchte, sich zu fassen.

«Das hat etwas für sich. Der Privatlehrer, der sie hier unterrichtet, scheint mir nicht sehr konsequent. Er ist eindeutig zu wenig streng mit den Kindern. Ich sehe kaum Fortschritte.»

«Nun, ich konnte ihn ja auch nicht bezahlen.»

«Nicht bezahlen? Wie bist du denn verblieben?»

«Ich habe ihm die ‹Villa am Meer› dafür gegeben. Wie gesagt, ich verkaufe keine Bilder mehr, und die Kinder brauchen eine gute Schule. Zwei gute Gründe, um es an einem andern Ort zu versuchen. Ich denke, wir reisen wieder nach Basel», schloss er bestimmt. Angelas Augen füllten sich mit Tränen, sie schluckte und ein betrübtes Lächeln spielte um ihre Lippen, während sie mit flacher Stimme wiederholte:

«Wieder nach Basel – mit vier Kindern … und schwanger.»

«Du wirst sehen, diesmal wird es ganz anders», versuchte er ihr Mut zu machen. Angela nickte ergeben.

Basel

Sie reisten beide mit gemischten Gefühlen ab. Angela hoffte inständig, dass sie bald eine eigene Wohnung finden würden, denn sie erinnerte sich noch gut an die unangenehme Situation, längere Zeit Gast zu sein. Diesmal kamen sie nun zu sechst, und sie war erst noch schwanger. Angela spürte, wie ihr Herz aufgeregt klopfte, je näher sie Basel kamen. Böcklin hingegen hatte ein anderes Ziel vor Augen, nämlich viele Bilder verkaufen zu können. Über die prekäre finanzielle Situation hatte er Angela im Unklaren gelassen, er wollte ihr nicht sagen, dass er unbedingt bald ein Bild verkaufen musste, um die Familie weiterhin über Wasser halten zu können.

Angelas Wunsch erfüllte sich schon nach zwei Wochen. Sie fanden eine zahlbare Unterkunft in Kleinbasel, an der Webergasse 10 in der Nähe der Kaserne. Angela hätte sich eine angenehmere Umgebung gewünscht, aber sie war froh, überhaupt in einer eigenen Wohnung leben zu können. Die Gassen waren eng und schattig, Feuchtigkeit und Kälte drangen überall ein. Das Vorderhaus stiess an einen düsteren Hofwinkel und den sogenannten Riehenteich, ein Wasserlauf, der durch Kleinbasel führte. Die Kinder staunten über die vielen Mühlräder, die sich ganz in der Nähe überall

Angela, gemalt von Arnold Böcklin im Atelier der Kaserne 1866.

drehten. Es gab ausser Kornmühlen auch Sägemühlen, Tabakstampfen, Farbholzmühlen und Ölmühlen. Die Häuser der Umgebung waren dicht besiedelt. Viele Zimmer wurden durch Fabrikarbeiter und ihre Familien bewohnt. Es waren trostlose Wohnverhältnisse, feucht, übel riechend, und im Gang schwach beleuchtet von einer trüben Petroleumlampe. Man hörte oft Gezänk, manchmal nachts auch Raufereien und grölende Betrunkene auf der Gasse. Angela traf auf dem Weg zum Brunnen viele verhärmte Frauen, die auf dem Kopf die Wasserzuber nach Hause trugen, meist mit straff zurückgekämmten Haaren, die sie zu einem Knoten zusammengesteckt hatten. Ihre Augen blickten sorgenvoll, oft auch erloschen. Trotzdem war Angela beeindruckt von den einfachen Frauen, die mit Würde um ihre Existenz kämpften.

«Letztes Jahr gab es hier eine grosse Typhusepidemie!», berichtete Angela gleich am ersten Tag entsetzt.

«Siehst du, nicht nur in München», antwortete Böcklin mit Genugtuung.

«Es hat vierhundert Tote gegeben, deshalb schüttet man nun alle Bächlein zu, die durch die Kleinbasler Gassen fliessen. Man vermutet, dass es etwas mit dem Schmutz zu tun hat.»

«Zugegeben, die kleinen Bächlein in den Gassen stinken fürchterlich und bestehen wohl nur noch zum kleinsten Teil aus Wasser.»

«Ich habe Clara bereits eingeschärft gut aufzupassen,

damit keines der Kinder hineinfällt. Auch der Riehenteich scheint mir recht schmutzig zu sein.»

«Ja, das ganze Abwasser fliesst dort hinein. Unser Wasser solltest du nur an den grossen Brunnen holen, nicht an den Sodbrunnen, hat man mir geraten. Und trotz dieser prekären Verhältnisse ziehen laufend weitere Personen hierher», meinte Böcklin und schüttelte missbilligend den Kopf. «Sie finden Arbeit in den Industrien und wollen in der Nähe wohnen. Sie stellen keinerlei Ansprüche und sind zufrieden, wenn sie mit jemandem ein Bett teilen können.»

«Es gibt viele Frauen, welche für fünf Franken ein Bett vermieten, um zu etwas Bargeld zu kommen. Darin schlafen die Arbeiter zu zweit, so dass man in einigen Häusern zu sechst in einem Raum haust.»

«Ja, ich weiss, und einzelne Toiletten werden oft von mehr als dreissig Leuten aus mehreren Häusern zusammen benutzt. Aber ich habe nun wenigstens ein Zimmer in der neu erbauten Klingentalkaserne mieten können, um mein Atelier einzurichten», schloss Böcklin mit Befriedigung in der Stimme, «und über die Rheinbrücke ist es auch nicht sehr weit zum Markt, während ich ebenso rasch bei meinen Freunden im «Leimsutt» bin. Die Wohnung ist also gar nicht schlecht gelegen.»

An einem kalten Wintertag, am 28. Januar 1867, schenkte Angela einem kleinen Mädchen das Leben.

«Wir nennen es nach dir und taufen es Angela»,

bestimmte Böcklin und lächelte glücklich. Er blickte zu den Kindern, welche ums Bett standen und das kleine Wesen anstaunten. «Schaut, das ist Angelina, euer kleines Schwesterchen.» Der kleine Hans betrachtete still das winzige Wesen und legte spontan sein heiss geliebtes Stofftier, das ihm Angela genäht hatte, neben das Neugeborene und sagte: «Für dich, Angi.» Von da an wurde die kleine Angela nur Angi gerufen.

«Mit fünf Kindern wohnen wir nun viel zu eng aufeinander. Auch wenn andere Familien hier so hausen müssen, würde ich es vorziehen, etwas mehr Raum zu haben für uns alle», meinte Angela und schaute Arnold fragend an.

«Du hast recht. Aber es ist fast unmöglich, etwas Zahlbares zu finden, denn alles drängt in die Innenstadt», seufzte er, «ich werde mich wohl ausserhalb der Stadtmauer umsehen müssen, dort wird viel gebaut.» Nach langem Suchen fand er schliesslich ein kleines Häuschen an der Missionsstrasse.

«Es kostet einiges mehr als die Wohnung in Kleinbasel, und wir sind nun ausserhalb der Mauer. Aber man merkt nicht mehr viel davon, man hat die Stadtmauer bereits abgerissen und viele neue Häuser erstellt. Wir sind dort also nicht allein. Nicht weit entfernt steht das neu erbaute grosse Missionshaus.»

«Ein Missionshaus?»

«Ja, man bildet dort Missionare aus für Indien oder Afrika.»

«Sieht man dort auch Leute aus jenen fernen Ländern?»

«Das weiss ich nicht, es kann schon sein. Abgesehen davon ist es eine ausgesprochen sonnige Gegend mit vielen Reben. Der beste Wein von Basel reift dort», erwiderte Böcklin, «ich denke, für die Kinder gibt es auch mehr Auslauf.»

«Und ich muss mich nicht immer ängstigen, dass eines von einem Mühlrad verletzt wird.»

Nachdem Angela wieder einmal alles zusammengepackt hatte, übersiedelten sie an die Missionsstrasse 51. Sein Atelier konnte sich Böcklin im Giebelzimmer einrichten. Es war nicht gerade gross, aber es lag gegen Norden. Der Weg zum Einkaufen führte Angela mit den Kindern am Spalentor vorbei. Das imposante Stadttor hatte den Abbruch der Stadtmauer unversehrt überstanden. Vor allem die vielen Figuren am Vorwerk beflügelten die Fantasie der Kinder, während sich Angela die liebreizende Marienstatue über dem Torbogen gerne ansah. Sie bemerkte, wie die Elsässer, welche durch das Tor nach Basel einreisten, jeweils das Kreuz schlugen beim Anblick der Gottesmutter und sich bedankten, dass sie auf dem Weg nach Basel behütet worden waren. Da fiel Angela plötzlich die Marienstatue in ihrer Kirche in Rom ein, die sie am Sonntag jeweils zusammen mit Tante Carlotta besucht hatte. Sie meinte, den Weihrauch zu riechen in der dämmrigen Kirche, verspürte ein leises Ziehen und schloss für einen Moment die Augen. Dann riss sie sich zusammen.

«Wenn du gross bist, werde ich dir Rom zeigen», versprach sie der kleinen Angi und drückte sie liebevoll an sich, «dort scheint jetzt bestimmt die Sonne, und die Leute plaudern angeregt miteinander auf der Strasse, und die Zikaden zirpen. Es würde dir gefallen.»

Im Winter lag wochenlang Schnee auf den Strassen, sehr zur Freude der Kinder. Doch Angela hatte doppelt so viel Arbeit mit den vielen nassen Strümpfen und Kleidern, die Wollsachen trockneten sehr langsam, und die Lederschuhe blieben überhaupt immer durchnässt. Als eines Tages ein warmer Regen den Schnee endlich wegwusch, kam Böcklin schwungvoll zur Türe herein und berichtete begeistert:

«Ich habe beim St. Johannstor eine äusserst günstige Wohnung im Haus eines Schreinermeisters mieten können. Der Blick über den Rhein hinüber zum Schwarzwald ist überwältigend. Im Haus soll es spuken, darum ist es so billig.»

«Spuken? Und da willst du hin?», fragte Angela erstaunt, während sie ihr kleines Mädchen stillte, «das kann nicht dein Ernst sein.»

«Ach, daran glaube ich nicht, obwohl man sich die wunderlichsten Geschichten erzählt. Die Unterkunft war früher eine Niederlassung der Johanniter, und es gab nicht nur eine Kapelle, sondern auch einen Friedhof. Abgesehen davon behauptet die Magd, ein Kind sei im Brunnen ertrunken, und es spuke deshalb im Haus.»

«Ein Friedhof und ein ertrunkenes Kind – muss das sein?»

«Wie auch immer, Hauptsache, wir können günstig darin wohnen», meinte Arnold gleichmütig. So packte Angela ein weiteres Mal alles zusammen und sie zogen in die St. Johanns-Vorstadt. Das Haus stand gleich beim Stadttor, und der Garten fiel gegen den Rhein hin steil ab.

«Ich konnte heute Morgen vom Fenster aus wunderbar die Vögel beobachten und ihren Flug studieren», berichtete Böcklin am Mittagstisch, «Ich komme immer noch nicht los vom Gedanken, dass wir Menschen eines Tages ebenso fliegen können wie die Vögel.» Die Kinder sahen ihn gebannt an und begannen sofort, eigene Ideen zu entwickeln.

«Ich breite einfach meine Arme aus und rudere, dann geht es bestimmt», rief Arnoldo.

«Nein, es braucht schon einen Apparat mit Flügeln dazu», erklärte Böcklin, nahm ein Blatt Papier zur Hand und zeichnete einen Flugapparat darauf, «siehst du, etwa so.»

«Oder man nimmt einen Regenschirm, an dem man sich festhält», warf Clara ein. Die Kinder redeten nun alle gleichzeitig, jedes hatte eine andere Idee. Angela stand resolut auf:

«Nun aber Schluss mit den Fantasien. Man kann von unserm Fenster aus ja auch Fische fangen, statt Vögel beobachten.»

«Ja, meine Kameraden spotten schon und sagen, wir müssten Fische fangen, weil wir sonst nichts zu essen hätten», berichtete der zehnjährige Arnoldo ziemlich aufgebracht. Angela lächelte.

«Weisst du, die Leute finden, als Kunstmaler übe man keinen rechten Beruf aus, damit könne man kein Geld verdienen.»

«Aber dem ist nicht so», mischte sich Böcklin ins Gespräch, «ich habe gerade einen Auftrag erhalten, den Gartensaal des Ratsherrn Sarasin mit Fresken auszumalen.» Angela legte den Löffel hin und lächelte ihn erfreut an. Sie merkte, wie ihr ein Stein vom Herzen fiel, dabei war sie sich gar nicht bewusst gewesen, dass sie sich so viel Sorgen gemacht hatte.

«Das ist ein grosser Auftrag. Es ist wirklich viel besser als beim letzten Mal, als wir in Basel weilten, nicht wahr?»

«Ja, ich werde wohl meinen ehemaligen Schüler Schick kommen lassen, damit er mir hilft, diesen grossen Auftrag in der gewünschten Zeit fertigzustellen.» Angela nickte und schmunzelte.

«Meinst du, er schreibt wieder alle deine Sätze auf, die du sprichst?»

«Vermutlich führt er immer noch sein Tagebuch. Aber in erster Linie muss er wohl arbeiten. Ich möchte auf die drei Wände biblische Szenen malen, die Flucht nach Ägypten, den König David mit Harfe und den Gang nach Emmaus.» Das Gespräch war nun wieder in eine andere Richtung gelaufen, die Kinder standen auf, sie interessierten sich wenig für die Arbeit ihres Vaters, dazu waren sie noch zu klein. Nur der zehnjährige Arnoldo spielte noch einige Zeit «Fliegen», indem er seine Arme ausbreitete und munter durch die Wohnung schwirrte.

Kaum waren sie am neuen Wohnort richtig eingelebt, da geschah ein grosses Unglück. Vor dem Haus, auf dem ehemaligen Friedhof, hatte der Schreinermeister sein Holzlager in hohen Stössen aufgeschichtet. Angela schärfte den Kindern ein, ja nicht hinaufzuklettern, es sei gefährlich. Sie kannte ihre Kinder und wusste, wie wild sie aufgewachsen waren. Trotz der Warnung stürzte eine dieser Holzbeigen plötzlich ein. Angela sprang entsetzt aus dem Haus, als sie das Poltern und Schreien hörte und fand quer übereinanderliegende Holzbalken. Zwei Knaben lagen darunter begraben, Arnoldo und der kleine Sohn des Baumeisters. Auch die siebenjährige Lucie war verletzt, ein herabstürzender Holzbalken hatte sie am Rücken getroffen. Angela versuchte zuerst, Arnoldo vom Balkengewirr zu befreien. Zum Glück hatte er nur einige Schrammen abbekommen, während sein Kamerad einen Beinbruch beklagen musste und laut schrie. Aber am schlimmsten hatte es Lucie getroffen. Sie lag wimmernd da, äussere Verletzungen konnte man keine ausmachen, aber sie klagte über starke, undefinierbare Schmerzen im Rücken und im Bauch. Der Arzt fand nichts Konkretes und verordnete Bettruhe. Angela versuchte das jammernde Mädchen zu beruhigen. Am folgenden Tag bemerkte sie erstaunt, dass Lucie eine ausserordentlich starke Abneigung gegen die schwäbische Magd entwickelte. Das kräftige Gesicht der Magd mit der kurzen, breiten Nase, den tiefen Falten um den Mund, vor allem aber ihr Blick mit den eng beieinanderliegenden, braunen Augen schienen auf Lucie abschreckend zu wirken.

«Jedes Mal, wenn sie ins Zimmer kommt, fängt Lucie an zu schreien», klagte Angela Arnold ihre Sorgen.

«Dann verbiete doch einfach der Magd, ins Zimmer zu gehen», antwortete er etwas erstaunt, dass sie nicht von selbst auf diesen naheliegenden Gedanken gekommen war.

«Das habe ich natürlich getan, aber sie hält sich nicht daran. Mehrmals wurde ich von Lucies Schreien geholt, weil die Magd sich wieder ins Zimmer geschlichen hatte.»

«Was tut sie denn dort?»

«Nun, eigentlich nichts. Sie steht nur mit verschränkten Armen da und mustert das Kind. Es ist, als ob sie auf Lucies Ableben warten würde.»

«Auf ihr Ableben?», entsetzte sich Böcklin, «da bleibt nichts anderes übrig, als sie zu entlassen und eine neue einzustellen.» Angela teilte den Entschluss umgehend der Magd mit. Diese schaute erbost und ballte die Hände zu Fäusten.

«Der Unfall geschah nicht zufällig, Sie werden es schon noch merken. Das Haus ist verhext, und es wird nicht besser, wenn sie mich wegschicken», drohte sie mit schriller Stimme, so dass Angela schauderte.

Lucie ging es Tag für Tag schlechter. Angela sass hilflos am Bett und hielt die Hand ihres Kindes, das ununterbrochen jammerte und ganz weiss war im Gesicht. Am dritten Tag schickte sie Arnold zur Apotheke, um irgendein Schmerzmittel zu besorgen, denn Angela konnte kaum mehr mit ansehen, wie Lucie litt, sie atmete nur noch stossweise. Sie versuchte, das Mädchen zu beruhigen, sprach mit ihm und sang leise ein kleines Lied, bis es etwas einschlummerte. Dann trat sie ans Fenster und blickte ungeduldig hinaus in der Hoffnung, dass Arnold bald von der Apotheke zurückkehren würde. Da sah sie plötzlich einen Mann in heller Sommerkleidung langsam auf das Haus zukommen, und als sie sein Gesicht deutlicher erkennen konnte, glich es einer Totenmaske! Entsetzt riss sie an den Fensterläden, schloss sie rasch, sank am Bett der kleinen Lucie nieder und versuchte sich zu fassen. Hatte sie nicht auch in München diesen unheimlichen Mann gesehen? Sie schauderte. Als Böcklin gleich danach heimkam, blickte sie ihn angstvoll an:

«Hast du den Mann im Hof gesehen?»

«Nein, welchen Mann?» Angela schilderte ihm das

Erlebnis und Arnold lief sofort hinunter. Er fand jedoch niemanden.

«Ich habe ihn deutlich gesehen. Sein Gesicht werde ich nie vergessen! Es war genau wie in München. Einfach schrecklich.»

«Komm, beruhige dich, er ist bestimmt nicht mehr da. Vielleicht bist du einfach übermüdet. Du hast ja seit Tagen kein Auge mehr zugetan», erwiderte Böcklin.

«Ich weiss. Aber ich kann Lucie nicht allein lassen, schau doch, wie sie leidet.»

In derselben Nacht starb die kleine Lucie. Arnold und Angela sassen am Bett, einmal mehr gramgebeugt und verzweifelt. Sie hatten das Mädchen sieben Jahre lang aufwachsen sehen. Es war ihr Sonnenschein gewesen, und es schien ihnen, dass von nun an die Tage nie mehr hell werden konnten. Auch die Geschwister umstanden fassungslos das Bett. Ein sehr kleines Brüderchen oder Schwesterchen zu verlieren, hatten Clara und Arnoldo schon erlebt, aber Lucie war bereits sieben Jahre alt, hatte für Hans die grosse Schwester verkörpert, und für Clara war es die süsse kleine Schwester gewesen. Und nun lebte sie nicht mehr! Angela trauerte selbst so sehr um ihr Kind, dass ihr keine tröstenden Worte einfielen. Der Satz «sie ist nun bei den Engelein» kam ihr ziemlich hohl vor. Andererseits mussten sich die Kinder daran gewöhnen, dass der Tod zum Leben gehörte. «Aber man kann sich nur schwer daran gewöhnen», ging es ihr durch den Kopf, «eigentlich kann man sich gar nicht daran gewöhnen, man kann nur lernen, ihn zu akzeptieren.» Böcklin redete mehrere Wochen lang kein Wort und schleppte sich täglich mit langsamen, kummervollen Schritten in sein Atelier. Seine Gedanken kreisten um Lucie und den unerwarteten Tod. Er haderte mit dem Schicksal und vor allem mit sich selbst. Hätte er doch nicht in das Spukhaus ziehen sollen? Er schüttelte den Kopf und versuchte, sich zusammenzureissen. Schliesslich holte er unter seinen Werken ein Bild von Lucie hervor, das er von ihr mit drei Jahren gemalt hatte und brachte es zu Angela. Sie brach in Tränen aus, als sie es sah.

«Oh ja, das ist unsere Lucia, genauso, mit diesen grossen, staunenden Augen und dem kleinen Lächeln um den Mund.»

«Ich werde das Bild im Wohnzimmer aufhängen, so wie viele andere Eltern auch, die ein Kind verloren haben. Wie viele Porträts habe ich schon malen müssen von Kindern, die nicht mehr lebten!»

«Ich weiss, wir sind nicht die Einzigen – aber es trifft einen trotzdem furchtbar hart.»

Der Spuk, von dem alle Leute redeten, zeigte sich ihnen immer wieder und plagte sie. Nicht nur Angela, auch die Kinder und die Mitbewohner im untern Stock mussten mit verschiedenen schauerlichen Erlebnissen fertigwerden. Einmal rollte auf dem Treppenpodest ein dickes, schwarzes Bündel auf Arnold und Angela zu.

Während beide gebannt darauf starrten, rutschte es zwischen ihnen hindurch und verschwand im Waschhaus. Arnold eilte ihm nach, aber er fand die Türe zum Waschhaus verschlossen und als er sie aufschloss, war vom Bündel nichts mehr zu sehen. Schweigend sahen sie sich an, bedeutungsvoll und ratlos. Vom Rhein her strich ein kühler Luftzug und liess Angela frösteln. Schützend legte sie beide Arme um die kleine Angi und drückte sie an sich. Eines Nachts wurden sie auch von unheimlichen Geräuschen geweckt, es waren keine Mäuse oder Ratten, es tönte eher so, als ob jemand mit einem Gummiball spielen würde. Arnold schlich mutig die dunkle Treppe hinauf, um nachzusehen, er fand jedoch nichts. Die Bewohner verdächtigten sich gegenseitig, aber bei einem klärenden Gespräch stellte sich heraus, dass niemand von ihnen der Verursacher der Geräusche gewesen war. Ein anderes Mal kamen die Kinder schreiend ins Haus gelaufen, weil eine schwarz gekleidete Frau mit stechenden Augen ganz plötzlich im Hof gestanden hatte. Angela rannte sofort hinaus, doch sie fand niemanden. Dann berichteten die Kinder wieder übereinstimmend von einem kleinen, weissen Hund im Haus, der sie böse angeblickt hätte. Aber auch ihn konnte niemand finden.

«Ich weiss, es tönt verrückt, aber heute Nacht hörten wir Pferdegetrappel und als ich aufstand, sah ich einen Ritter in voller Rüstung und mit gezogenem Schwert im Hof reiten. Als ich meinen Mann holen ging, war der Ritter verschwunden, wie vom Erdboden verschluckt», erzählte die Nachbarin zutiefst aufgewühlt.

«War es ein Ritter der Johanniter?», fragte Böcklin, zuckte dann mit der Schulter und meinte: «Wie auch immer, wir dürfen uns davon nicht zu sehr beeindrucken lassen, wir müssen damit leben.» Angela nickte und legte ihre Hand auf den Arm der Nachbarin.

«Zusammen schaffen wir es, nicht wahr?»

Die Aufgabe, den Gartensaal des Ratsherrn Carl Sarasin auszumalen, erfüllte Böcklin zusammen mit seinem Schüler Schick mit Erfolg.

«Der Gang nach Emmaus in einer römischen Landschaft ist grossartig herausgekommen», bekundeten die Freunde begeistert. «Wir hoffen, dass du auch den Auftrag für das Treppenhaus im Museum erhältst.»

«Wir müssen nur noch Jakob Burckhardt und die Kunstkommission überzeugen», meinte sein Freund Fritz Burckhardt zuversichtlich. Als Böcklin davon berichtete, fragte Angela neugierig:

«Bilder ins Museum an der Augustinergasse? Ich kann mir vorstellen, dass es nicht einfach ist, in einem Treppenhaus etwas anzubringen.»

«Wie es praktisch anzupacken ist, werden wir sehen. Es sind fünf Meter hohe Wände. Aber zuerst muss ich den Auftrag bekommen. Jakob Burckhardt ist ja nicht immer zufrieden mit dem, was ich mache», äusserte sich

Böcklin gezwungen fröhlich. Angela hob den Kopf von ihrer Strickarbeit und blickte ihn erstaunt an.

«Nicht zufrieden? Weshalb denn nicht?»

«Er will immer seine Kompositionen korrigieren», fühlte sich Schick gedrängt zu erklären. Seine sonst stets bleichen Wangen waren vor Empörung gerötet. Angela musterte ihn schmunzelnd. Sie hatte ihn fast nicht mehr erkannt, als er in Basel ankam. Er schien ihr in den vergangenen Jahren noch schmächtiger geworden zu sein, aber sein Selbstbewusstsein hatte deutlich zugenommen.

«Jakob ist mein Freund seit vielen Jahren, deshalb erlaubt er sich, mich zu korrigieren», verteidigte ihn Böcklin, «aber zugegeben, ich ärgere mich, wenn er seine Kritik frei äussert.»

«Bei der trauernden Magdalena wäre es auf jeden Fall besser gewesen, nicht auf seinen Änderungsvorschlag einzugehen», erwiderte Schick nachdrücklich, «man hätte Christus im Profil belassen sollen.»

«Ich weiss, aber das war das letzte Mal, dass ich nachgegeben habe und etwas änderte.»

«Bei jedem Besuch im Atelier hat Burckhardt irgendetwas auszusetzen oder bringt Änderungsvorschläge an, müssen Sie wissen», wandte sich Schick an Angela, «jetzt will er beim Bild mit der Geburt der Venus noch einen Delfin im Wasser haben und grössere Wellen.»

«Ach, der Delfin ist Unsinn!», ereiferte sich Böcklin, «es würde die aufwachsende Pyramide ins Umgekehrte drehen, die ganze Komposition wäre zerstört.»

«Jakob Burckhardt weiss enorm Bescheid in der Antike, er ist eine Kapazität», erlaubte sich Angela einzuwerfen.

«Natürlich, das bestreite ich ja gar nicht. Aber ich habe ihm mehrmals vergeblich beizubringen versucht, dass ein Künstler keine Ratschläge braucht. Burckhardt meint immer, mir gebräche es an Ideen.» Böcklin rauchte mürrisch seine Zigarre weiter. Angela hörte es nicht gerne, dass es zu Differenzen gekommen war, denn sie wusste, dass die Meinung Jakob Burckhardts in Basel schwer wog.

An den Sonntagen wurden sie stets zum Kaffee ins elterliche Haus geladen, zusammen mit den Brüdern Walter und Werner und ihren Familien. Schwägerin Cornelia war meist in schwarzen Taft gehüllt, der bei jeder Bewegung knisterte, während Angela in ihrem schlichten Kleid mit einem mit schwarzem Samt besetzten Oberteil daneben recht bescheiden wirkte. Aber niemand kümmerte sich um die Kleidung, denn Hauptgesprächsthema war bei den Männern der Streik der Fabrikarbeiterinnen, der alle Gemüter beschäftigte, sowie der mit dem neuen Gesetz einzuführende Zwölf-Stunden-Tag in den Fabriken.

«Das neue Gesetz wird uns teuer zu stehen kommen», meinte Vater Böcklin erregt, als sie sich zum Rauchen ins Herrenzimmer zurückgezogen hatten. Mit seiner aufrechten Haltung schien er fast drohend noch mehr in die Höhe zu wachsen, und bei seinen ergrauten

Schläfen pochte sichtbar der Puls.

«Ein Zwölf-Stunden-Tag! Und ausgerechnet jetzt, wo wir uns sowieso um die Aufträge Sorgen machen müssen. Es hätte zu keinem schlechteren Zeitpunkt kommen können.»

«Und Kinderarbeit ist nun ebenfalls verboten. Ich verstehe ja, dass man die Kinder nicht mehr zur Arbeit zulassen will, aber wo sollen wir so schnell Ersatz hernehmen? Es braucht doch zarte Hände für diese Arbeit», ergänzte Werner und räusperte sich erregt.

Die Damen waren unter sich geblieben und sprachen über ein Thema, das nicht nur die Frauen in Basel beschäftigte. Cosimas Liebschaft mit dem Komponisten Richard Wagner und die Scheidung von ihrem Mann Hans von Bülow war in aller Munde.

«Wohin man auch kommt, alle reden über Cosima», meinte Cornelia, «diese Frau benimmt sich unmöglich.»

«Hat sie nicht Kinder?»

«Aber ja, zwei sind von ihrem Mann und ein drittes ist wohl von Wagner. Es heisst Isolde.» Angela war entsetzt, ihren moralischen Vorstellungen war ein solches Benehmen vollkommen fremd. Durch ihre fromme Erziehung konnte sie es weder verstehen noch akzeptieren.

«Eine anständige Gattin tut so etwas nicht», äusserte sie sich mit Überzeugung.

«Und das vor aller Augen! Von Bülow tut mir leid. Ich habe ihn sehr bewundert, als er hier in Basel konzertierte», ergänzte Mathilde, während sich ihr Busen bei jedem Atemzug vor Empörung senkte und hob.

«Ach, er gab hier Konzerte? Ich hörte ihn einmal in Weimar», meinte Angela, «er spielte ganz grossartig Klavier, die Damen umschwärmten ihn alle und lagen ihm zu Füssen. Und auch die reizende Cosima war dabei.»

«Oh, du hast Cosima erlebt? Und wie war sie?»

«Nun, sie schien mir sehr nett. Aber die Verhältnisse waren für mich etwas verwirrend. Am Hof wird viel getratscht, da weiss man nie, was stimmt. Es wurde viel über Cosima getuschelt, weil sie eine nichteheliche Tochter des berühmten Franz Liszt ist, dabei war sie damals schon mit Hans von Bülow verheiratet. Wagner kannte sie sicher auch schon.»

«Dieser Wagner muss ein besonderer Mensch sein. Viele Frauen scheinen ihm restlos zu verfallen. Dabei ist seine Musik sehr pompös und dominant, ich habe Mühe damit.» Hier konnte Angela nicht mitreden, sie hatte noch nie Musik von Wagner gehört.

«Arnold mag seine Musik auch nicht», meinte sie zögernd.

Die Malereien für das Treppenhaus des Museums wurden Böcklin zugesprochen und beschäftigten ihn und seinen ehemaligen Schüler Schick über einige Monate. Böcklin ging ganz in seinem Werk auf, ja er träumte sogar davon.

«Ich sehe alles klar vor mir, auf dem ersten Bild werde ich eine Magna Mater malen, welche von Tritonen auf einer Muschel emporgehoben wird, und dann auf der zweiten Wand eine Flora mit einigen Putten in den Wolken, schliesslich auf der dritten Wand einen Apoll mit Pferdegespann.» Angela blickte ihn bewundernd an:

«Du lebst wie immer ganz in der Antike. Ich verstehe kein Wort, denn mir ist sie zu wenig vertraut. Aber es wird sicher eindrückliche Wandbilder geben.» Doch bald kam es zu Diskussionen in der Kunstkommission über die einzelnen Bilder.

«In Basel ist es unmöglich, einen Auftrag zu erhalten und ihn dann ohne Widerstand ausführen zu können», bemerkte Böcklin verärgert zu Schick. Mit Angela sprach er kaum darüber und verschwieg ihr auch, dass er diesmal für die Flora ein Modell genommen hatte. Wozu sie beunruhigen? Den Namen durfte er in Basel, wo jeder jeden kannte, sowieso niemandem verraten. Selbst Schick hatte er es diskret verschwiegen. Angela bemerkte nur, wie fieberhaft sich Böcklin diesmal an sein Werk machte, ja richtiggehend davon gefangen war. Kritiken und Änderungswünsche der Kunstkommission blieben aber nicht aus und ärgerten Böcklin von Woche zu Woche mehr. Auch Jakob Burckhardt betrachtete eingehend und schweigend, was Böcklin gerade in Arbeit hatte und meinte schliesslich:

«Dieser Kopf der Magna Mater gefällt mir nicht. Hier zeigt sich das klassisch schöne Ebenmass viel zu wenig.

Es gehört jedoch zur Antike. Genauso wie bei dieser Gaia hier bei der Blumen streuenden Flora. Sie müsste unbedingt eine grössere Lieblichkeit aufweisen.» Böcklins Gesicht hatte sich bei jedem Wort mehr verfinstert. Er war um einen ruhigen Ton bemüht, aber er blieb hart.

«Das sehe ich anders. Ich will nicht das Herbe versüssen, sondern die Dinge schroff und wahr darstellen.» Böcklin erntete einen verächtlichen Blick.

«Wie ich schon sagte, in der Antike zählt das klassisch schöne Ebenmass und nichts Herbes.»

«Wir sind aber im 19. Jahrhundert und nicht in der Antike», entgegnete Böcklin spitz, drehte sich wütend um und malte weiter. Die Pferde für das Gespann von Apollo studierte er ausgiebig bei seinem Nachbarn in der St. Johanns-Vorstadt und fertigte sogar Skizzen an. Die Kinder umstanden ihn und staunten, wie er auf dem Papier ein Pferd oder Teile davon skizzierte.

«Es sind natürlich nicht ganz die edlen Schimmel, die ich mir für Apollo denke», murmelte er beim Skizzieren, «es sind Arbeitstiere, aber ich kann mir immer noch die Kupferstiche der Pferde vom Parthenon vornehmen.» Als das fertige Wandgemälde von der Kunstkommission besichtigt wurde, missfielen die freien Bäuche der vorwärtsstürmenden Pferde.

«Was passt ihnen denn nicht daran?», fragte Schick erstaunt, als ihn Böcklin davon in Kenntnis setzte.

«Burckhardt findet es nicht gut, dass die Pferde aus dem Bild herausstürmen, und die Kommission stört es, dass man dabei die Genitalien der Pferde sieht, das empfindet man als anstössig!», brummte Böcklin, und als er bemerkte, wie Schick den Mund verzog, fügte er bei: «Ich kann längst nicht mehr darüber lachen.»

Nach weiteren hitzigen Diskussionen verdeckte er schliesslich auf Wunsch der Kommission die Leiber und Hinterbeine der Pferde mit Nebelwolken.

«Nun sieht man die anstössigen Teile wirklich nicht mehr. Damit fehlen nun nur noch die Medaillons bei den Fenstern. Was kommt dort hin?», fragte Schick neugierig.

«Ein Kopf der Medusa, und über dem mittleren Fenster ein verbissener Kritiker, und beim obersten Fenster ein Dummerling», gab Böcklin mit beissender Stimme zur Antwort. Schick verschlug es die Sprache. Er fuhr sich nervös mit der Hand durch die spärlichen Haare und schüttelte missbilligend den Kopf.

«Im Ernst? Das wird sicher schlecht ankommen», prophezeite er.

«Aber es passt doch, oder nicht? Dieses ewige Kritisieren! Und die Kompromisse sind für beide Seiten nicht befriedigend», meinte Böcklin genervt.

«Trotzdem. Dummerling und verbissener Kritikus trifft die Kunstkommission ganz direkt.»

«Ach was, in Basel ist man Spott und Witz gewohnt, das gehört fast zum Alltag.» Schick schüttelte langsam den Kopf.

«Das kann ich nicht beurteilen. Mir scheint es mehr als Spott und Witz, dazu ist die Sache zu persönlich.» Er behielt recht, die skurrilen Darstellungen eines Dummerlings und eines verbissenen Kritikus trafen die Kommissionsmitglieder empfindlich, es gab einen Sturm der Entrüstung. Jakob Burckhardt sprach kein Wort mehr mit Böcklin. Zudem äusserte er sich auch unzufrieden mit dem Ergebnis der übrigen Malereien, was in Basel sofort die Runde machte. Eine Reihe von Bestellungen für Porträts wurde sogleich zurückgenommen.

Es schneite lautlos aus dem Nebel heraus, bald lag überall eine kleine Schneeschicht und bedeckte die Dächer, Gärten und Strassen. Und während es immer stärker zu schneien begann, brachte Angela am 18. Januar 1870 einen kleinen Knaben auf die Welt und war dankbar, dass die Hebamme trotz des vielen Schnees zeitig bei ihr erschienen war. Sie tauften das Kind auf den Namen Carlo. Angela blickte zärtlich auf das Kindlein. «Er hat deine blaugrauen Augen», lächelte sie und schaute zu Arnold auf.

«Das kann sich noch ändern», mischte sich die Hebamme ein.

«Ich weiss, aber vielleicht bleibt es ja dabei», meinte sie hoffnungsvoll.

Als Böcklin abends fröhlich im Leimsutt erschien,

gratulierten ihm seine Freunde zur Geburt des kleinen Carlo und zogen ihn auf.

«Mit dreiundvierzig Jahren Vater von fünf Kindern – da musst du sehen, dass genug Zeit bleibt, um zu malen.» Böcklin lächelte unbefangen:

«Wieso? Lasst euch gesagt sein, je mehr Kinder ich habe, desto mehr Lust hab ich zum Arbeiten.»

Dem schneereichen Winter folgte ein heisser Sommer. Die Sonne brannte gnadenlos vom Himmel, als im Juli 1870 zwischen Deutschland und Frankreich Krieg ausbrach.

«Die Preussen kommen!», hallte der Schreckensruf durch die Stadt, denn die Basler Bevölkerung fürchtete, dass die fremden Truppen die Grenze nach Basel überschreiten könnten. Man spürte die Angst überall.

«Unten auf dem Bauplatz liegen fremde Leute. Sie haben hier übernachtet und sind ganz schmutzig, und ihre Kleider sind zerrissen», kam Clara eines Morgens mit ängstlichen Augen in die Küche gestürzt. Einige übernachteten tatsächlich auf dem Bauplatz vor Böcklins Haus, trostlose, ausgemergelte, verlumpte Gestalten.

«Als Grenzstadt sind wir sehr nahe am Geschehen, die Flüchtlinge und Verwundeten suchen bei uns nur Hilfe und Schutz. Sie machen uns nichts», beschwichtigte Angela die Kinder. Die Meldungen folgten sich nun Schlag auf Schlag. Vor allem die Belagerung und

Beschiessung von Strassburg wurde mit Entsetzen erzählt.

«Vor ein paar Tagen zogen drei Staatsmänner aus Basel, Bern und Zürich zum Hauptquartier der Deutschen vor das belagerte Strassburg. Sie baten im Namen der Humanität, Frauen und Kinder aus der seit Wochen eingeschlossenen Stadt herauszulassen», berichtete Böcklin erregt beim Mittagessen.

«Und, ist es gelungen?»

«Es sieht fast danach aus. Man gründet jetzt ein Hilfskomitee, und auch der Bundesrat unterstützt das Anliegen, sodass hoffentlich der deutsche General der Bitte Gehör schenkt.» Dank dieser spontanen Verhandlungen konnten schliesslich Hunderte von Frauen und Kindern in der Stadt Basel und in der übrigen Schweiz Zuflucht nehmen. Doch die schlechten Nachrichten hörten nicht auf. Auch die Belagerung von Belfort verfolgten alle mit angehaltenem Atem. Es war zwar recht weit entfernt, aber doch so nahe, dass alle im Laufe ihres Lebens einmal in Belfort gewesen waren.

Im Februar 1871 wurde Böcklin ins Militär einberufen.

«Papa wird als Soldat das Land schützen. Wir werden einige Zeit ohne ihn auskommen müssen», versuchte Angela den Kindern die Tatsache beizubringen. Aber wie sollte sie ihnen den Krieg erklären? Sie rettete sich damit, indem sie ihnen von Garibaldi und der Besetzung Roms durch die Franzosen erzählte. Böcklin musste jedoch nicht die Grenze verteidigen, sondern mit vielen anderen die Internierung der Bourbaki-Armee überwachen. Vom 1. bis 3. Februar passierten 87 000 Franzosen und 12 000 Pferde im Jura die Grenze. Überall leisteten die Schweizer Soldaten und die Bevölkerung grossmütig Hilfe. Während der Bundesrat die Internierten auf die Kantone verteilen liess, wurde Böcklin entlassen. Er hatte leider den berüchtigten pfeifenden Bourbaki-Husten eingefangen, den die Soldaten mitgebracht hatten. Drei Wochen lang lag er fiebernd im Bett, hustete ununterbrochen und sein Hals war feuerrot.

«Ich bin nur froh, dass du dich weder mit Pocken noch mit Typhus angesteckt hast, denn beides grassiert ebenfalls unter den Soldaten, habe ich gehört», meinte Angela und schüttelte sein Kopfkissen auf.

«Ja, das stimmt, obwohl … die Halsschmerzen sind kaum auszuhalten. Und ich sehe immer noch die ausgemergelten Gestalten der Soldaten vor mir, Hunderte von heruntergekommenen Männern in schmutzigen Uniformen und kaputtem Schuhwerk. Sie waren tagelang durch den Morast gewatet und tief im Schmutz versunken. Sie konnten sich kaum mehr auf den Beinen halten. Ihre stumpfen Gesichter werde ich nie vergessen.»

Als Böcklin wieder gesund war, erhielt er den Auftrag, für die Fensterbogen der Kunsthalle grosse Steinmasken anzufertigen – und erntete damit wiederum einen wütenden Sturm der Entrüstung. Er hatte jedes Gesicht mit ausgeprägten Zügen versehen, mit Knollennase oder dicken Lippen. Die Fratzen blickten verschmitzt oder auch ärgerlich, es war eine köstliche Ansammlung von grossartigen Charakterköpfen.

«Sie sehen sehr lebendig aus, man bekommt sofort das Gefühl, man kenne die Person», meinte Angela sinnend und Schick nickte bekräftigend dazu.

«Genau deshalb ist man der Meinung, es seien Porträts von bestimmten Leuten mit besonders ausgeprägten Gesichtszügen.»

«Aber ich würde doch nie jemanden mit einer Knollennase zur Schau stellen», entrüstete sich Böcklin, «ich habe mich lediglich von den lustigen Fratzen am Blauen Haus am Rheinsprung inspirieren lassen. Ich habe die Köpfe dort an der Fassade immer mit Vergnügen betrachtet, wenn ich daran vorbeiging, um zum Museum zu gelangen.»

«Ich kenne die Fratzen. Aber dort sind die Köpfe kleiner, das ist ein Unterschied», meinte Schick.

«Dabei war gerade die Grösse eine Herausforderung für mich.»

«In der Stadt macht man sich jedenfalls einen Sport daraus, herauszufinden, welche Figur wen darstellt», fügte Angela vorsichtig bei, «die Magd hat am Brunnen gehört, ein Basler habe sich so eindeutig erkannt, dass er danach zu einem Operateur gegangen sei, um seine Nase ändern zu lassen und …»

«Ich weiss», unterbrach sie Böcklin ungeduldig, «und er ist daran gestorben. Ich bin damit sozusagen ein unschuldiger Mörder.» Er konnte die Angelegenheit nicht wirklich ernst nehmen, ganz im Gegensatz zur Basler Bevölkerung, deren Gesprächsthema während Wochen nichts anderes zum Inhalt hatte als Böcklins Fratzen an der Kunsthalle. Doch es waren nicht seine einzigen Sorgen, Arnold stellte auch fest, dass der Verkauf der Bilder deutlich harzte.

«Niemand in Basel wagt es, Jakob Burckhardts schlechte Meinung über meine Malerei nicht ernst zu nehmen», klagte er, «und nun verkaufe ich keine Bilder mehr.» Angela nickte.

«Das glaube ich gerne. Wenn er nicht mehr mit dir redet, wirkt das befremdend.»

«Aber ein Künstler muss seinen eigenen Weg gehen», verteidigte sich Böcklin, während er eine Zigarre anzündete, «es geht einfach nicht, nach den Vorstellungen einer andern Person zu malen. Ich glaube bald, eine so kleine Stadt wie Basel kann zwei starke Charaktere, wie Burckhardt und ich es sind, auf die Dauer nicht gleichzeitig beherbergen.»

«Was meinst du damit?», fragte Angela, hellhörig geworden.

«Ich denke, die Auftragsmöglichkeiten sind erschöpft.

Am besten ist, wir ziehen weg.» Angela erschrak.

«Wegziehen? Jetzt, wo sich alle so gut eingelebt haben in den fünf Jahren. Wohin willst du denn jetzt schon wieder gehen?»

«Nun, Baron Friedrich von Schack aus München hat gerade vier Bilder gekauft, ich denke, wir verlegen unser Domizil dorthin.»

«Nach München?», fragte Angela gedehnt.

«Ja, dort sind viele meiner Künstlerfreunde, denk zum Beispiel an Paul Heyse.» In Angela zog sich etwas zusammen.

Nur nicht München! schrie es in ihr. Laut sagte sie: «Ich denke nicht gerne an die Zeit in München zurück.»

«Du sollst auch nicht zurück, sondern vorwärts denken. Diesmal bin ich ja nicht krank, und Geld besitzen wir auch. Ich habe für die vier Bilder von Schack siebentausend Franken bekommen.» Verstört suchte sie fieberhaft nach einer andern Lösung, einer Idee, wie sie Arnold vom Gedanken abbringen könnte, nach München zu ziehen. Die aufwühlenden Erinnerungen an die schweren Wochen waren ihr immer noch gegenwärtig, obwohl es nun schon über zehn Jahre her war. Arnold konnte ihr entsetztes Gesicht nicht sehen, es lag im Schatten, denn die Flamme der Lampe war heruntergedreht. So fuhr er munter fort zu planen:

«Franz Lenbach ist auch dort, du erinnerst dich sicher, dass er gleichzeitig mit uns in Weimar war? Vielleicht kann ich in seinem Atelier arbeiten, er setzt sich bei Schack ja immer für mich ein.»

«Ist dieser Schack denn so wichtig?», versuchte Angela es nochmals im Bestreben, sich ihm verständlich zu machen.

«Aber ja, er hat schon oft Bilder von mir gekauft.» Angela schwieg und beugte sich über ihre Stopfarbeit. Alles in ihr sträubte sich beim Gedanken, diesen Ort wieder aufsuchen zu müssen. Sie konnte sich nicht dafür erwärmen, obwohl sie sich bemühte, den Tatsachen ohne Vorbehalt ins Auge zu blicken. Sie versuchte sich verzweifelt einzureden, dass es bestimmt nicht noch einmal so viel Elend geben würde. Bedrückt und mit widerstrebenden Gefühlen machte sie sich ans Zusammenpacken der Habseligkeiten.

München

Das Wetter war etwas milder geworden, als sie Anfang April den Wechsel nach München vollzogen. Die sechzehnjährige Clara und der vierzehnjährige Arnoldo waren gar nicht begeistert, die Stadt Basel wieder verlassen zu müssen. Die fünf Jahre ihres Aufenthaltes waren eine prägende Zeit gewesen und hatten sie viele Freundschaften schliessen lassen. Es kam ihnen vor wie die Austreibung aus dem Paradies. Trotzig schweigsam und verstimmt sassen sie da und fügten sich ergeben in ihr Schicksal, Arnoldo explodierte jedoch bei jeder Anweisung und schleppte murrend und äusserst widerwillig die Gepäckstücke. Der achtjährige Hans wollte ebenfalls nicht weg, denn er konnte sich überhaupt nichts anderes vorstellen als Basel, er war praktisch hier aufgewachsen. An seinen Geburtsort Rom erinnerte er sich nicht mehr. Doch er biss sich auf die Zähne, damit niemand seine Tränen sah. Ein Junge musste tapfer sein und nie weinen, das war unmännlich und galt als Zeichen der Schwäche. Nur die vierjährige Angi und der einjährige Carlo merkten noch gar nicht, was vor sich ging und plauderten fröhlich und unbefangen auf dem ganzen Weg, bis die Bahn in München einfuhr.

Ein gequälter Ausdruck glitt über Angelas Gesicht, als die Droschke ächzend und schlingernd über die

Kopfsteinpflaster Münchens holperte. Das harte Licht der Frühjahrssonne liess die hellen Hausfassaden kalt und abweisend erscheinen. Angela hoffte, dass niemand ihr kummervolles Gesicht bemerkte. Die Krempe des Hutes war allerdings nicht breit genug, um sich dahinter zu verstecken. Sie litt unter unerträglichen Kopfschmerzen. Die schwere Zeit, die sie hier durchgestanden hatte, war wieder gegenwärtig. «Damals musste ich zuerst nach einer zahlbaren Unterkunft suchen», erinnerte sie sich. Doch diesmal stellte sich heraus, dass Franz Lenbach ihnen eine sehr nette Wohnung an der Briennerstrasse besorgt hatte, die Angela ausnehmend gut gefiel. Durch die Fenster sah sie auf das bunte Muster einiger Dächer und auf die elegant gegliederten Fassaden der gegenüberliegenden Häuser. Sie setzte entschlossen ihren Hut ab und begann auszupacken, und auch Arnold nickte befriedigt, wickelte sich den wollenen Schal vom Hals und öffnete den obersten Knopf seines Überrocks. Die vielen Gänge, die es brauchte, um den Haushalt einzurichten, das ständige Auf und Ab von Treppen reichten aus, um Angela zu beruhigen. Die Schwäche war verflogen und machte Entschlossenheit Platz. Schliesslich hatte sie von klein auf gelernt, pflichtbewusst und tapfer sich ins Unabänderliche zu fügen. Und sie musste mit gutem Beispiel vorangehen. Clara sollte lernen, dass eine Frau sich anzupassen hatte, und Arnoldo war auch nicht geholfen, wenn er mitbekam, wie schwer seiner Mutter der Umzug fiel. Alle schleppten die Kisten und Gepäckstücke in die Zimmer und halfen beim Einrichten. Bald fand sich auch eine stämmige Magd für die groben Arbeiten.

«Ihre Aufgaben sind Wasser holen und Feuer machen und die Wohnung wöchentlich einmal gründlich putzen. Das bedeutet den Flur und die Treppe mit Sand scheuern, die Böden in den Kammern, der Küche und Stube feucht aufnehmen und in der Küche auch das Kupfer und Messing polieren», wies Angela die Magd in ihre Aufgabe ein, «das Einkaufen erledige ich selbst. Wenn Sie eine Frage haben, so wenden Sie sich vertrauensvoll an mich, und wenn ich nicht da bin, kann Ihnen auch meine Tochter Clara Auskunft geben.» Die Magd nickte und fragte scheu:

«Wie steht es mit Waschen und Bügeln?»

«Das kommt natürlich noch dazu, die grosse Wäsche wie üblich alle drei bis vier Monate, die kleine Wäsche zwischendurch.»

Böcklin wurde im Kreis der Künstlerfreunde herzlich aufgenommen, besonders der Kontakt zu Hans Thoma freute ihn. Franz Lenbach wiederum bot ihm an, in seinem Atelier in der Luisenstrasse zu arbeiten, was für beide Vorteile mit sich brachte, denn oft half Böcklin seinem Kollegen, ein Bild fertigzumalen. Lenbach hatte viele Aufträge, denn er war als Maler von schönen Frauen in Mode gekommen. Trotzdem blieb das Verhältnis zwischen den beiden etwas zwiespältig. Auf seinen «Leimsutt» musste Böcklin nun leider verzichten, dafür genoss er viele Teegesellschaften, die er jedoch selten anregend, sondern eher langweilig fand.

Im Juli kamen die bayrischen Truppen aus dem Krieg zurück. Mit dem Kronprinzen an der Spitze zogen sie in München ein und wurden stürmisch bejubelt. Angela und Arnold betrachteten das Spektakel von ferne. Sie hatten die kriegerischen Ereignisse in Basel von Nahem erlebt und fanden keinen Grund zu jubeln. Aber Böcklin konnte eine Begegnung mit dem Kronprinzen nicht vermeiden, so kam er wenige Tage später aufgeregt nach Hause und berichtete:

«Du wirst mir nicht glauben, was heute passiert ist. Ich war wie gewohnt früh am Morgen schwimmen. Du weisst, ich gehe gerne zum Militärschwimmbad. Als ich im Fluss vergnügt auf dem Rücken lag, stiess ich mit einem andern Badegast mit dem Kopf zusammen. Es war niemand anders als der Kronprinz!» Angela blickte ihn erschrocken an.

«Ums Himmels willen, was hast du gemacht?»

«Nun, ich habe ihn überrascht angestarrt, und er meinte: «Donnerwetter, haben Sie aber einen harten Schädel»

«Und dann?»

«Dann habe ich geantwortet: Sie aber auch!» Angela blickte ihn entsetzt an.

«Nein! Wie kannst du nur. Und weiter?»

«Nichts mehr. Wir schwammen beide davon.» Als sie Böcklin schmunzeln sah, begann sie zu lachen:

«Das wird dir niemand glauben.» Böcklin strich sich über seinen Kopf und in seinem Gesicht zuckte es vor Vergnügen.

Ein halbes Jahr nach ihrem Umzug, am 3. November 1871, schrieb Böcklin einen Brief an seinen Freund Fritz Burckhardt:

«… Meine Familie hat sich schon ziemlich eingewöhnt, die Kleinen sprechen sogar schon münchnerisch. Meine Frau ist wohlauf und leidet nicht mehr so viel an Kopfweh, vielleicht weil sie mehr Luft und Zerstreuung und weniger Sorgen hat. Clara geht in den Unterricht und hat noch Stunden in deutscher Sprache und Literatur, was sie aber nicht am Schlittschuhlaufen hindert. Arnold ist Hospitant in der Lateinschule und nur zwei Finger kleiner als ich. Hans ist noch zu Hause und zeichnet und malt, so oft er ungestört ist! Angela und Carl spielen, küssen und kratzen sich, wobei Karl, im Streit nämlich, jetzt schon regelmässig Sieger bleibt. Der Alte, mich meine ich, ist aber kaum mehr noch zu kennen. Er geht nie mehr zum Bier, sondern trinkt es zu Hause, geht mit der Frau ins Theater oder spazieren oder arbeitet immer bis spät in die Nacht hinein, hat sich zu alle dem den Bart wachsen lassen. Was in ihm vorgegangen ist, lässt sich nicht mit wenig Worten sagen, doch grüsst er Dich herzlich in immer gleicher Freundschaft …»

Der folgende, anhaltend nasskalte Winter zerrte an ihren Nerven und alle wurden von verschiedenen Erkältungen geplagt, vor allem bei den beiden Kleinen lief ununterbrochen die Nase.

«In Rom ist es nie so lange kalt und neblig», klagte Angela.

«Da hast du recht. Ich habe unterdessen auch ganz vergessen, wie die Sonne aussieht.» Trotzdem malte Böcklin von morgens bis abends, denn seine Bilder verkauften sich gut, sogar an der Weltausstellung in Wien. Er war selbst hingereist, um neue Kontakte knüpfen zu können.

«Ich habe sogar die Bronzemedaille erhalten für mein Bild des Kentaurenkampfes», berichtete er stolz, als er zurückkam.

«Oh, das ist grossartig, das freut mich. Ich habe übrigens auch Neuigkeiten für dich», wagte es Angela, seine Erzählungen zu unterbrechen, «unser Arnoldo hat sich entschlossen, Maler zu werden. Was sagst du dazu?» Böcklin zeigte sich überrascht.

«Arnoldo? Nun, warum eigentlich nicht? Bei Hans habe ich schon lange das Gefühl, dass er sehr talentiert ist, aber es zeigen sich auch bei Arnoldo gute Anlagen, und er ist schon länger mit Eifer bei der Sache. Erst soll er aber seinen Unterricht in Latein und Griechisch weiterpflegen, so lange, bis er reif ist für die Akademie.»

«Ich vermute, dass er keine Vorteile davon hat, dass

du jetzt zum Ehrenmitglied der Münchener Akademie ernannt wirst?»

«Nein, natürlich nicht, er muss die genau gleichen Bedingungen erfüllen wie alle andern auch.»

«Das habe ich vermutet. Aber das sind noch nicht alle Neuigkeiten. Wir müssen eine grössere Wohnung suchen, Arnold. Ich erwarte wieder ein Kind.» Er schaute sie nachdenklich an und nickte.

«Wieder ein Kind. Gut. Die einen werden langsam erwachsen und die andern kommen auf die Welt. Das ist der Lauf der Dinge.»

Im Sommer packten sie einmal mehr alles zusammen und übersiedelten an die Karlsstrasse. Dort kam im September 1872 der kleine Felix auf die Welt. Die ganze Familie freute sich darüber.

«In München denke ich immer an den kleinen Robert, den wir hier verloren, er lebte nur drei Monate. Damals dachte ich, ich könnte nie mehr fröhlich werden», meinte Angela, während sie den kleinen Felix liebevoll betrachtete. Die Hebamme nickte nur, sie wusste genau, wie vielen Frauen es so erging. Auch Arnold beschäftigten ähnliche Gedanken, denn einige Wochen später zeigte er Angela sein neuestes Werk: ein Selbstporträt mit einem Geige spielenden Tod, der sich ihm zuwandte. Angela betrachtete das Bild und runzelte die Stirne.

«Es ist das erste Selbstporträt, das dich mit deinem Vollbart zeigt. Aber warum dazu der Tod?»

«Nun, wir haben beide lernen müssen, dass der Tod in unserem Leben stets anwesend ist, nicht wahr? Die Idee zu diesem Bild ist mir in der Pinakothek gekommen. Dort hängt ein Werk, das einen Adeligen zeigt, und daneben steht der Tod mit einem Stundenglas in der Hand.»

«Und warum spielt er bei deinem Bild auf einer Geige?»

«Der Totentanz ist ein häufig benutztes Motiv, wir hatten einst ein berühmtes Wandgemälde davon in Basel. Hier auf meinem Bild tanzt er nicht, sondern spielt Geige. Und wenn sein Spiel beendet ist …» Angela, die keine negativen Gedanken zulassen wollte, unterbrach ihn:

«Zum Glück wendest du dich mit sehr lebendigem Blick dem Betrachter zu.»

«Ja, und wenn du genau hinsiehst, merkst du, dass ich lebensgrüne Farbe auf dem Pinsel habe.»

Auch der nächste Winter war schneereich, und erst noch verbunden mit einer klirrenden, eisigen Kälte. Den blauen Himmel sahen sie wochenlang nicht mehr. Angela schleppte sich durch die grauen und trüben Tage, und ihre Gedanken wanderten wieder einmal gegen Süden. Doch bald musste sie mit grösseren Schwierigkeiten kämpfen, denn eines Tages erkrankte Clara schwer.

«Ich habe den Arzt holen müssen und er meint, es wäre Typhus. Ausgerechnet Typhus!», wurde Böcklin von Angela ganz aufgelöst empfangen, als er nach Hause kam.

«Clara hat Typhus!», rief er erschrocken aus, «ist wieder eine Epidemie ausgebrochen?»

«Ich habe keine Ahnung, aber Typhus hatten du und Clara doch damals auch.» Alle schrecklichen Münchner Erinnerungen kehrten zurück, ihre Angst war übermächtig.

«Wir haben ihn beide überlebt!» erwiderte Böcklin mit beschwörender Stimme, «und Clara ist mit ihren siebzehn Jahren jung und kräftig, sie wird ihn auch diesmal überstehen.»

«Du hast recht, sie hat schon mehrere schwere Krankheiten durchgestanden. Das stimmt mich etwas zuversichtlicher. Aber dass es immer hier in München sein muss!»

«Man vermutet, dass die rasche Zunahme der Bevölkerung schuld sei an den vielen Epidemien. Andere wiederum meinen, dass es etwas mit dem Wasser zu tun hat. Bald soll in jedem Haus fliessendes Wasser zur Verfügung stehen. In Basel haben sie das ja auch beschlossen.»

«In jedem Haus Wasser? Das kann ich mir gar nicht vorstellen», meinte Angela ungläubig, «und niemand braucht es mehr am Brunnen zu holen?»

«Du wirst sehen, das wird wunderbar werden.»

«Wenn wir es je erleben! Vorläufig wünsche ich mir nur, dass keines der Kinder angesteckt wird von Clara, vor allem nicht unser kleiner Felix», antwortete Angela ängstlich.

Alle bekamen Claras Krankheit zu spüren, weil nichts in geordneten Bahnen verlief, und vor allem Angela tagelang das hohe Fieber mit Essigwickeln zu bekämpfen versuchte. Es waren schwere Wochen, doch im Mai konnte Arnold seinem Freund Fritz Burckhardt nach Basel melden, dass das Schlimmste überstanden sei. Clara wäre nun auf dem Weg der Besserung. Angela war froh, dass die andern Kinder unbeschadet davongekommen waren. Sie gestand sich ein, dass diesmal die Zeit in München trotz allem viel besser durchzustehen war. Mit ihren Sprachkenntnissen konnte sie sich nun überall verständigen, und finanzielle Probleme belasteten sie auch nicht, denn Arnold verkaufte viele Bilder. Sobald es Clara besser ging, vergrub er sich wieder in seinem Atelier und arbeitete von früh bis spät. Von nun an wurde Clara zum bevorzugten Modell ihres Vaters, er malte zuerst ein Porträt von ihr, dann stellte er sie als Melancholia dar und danach als Muse Euterpe mit Flöten und einer geschmeidigen Hirschkuh. Angela betrachtete nicht ohne Stolz die Bilder. Sie hatte nichts dagegen einzuwenden, dieses Modell konnte sie akzeptieren. Zudem war sie selbst viel zu beschäftigt mit ihren sechs Kindern und dem Haushalt. «Um als Modell zu dienen, bin ich nicht mehr jung genug, und schlank bin ich auch nicht mehr», murmelte sie, während sie sich die Haare bürstete, «Clara ist jetzt das ideale Modell. Und ich brauche auf niemanden eifersüchtig zu sein.»

Während des nächsten langen, trüben und nasskalten Winters brach die Cholera in München aus.

«Jeden Winter eine Epidemie, es ist nicht auszuhalten. Die Chance, krank zu werden, ist in unserer Familie schliesslich achtfach! Und alle mit Erbrechen und Durchfall, stell dir das einmal vor!», rief Angela fast erbost. Bedrückt verfolgte sie den Fortgang der Epidemie, immer ängstlich auf der Hut. Sie hatte nur den einen Wunsch, davon verschont zu bleiben.

Bei dem abscheulichen Wetter hatte sich im Laufe des Winters der Gedanke bei ihnen eingeschlichen, wieder nach Italien zu ziehen. Wer es zuerst aussprach, wusste Angela nicht mehr, aber sie freute sich, als auch Arnold eines Abends von seiner Sehnsucht nach dem sonnigen Süden sprach.

«Stell dir vor: Sonne statt Regen, blauer Himmel, statt tief liegender Wolken, Hügel mit Zypressen ...»

«Und Wärme, ich sehne mich nach Wärme», fügte Angela leidenschaftlich hinzu, und Böcklin lächelte verständnisvoll.

«Ich denke, ich kann auch in Italien Bilder verkaufen, man kennt mich nun überall», meinte er mit Befriedigung in der Stimme.

«Wir sind ja auch schon acht Jahre weg von Rom. Seit

bald drei Jahren sind wir hier in München und fünf Jahre waren wir in Basel.»

«Es muss ja nicht unbedingt Rom sein. Ich habe vielmehr an Florenz gedacht, das ist nicht ganz so weit, und du kannst von dort aus auch ziemlich rasch nach Rom gelangen, wenn du willst.»

«Nun, in Rom ist eigentlich niemand mehr von meiner Familie, seit Vetter Augusto letztes Jahr gestorben ist», überlegte Angela laut.

«Du wirst sehen, in Florenz wird es allen gefallen, und ich habe auch schon eine Wohnung in Aussicht», schloss Böcklin und drückte seinen Zigarrenstummel im Aschenbecher aus.

Florenz

Das Einzige, was Angela von der langen Reise in Erinnerung blieb, waren die vielen goldgelben Ginsterbüsche, welche die Landschaft geprägt hatten. Sie war mit ihren Kindern beschäftigt gewesen, vor allem mit den drei Kleinen, Angi, Carlo und dem zweijährigen Felix, denen das lange Stillsitzen Mühe machte. Sie hatten diesmal den Weg über den Brenner gewählt, denn die Brennerbahn war gerade drei Jahre zuvor fertiggestellt worden. Während er zum Fenster hinausschaute, entdeckte Böcklin laufend etwas Sehenswertes, seine Beobachtungsgabe war erstaunlich. Seinen Augen entging überhaupt nichts, und Angela wusste auch, dass er alles in seinem Gedächtnis speicherte und Jahre später wieder hervorholen konnte, seien das Farbschönheiten oder Eigenheiten der Landschaft, ein grosser Baum oder eine kleine, alte Steinbrücke.

«In Florenz wird es schön», versuchte Böcklin auf der langen Reise seine Kinder zu begeistern, «die Landschaft ist einzigartig, es hat blühende Mandelbäume, Mimosen und silbrig schimmernde Olivenbäume, dunkelgrüne, schlanke Zypressen und goldgelbe Kornfelder.»

«Und die Menschen? Ist Florenz nicht eher eine Provinzstadt?», fragte Clara skeptisch. Sie hatte während der drei Jahre gerade angefangen, sich in München heimisch zu fühlen, und nun musste sie sich schon wieder auf eine andere Stadt einstellen. Ihr Bruder Arnoldo war in München zurückgeblieben, damit er in seiner Ausbildung zum Maler weiterfahren konnte. Aber sie mit ihren neunzehn Jahren hatte keine Wahl, sie musste mit der Familie ziehen. Eine junge Frau hatte sich so lange zu Hause bei der Familie zu betätigen, bis sich ein passender Ehemann einfand. Clara haderte mit diesem Schicksal, wusste aber, dass sie sich nicht dagegen wehren konnte. Niemand würde ihre Gedanken verstehen.

«Nun, Florenz ist eine bedeutende, historische Stadt», hörte sie ihren Vater dozieren, «es ist eine Stadt mit überschaubaren Dimensionen und mit einem Heer von Handwerkern. Aber den Ton gibt der Adel an, die Schlüsselpositionen sind in den Händen der zahlreichen alteingesessenen Familien.» Clara nickte ergeben, es war nicht das, was sie zu hören wünschte. Angelas Blick hingegen ruhte besorgt auf dem elfjährigen Hans, der während der ganzen Reise wortlos und in sich gekehrt an seinem Platz sass. Sie wusste, er trauerte immer noch Basel nach. Sie hoffte, dass Florenz nun für einige Jahre ihr fester Wohnsitz blieb, damit die Kinder sich endlich irgendwo zu Hause fühlen konnten.

Sie streiften in Florenz als Erstes ein Stadttor, welches mit einem Heiligenbild geschmückt war. Sie stellten auch fest, dass man dabei war, anstelle der alten Stadtmauern und Gräben breite Strassen und Parks anzulegen. Im Süden hatte man vor einigen Jahren einen Platz errichtet, der eine fantastische Aussicht über die Stadt bot, den Piazzale Michelangelo. Angela und die Kinder staunten, während Böcklin ihnen die Aussicht zeigte, stolz, als wäre es sein Verdienst. Über dem Gewirr der mittelalterlichen Gassen ragten die Zeichen der einstigen Macht empor, der hohe Turm des Palazzo Vecchio, der Campanile und die eindrückliche Kuppel des Doms. Aber die von Böcklin so sehr gepriesene Florentiner Wohnung an der Via Lorenzo il Magnifico erwies sich als wenig einladende Unterkunft. Die Strasse war noch nicht gepflastert, die Gegend spärlich überbaut und deshalb nachts schlecht beleuchtet. Von aussen wirkte das Haus beeindruckend, doch im Innern bestand die Wohnung praktisch nur aus Korridoren. Die Zimmer waren klein und eng, das Esszimmer im Erdgeschoss düster und nur von zwei kleinen Fenstern erhellt. Zudem schien es Angela überall feucht zu sein.

«Auch das Atelier ist wenig brauchbar, es ist nur ein kleines separates Häuschen im Garten», stellte Böcklin zerknirscht fest, als er es besichtigt hatte, «und das alles habe ich mir in München für eine Jahresmiete von dreitausend Lire aufschwatzen lassen.» Mit langen Gesichtern blickten sie um sich.

«Es bleibt nichts anderes übrig als einzuziehen», fasste sich Angela als Erste. Nachdem sie sich eingerichtet und eine Magd gefunden hatten, liess sich das Ganze nicht mehr gar so schlecht an. Allerdings mussten sie die Toilette mit zwei andern Familien teilen, und auch der Brunnen war ein ganzes Stück entfernt. Die Magd schätzte den weiten Weg zum Wasser holen gar nicht. Eine Wasserleitung zu den Häusern oder eine Kanalisation gab es in Florenz längst noch nicht. Man redete zwar davon, aber die engen mittelalterlichen Gassen mit den grossen Palazzi behinderten diese Pläne. Der Zauber der engen Gassen wäre zerstört worden.

«Die Strassen mit ihren Arkaden, den Loggien, den vielen Nischen und Bögen, das ist das Florenz, das die Fremden zu sehen wünschen», meinte Böcklin, «das gehört zu den Eindrücken, welche sie mitnehmen wollen. Sie reisen ja alle mit Goethes «Italienischer Reise» oder mit Jakob Burckhardts «Kultur der Renaissance» im Gepäck und erwarten die Prachtsbauten und lichten Säulenhallen vorzufinden, welche darin geschildert werden.»

«Und natürlich wollen sie auch Botticellis *Geburt der Venus* betrachten», fügte Clara keck hinzu, um zu zeigen, dass sie sich mit den Bildern des Museums beschäftigt hatte, «aber mir gefallen deine beiden Venusbilder besser, Papa, vor allem das Bild der Venus mit dem Schleier, das du in Basel gemalt hast.»

«Schau dir zuerst einmal Botticelli in Ruhe an und denke daran, dass er vor vierhundert Jahren gemalt hat, du darfst das nicht aus der heutigen Zeit heraus betrachten. Schau dir einmal Lukas von Leyden in der Tribuna der Uffizien an.» Clara nickte. Sie kannte längst die Vorlieben ihres Vaters.

Böcklin gelang es, am Lungo Mugnone ein Atelier im Hause eines russischen Glasmalers zu finden und war damit zufriedengestellt. Für ihn eröffneten sich auch viele neue Kontakte in einem Künstlerkreis, der sich «Götterdämmerung» nannte, einer Stammtischrunde der Deutschen. Es trafen sich hier Kunsthistoriker, bildende Künstler, Schriftsteller, Musiker und Philosophen.

«Adolf Bayersdorfer hat sofort ein Porträt bei mir bestellt, und mein Kollege von Weimar, Hans von Marées, ist ebenfalls da, dann der gefeierte Essayist Karl Hillebrand, der mit der Intelligenz von halb Europa in Verbindung steht, und auch der Bildhauer Adolf Hildebrand sowie der Schwiegersohn von Richard Wagner, Henry Thode, und viele mehr», berichtete Böcklin begeistert, als er abends zurückkehrte. Angela hörte ihm schläfrig zu und versuchte, ein Gähnen zu unterdrücken. Sie hatte wie gewohnt auf ihn gewartet.

«Auch einige Frauen sind manchmal dabei.» Angela horchte auf.

«Frauen?»

«Nicht, was du denkst. Die Schriftstellerin Isolde Kurz zum Beispiel. Sie ist die Schwester des Arztes Edgar Kurz, der alle Fremden am Arno medizinisch betreut.»

«Der Arzt heisst Dr. Kurz? Das ist gut zu wissen.»

«Die Gruppe trifft sich regelmässig im *Caffè Gambrinus*, um Bier zu trinken und zu diskutieren. Heute waren wir aber im Weinkeller *Buca Lapi* unter dem Palazzo Antinori. Da führt eine Art Hühnerleiter in die Tiefe zu einer merkwürdigen Gemäldegalerie mit vielen bunten Plakaten, auf welchen man leicht gekleidete Zirkusdamen abgebildet sieht. Das wäre nichts für dich.»

«Aber für dich und deine Freunde schon?»

«Nein, ich bevorzuge die *Cantina Strozzi*, die an einem kleinen Platz auf der Rückseite des Palazzo Strozzi zu finden ist. Es hat dort nur einen langen Tisch mit zwei Bänken und ist sehr gemütlich. Der Weg führt an den zahllosen Blumenmädchen vorbei, welche an der Mauer des Palazzo in Körben herrliche Blumen feilbieten, Zweige von Mandelblüten oder auch Narzissen.»

«Da muss ich bei meinem nächsten Einkauf in der Stadt unbedingt hingehen.»

«Aber die Via Strozzi ist weniger zu empfehlen. Es ist eine schmale, schmutzige Gasse, in der sich ein Leben wie auf einem Jahrmarkt abspielt.»

«Du meinst, als Frau sollte ich sie eher meiden?»

«Nein, begleitet kannst du dich da durchaus hinbegeben. Zahlreiche Verkaufsstände und Tische säumen den Weg, es ist ein ständiges Rufen und Feilschen zu vernehmen, und es riecht nach den verschiedensten Düften der vor sich hin brutzelnden Esswaren.» Angela lauschte den Schilderungen und war zufrieden, dass Arnold es genoss, sich abends im Kreis Gleichgesinnter austauschen zu können und wieder in Italien zu sein, mit all seinen Motiven, die ihn seit seiner Jugend gereizt hatten.

Eines Tages erschienen auch zwei Basler Maler in Florenz, Hans Sandreuter und Theophil Preiswerk. Sandreuter erkrankte bald nach seiner Ankunft an Typhus und Böcklin brachte ihn zu Angela.

«Er ist ein Basler, ein Landsmann von mir, aber niemand will einen Typhuskranken aufnehmen. Er hat praktisch kein Geld, und er weiss nicht, wo er hingehen soll.» Angela starrte ihn an.

«Und wir sollen ihn nun aufnehmen?», rief sie erregt, «und wenn er jemanden ansteckt? Hast du dir das überlegt? Und überhaupt: Wo soll ich ihn denn unterbringen? Wir haben doch schon so fast keinen Platz.» Sie stand händeringend da, aber als sie die zusammengesunkene Gestalt und das blasse Gesicht von Sandreuter in der Droschke sah, siegte das Mitleid und sie verzichtete auf weiteren Widerspruch. Wie froh war sie damals in München gewesen, als ihr Emilie Linder zu Hilfe gekommen war, fiel ihr ein.

«Gut, ich will sehen, ob er in der Portierwohnung unterkommen kann, sie steht seit ein paar Tagen leer, das müsste gehen», fügte sie sich schliesslich immer noch leicht murrend. Von da an pflegte sie den kranken Sandreuter, so gut sie konnte, denn Erfahrung hatte sie ja leider genug mit dieser Krankheit. Es fiel einiges an zusätzlicher Arbeit an, vor allem viel Bettwäsche, aber mithilfe der Magd meisterte Angela auch das. Nach ein paar Wochen ging das Fieber zurück. Als er endlich wieder auf den Beinen war, wirkte Sandreuters ausgemergelter Körper mit dem wuchernden Gestrüpp seines wochenlang ungepflegten Schnurrbartes und den ungewaschenen Haaren etwas gewöhnungsbedürftig. Doch er ergriff Angelas Hand und bedankte sich überschwänglich.

«Ich stehe tief in Ihrer Schuld. Und ich bin sicher, in Basel wird man es ebenfalls sehr schätzen, zu hören, dass Sie sich so selbstlos meiner angenommen haben.» Aber Böcklin schüttelte den Kopf und meinte spöttisch:

«Im Moment sicher nicht. Mein Bild *Gesang der Sirenen* hat in Basel gerade eine komische Revolution hervorgerufen.»

«Welches Bild? Das mit den beiden nackten Frauengestalten mit Vogelfüssen?», fragte Angela neugierig.

«Ja, die Sirenen. Zu ihren Füssen liegen die Totenschädel der Seefahrer, die sie mit ihrem Gesang und Flötenspiel verlockten. Es scheint in Basel Anstoss zu erregen. Ich habe gestern einen Brief von meinem Freund Fritz Burckhardt erhalten. Er schildert darin, wie mein Bild in der Kunsthalle ausgestellt war, und dass die sogenannten Kunstkenner von Basel alle darum herumgekauert seien wie die Schmeissfliegen um ein Zuckerkorn, mit Nasenklemmern und Opernguckern ausgerüstet. Und alle hätten sich gezankt. Das Bild sei zum Stadtgespräch geworden, man habe so lange darüber gestritten, bis man es schliesslich entfernt habe.» Sandreuter nickte heftig.

«Das kenne ich. Nirgends wird ein Künstler so sehr kritisiert wie in seiner Heimatstadt. Und das spitze Mundwerk der Basler ist berühmt.» Böcklin lachte trocken auf, schob mit einem Ruck energisch den Stuhl zurück und setzte sich ans Harmonium, das in der Wohnstube seinen Platz gefunden hatte.

«Ich gehe mich waschen», flüsterte Sandreuter, dankbar, dass er wieder selbst für sich sorgen konnte und verzog sich in seine kleine Portierswohnung. Als er nach einer halben Stunde zurückkehrte, spielte Böcklin immer noch am Harmonium, zündete sich nun aber eine Zigarre an und begann plötzlich, von seinen Gedanken über das Fliegen zu reden. Sandreuter sah ihn verblüfft an.

«Das überrascht mich nun wirklich. Ich wusste nichts von Ihrem Interesse am Fliegen. Wie kommen Sie dazu?»

«Ich möchte einfach probieren, ob ich ein wenig von dieser langweiligen Erde loskommen kann.»

«Nun, das ist ein uralter Traum der Menschheit, und noch ist es niemandem gelungen», meinte Sandreuter skeptisch.

«Ich weiss. Niemand hat eine Ahnung, dass ich mich neben meiner Kunst auch fürs Fliegen interessiere.

Doch ich beschäftige mich schon sehr lange damit, studiere den Flug der Vögel und versuche, Fluggesetze daraus abzuleiten. Ich bin sicher, die Vögel bringen uns auf die richtige Spur.» Böcklin breitete nun seine zahlreichen Studien vor dem staunenden Sandreuter aus, Flugskizzen, die er von verschiedenen Vögeln gezeichnet hatte und Skizzen von verschiedenen Flugmaschinen. Auch Angela sah sie zum ersten Mal und staunte. Sie war überrascht, dass Arnold die Idee stets weiterverfolgt hatte. Sie erinnerte sich daran, dass er schon auf der Hochzeitsreise davon gesprochen hatte. Die beiden Künstler redeten sich in Eifer, und Böcklins Augen blitzten vor Begeisterung. Schliesslich legte Angela ihre Strickarbeit auf die Seite und verliess das Zimmer, denn sie musste sich um die Kinder kümmern. Ihr kamen die Pläne einer Flugmaschine recht unrealistisch vor. Arnold hatte zwar schon in den ersten Ehejahren davon geschwärmt, sie konnte sich jedoch nicht vorstellen, dass er sie je verwirklichen würde. Doch darin täuschte sie sich.

Eines schönen Tages erschien Böcklin etwas verlegen in der Küche und legte zwei gerupfte Tauben auf den Tisch. Angela blickte erstaunt auf. Noch nie hatte sich Arnold ums Essen gekümmert, geschweige denn einen Wunsch geäussert oder etwas dazu beigetragen.

«Du willst Tauben zum Essen?», fragte sie neugierig.

«Nun ja, es hat sich so ergeben. Eigentlich wollte ich für ein Bild zwei Tauben als Modell», gestand Böcklin, «deshalb ging ich auf den Mercato vecchio und suchte mir zwei Tauben aus, die genau den Farbton besassen, der mir vorschwebte. Ich hatte mir vorgestellt, sie zu malen und ihnen danach die Freiheit zu geben. Da ich noch weitere Besorgungen machen musste, meinte ich zum Verkäufer, ich käme in zehn Minuten zurück, um sie abzuholen. Als ich wiederkam, überreichte er mir meine beiden Tauben – schön sorgfältig gerupft!» Angela und die Magd lachten herzlich und Böcklin stimmte mit ein. Schliesslich fasste sich Angela und betrachtete die beiden Tiere.

«Also Tauben – viel ist es ja nicht, aber für eine kleine Vorspeise wird es reichen.»

Zu den vielen deutschen Künstlern in Florenz gehörte auch der junge Bildhauer Peter Bruckmann. Er war keineswegs zufällig in der Stadt, denn bereits in München hatte er Arnold Böcklin und seine Tochter Clara kennengelernt – und sie seither nicht mehr vergessen. Um der hübschen Clara näher zu sein, hatte er beschlossen, sein Glück als Bildhauer ebenfalls in Florenz zu suchen. Es war jedoch vollkommen undenkbar, dass ein behütetes junges Mädchen unbewacht einen Ausflug mit einem Mann unternehmen durfte, ein Zusammensein mit einer Person anderen Geschlechts war unbeaufsichtigt höchst unzulässig. So schloss sich Bruckmann nun allen Unternehmungen der Familie

Böcklin an. Ob eine Wanderung in der hügeligen Landschaft zu irgendeinem versteckten Kloster angesagt wurde oder ein Picknick am Ufer des Arno, überall, wo Clara dabei war, erschien auch er. Sie war unterdessen zwanzig Jahre alt und zu einer überaus hübschen jungen Frau aufgeblüht. An Verehrern mangelte es ihr nicht, aber Peter Bruckmann mit seinem feinen, schmalen Gesicht, der hohen Stirn und den ernsten, braunen Augen gewann ihr Herz, so dass Arnold und Angela sich nicht wunderten, als Bruckmann schliesslich um die Hand ihrer Tochter anhielt.

Die Hochzeit wurde für den Sommer geplant, obwohl Angela sich lieber einen anderen Termin gewünscht hätte. Sie erwartete nämlich auf September wieder ein Kind. Mit ihren vierzig Jahren machte ihr die Schwangerschaft diesmal deutlich mehr zu schaffen als sonst. Zuerst plagte sie eine wochenlange Übelkeit, dann begann ihr Rücken zu schmerzen und abends waren ihre Beine angeschwollen. Die Hitze, welche im Laufe des Frühlings immer grösser wurde, setzte ihr sehr zu. Sie hätte sich gerne geschont, aber der Haushalt verlangte ihren vollen Einsatz. Die Magd und Clara konnten ihr einiges abnehmen, doch es blieb immer noch genug zu tun. Sie schleppte sich durch den Tag und musste sich zusammennehmen, um auf zusätzliche Arbeiten nicht gereizt zu reagieren. Auch bei den Vorbereitungen für die Hochzeit wollte sie mitwirken. Die Aussteuer war natürlich längst fertig hergestellt, Stich für Stich die Tischdecken und Leintücher genäht und bestickt, eine Arbeit, die Angela und Clara jahrelang beschäftigt hatte. Aber es gab noch genug zu überlegen und zu organisieren, obwohl Böcklin sich um vieles kümmerte.

«Wenn es nur weniger heiss wäre!», dachte Angela jeden Abend und hoffte auf eine Abkühlung. Ihr Wunsch ging nicht in Erfüllung. Kein Gewitter, nicht einmal ein kleiner Lufthauch sorgte für eine leichte Abkühlung.

Die Hochzeit war auf den 6. Juli 1876 festgesetzt worden. Es war einmal mehr ein überaus heisser Tag, schon am Morgen lag brütende Hitze über der Landschaft. Als sich die Kutschen mit dem Brautpaar und allen Gästen um elf Uhr in Bewegung setzten, um in einem langen Zug zur Trauung in die protestantische Kapelle zu fahren, sass Clara als wunderschöne, strahlende Braut zusammen mit dem feierlich gekleideten Brautvater im Wagen, und Angela betrachtete beide mit Stolz. Sie selbst trug ein weites Kleid, angepasst an die Schwangerschaft, und dazu einen kostbaren, breitkrempigen Florentiner Strohhut, und in der Hand einen Fächer, mit welchem sie sich etwas Kühlung verschaffte. Der neunzehnjährige Arnoldo sah ebenfalls stattlich aus in seinem schwarzen Anzug. Er war extra aus München angereist. Hans, Carlo und der kleine Felix waren natürlich auch festlich gekleidet, fühlten sich jedoch äusserst unwohl in ihren Kleidern, während die zehnjährige Angi kaum still sitzen konnte vor Aufregung und sich in ihrem neuen, blauen Kleidchen drehte und wendete. Einige Gäste waren sogar aus Rom gekommen. Nach der Trauung fuhren alle in ein Restaurant auf einer Anhöhe. Zypressen säumten den Weg und boten etwas Schatten, aber die Hitze nahm immer mehr zu. Man war beschäftigt mit Luft zufächeln und Mücken verjagen. Es wurde ein fröhliches Fest und das Essen war ausgezeichnet. Arnold und Angela verfolgten danach mit gemischten Gefühlen, wie sich das Brautpaar auf den Weg machte, um die Hochzeitsreise auf Ischia zu verbringen. Die Kinder begannen zu weinen, weil sie ihre grosse Schwester nicht gerne ziehen liessen; Angela hätte am liebsten mitgeheult. Sie trocknete heimlich ihre Tränen, um danach still nach Hause zu fahren. Sie sank erschöpft ins Bett.

«Nun sind sie weg», murmelte sie in ihr Kopfkissen, so dass Böcklin nicht wusste, ob sie Clara oder die Hochzeitsgäste damit meinte.

«Nur die Mücken sind geblieben», antwortete er, um ihrem Abschiedsschmerz etwas Handfestes entgegenzusetzen.

Es wurde ein langer und überaus heisser Sommer. Der Arno war nur noch ein kärglicher, schlammiger, gelber Wasserlauf. Angelas Schwangerschaft machte ihr weiterhin zu schaffen, und die ganze Familie hatte darunter zu leiden. Angela war, solange sie zurückdenken konnte, nie krank gewesen, weder Typhus noch Cholera hatten sie bezwungen, höchstens einmal eine Erkältung, und die Schwangerschaften hatten sie bisher nie besonders belastet. Nun aber fühlte sie sich schlecht, war reizbar und ertrug kaum etwas. Alle waren bis anhin gewohnt gewesen, dass sie nie müde und jederzeit einsatzfähig war. Zudem fehlte Clara an allen Ecken, hatte sie sich doch immer um die jüngeren Geschwister gekümmert, vor allem um die beiden Buben, den sechsjährigen Carlo und den vierjährigen Felix. Angela war ruhelos und nervös. In diesem Zustand von Unwohlsein und Beklommenheit sah sie mit einiger Sorge der Niederkunft entgegen. Zwei Kinder hatte sie schon bei der Geburt verlieren müssen, tot geboren – zweimal ein schreckliches Erlebnis[1]. Sie erinnerte sich an die grosse Leere, die sie dabei empfunden hatte. Zudem wusste sie, dass Mütter in ihrem Alter oft auch behinderte Kinder zur Welt brachten. Unheilvolle Ahnungen trieben sie rastlos hin und her. Ihr Kopf schmerzte. Manchmal überraschte Arnold sie, wie sie ihre Hände in einem kleinen Taschentuch verkrallt auf die Stirne drückte oder den Wasserkrug nahm und sich das kühlende Nass über den Kopf in die Waschschüssel leerte, um sich damit eine Erleichterung zu verschaffen. Arnold seufzte, und als sich jemand erkundigte, ob er Familie habe, meinte er achselzuckend: «Die Familie haben wir nicht, sie hat uns.»

Am 6. September 1876 schenkte Angela einem kleinen Mädchen das Leben. Sie tauften es Beatrice. Die Geburt war trotz ihrer grossen Befürchtungen normal verlaufen. Alle waren erleichtert und die Mühen der vergangenen Monate schienen vergessen. Allerdings erholte sich Angela nicht so rasch von der Geburt wie früher, auch das Stillen ermüdete sie sehr. Es zeigte sich in einer ständigen Gereiztheit, und bei jeder Untat oder Ungeschicklichkeit der Kinder schalt Angela mit lauter Stimme. Arnold versuchte auszugleichen, aber er war natürlich oft in seinem Atelier und arbeitete. Dazu kam, dass sich Angela von Anfang an in der engen und feuchten Wohnung nicht richtig wohlgefühlt hatte. Nun folgte nach einem kühlen Herbst erst noch ein ungewöhnlich langer und trüber Winter.

«Das Haus ist kalt und feucht wie ein Keller, ich bekomme es auch mit viel Heizen nicht warm», klagte sie und fröstelte.

«Man vergisst immer, dass so ein italienischer Winter es auch in sich haben kann», nickte Arnold.

«Das ist nicht der italienische Winter, das ist dieses feuchte Haus!», rief sie fast zornig, «die Kinder husten seit Wochen, vor allem Angi und Felix. Und nun haben sie die Kleine noch angesteckt.» Die kleine Beatrice war gerade ein halbes Jahr alt, konnte nun schon sitzen und die ersten Zähne drückten hervor. Dem Husten folgte hohes Fieber. «Vielleicht, weil sie Zähne bekommt?», dachte Angela hoffnungsvoll, liess aber trotzdem den Arzt kommen, weil das Fieber ungewöhnlich hoch war.

«Es ist eine Lungenentzündung», diagnostizierte Doktor Kurz.

«Eine Lungenentzündung!», rief Angela erschrocken aus und erbleichte, «genau wie bei Ralph. Und er überlebte sie nicht!»

«Nun male nicht schon wieder schwarz und warte ab», wies sie Böcklin zurecht. Aber Angela blickte ihn nur wortlos an. Wieder einmal sass sie verzweifelt an einem Krankenbett und Vorahnungen quälten sie. Wie oft hatte sie schon gezittert um das Leben eines Kindes! Sie sah jedes Einzelne vor sich, Fritz, Robert, Ralph, Maurizio und Lucie – sie schluckte. Bei jedem hatte sie neben dem Bett gesessen und inständig gehofft, dass es wieder gesund werden würde. Jedes Mal vergeblich. Wenn es nur irgendeine ärztliche Massnahme gäbe, irgendein Zaubermittel gegen diese Lungenentzündung, wünschte sie sich. Die Krankheit einfach hinzunehmen und nichts dagegen tun zu können, fiel ihr unsagbar schwer. Sie fror und wickelte ihr Umhängetuch um sich. Der kleine Körper von Beatrice hingegen glühte, das Fieber stieg und stieg, und sie konnte nichts tun, ausser mit Essigwickeln versuchen, das Fieber herunterzutreiben. Die Nacht war lang, dunkel und kalt. Das karge Licht der Petroleumlampe erhellte das Zimmer. Angela sass mit müden Augen da, schlief vor Erschöpfung immer wieder ein und wachte erschrocken wieder auf. Sie sorgte sich um das Kind, welches im Fieber glühte und dann wieder unter einem Schüttelfrost zitterte – bis am Morgen das kleine Herz plötzlich versagte. Nein, schrie es in ihr, als sie zusehen musste, wie das kleine Wesen auslöschte. «Nein», rief Arnold laut, als er ins Zimmer trat und sah, wie es stand. Von der Strasse her hörten sie das Quietschen von Rädern und das Getrampel von Hufen auf der holprigen Strasse – in ihrer Stube aber war es still, unheimlich still. Angela spürte, wie sie innerlich erstarrte. Unbeweglich sass sie da und schaute mit erloschenem Blick auf ihr lebloses Kind. Schliesslich wandte sie langsam den Kopf und schaute zu Arnold. Sie wusste, dass sie von ihm keinen Trost erwarten konnte. Auch er war mit unbeweglichem Gesicht auf einen Stuhl gesunken und starrte mit leeren Augen vor sich hin.

In den kommenden Wochen hatte Angela nur einen Wunsch, sie wollte raus aus dieser Wohnung. Ihr Kopfweh meldete sich wieder. Auf Fragen der Kinder reagierte sie oft gereizt, vor allem, weil sie immer wieder nach der kleinen Schwester fragten. «Beatrice ist nun im Himmel bei den Engelein.» Die Endgültigkeit dieser Aussage begriffen die Kinder wohl erst mit der Zeit. Umso mehr verstanden sie aber die traurigen Gesichter und umschatteten Augen, die Angela und Arnold nicht verbergen konnten.

«Ich muss nach Berlin reisen», eröffnete ihr Arnold eines Tages.

«Schon wieder? Welche Dame will diesmal ein Porträt von dir gemalt bekommen?»

«Mach dir bitte keine falschen Vorstellungen. Ich habe keinen Auftrag, weder von einer Frau noch sonst eine Bestellung. Es ist vielmehr ein neues Absatzgebiet und deshalb nötig, dass ich mich zeige, um den Verkauf zu fördern, auch wenn ich jedes Jahr die lange Reise auf mich nehmen muss. Das Berliner Publikum hat sich erst an meine Bilder zu gewöhnen. Da hilft es sehr, wenn man den Künstler kennenlernt.»

«Vielleicht kannst du bei dieser Gelegenheit auch deinem Kunsthändler Gurlitt etwas auf die Finger schauen. Hast du nicht gesagt, dass er dafür sorgt, dass die Käufer nicht direkt mit dir in Kontakt treten können?»

«Ja, er hat dadurch das Monopol, das ist mit ein Grund, dass ich hinreisen möchte.»

«Nun, wenigstens steigst du dann nicht auf den Vesuv wie letztes Jahr bei deiner Reise nach Neapel!»

«Sicher nicht. Hohe Berge oder Vulkane gibt es keine in Berlin», lachte Böcklin herzlich.

Als Angela am Nachmittag mit ihrer Flickarbeit in der kalten Stube sass und mit klammen Fingern missmutig einen Strumpf stopfte, rief sie plötzlich laut: «Nun ist es genug. Berlin hin oder her – den nächsten Winter will ich nicht mehr frieren müssen. Alles ist besser, als in diesem heruntergekommenen Haus zu sitzen und in Selbstmitleid zu zerfliessen!» Sie warf entschlossen ihren Mantel über, nahm Hut und Handschuhe und machte sich auf die Suche nach einer besseren Bleibe, obwohl das üblicherweise Sache des Mannes war. Schliesslich fand sie an der Via Cherubini Nr. 10 eine Wohnung, die sie überzeugte.

«Ich bin in meinem Leben schon so oft umgezogen, ich kann es gar nicht mehr zählen», klagte sie ihrer Magd, «aber diesmal sollte es für ein paar Jahre das letzte Mal sein.»

«Wenigstens ist nun der Brunnen nicht mehr so weit entfernt. Das Wasser holen hat mich viel Zeit und Mühe gekostet», meinte die Magd mürrisch. So packten sie erneut alles zusammen, Möbel, Wäsche, Kleider und die Bücher, das Harmonium und die Betten. Vor allem Arnolds Bett musste sorgfältig gezügelt werden, denn er legte den grössten Wert auf ein gutes Nachtlager, es musste gross und breit sein. Er hatte sich sein Bett extra von Basler Möbelhandwerkern herstellen lassen.

Das neue Haus war im toskanischen Stil erbaut, hatte hohe, helle Fenster, recht grosse Zimmer und auch einen kleinen Garten. Hier tummelten sich die Kinder und bald auch einige Tiere, denn Böcklin und die Kinder wollten immer gerne Tiere um sich haben: Enten watschelten herum, zwei Kiebitze, einige Schildkröten und natürlich ein weisser Pudel, denn

Pudel gehörten zu ihren ständigen Begleitern. Der kommende Sommer liess sich angenehm an, die Sonne brannte vom südlichen Himmel, aber es wehte auch immer wieder ein angenehmes Lüftchen. Am 21. Juni 1878 feierten Arnold und Angela ihre silberne Hochzeit. Sinnend betrachtete Angela ihren Ehemann und stellte fest, dass er mit seinen gut fünfzig Jahren immer noch so aussah wie damals, als sie sich kennengelernt hatten. Seine Haare waren zwar unterdessen kurz geschnitten und angegraut, und er trug nun einen Bart, nicht nur einen Schnauz, aber seine graublauen Augen blickten noch immer unternehmungslustig und seine stramme Haltung imponierte ihr auch heute noch.

«Er sieht immer noch gut aus mit seiner Haltung eines Schweizer Turners. Während ich mit meinen zweiundvierzig Jahren längst nicht mehr das schlanke Mädchen von damals bin», dachte sie mit einem Seufzer, «dabei ist Arnold für die Schönheit des Weibes sehr empfänglich. Wenn ich nur an all die nackten Nereiden denke! Ich muss mich damit abfinden, dass ich so viele Kinder auf die Welt gebracht habe, und einige leider auch begraben musste. Das ist nicht spurlos an mir vorübergegangen.»

Arnold blickte sie an, als ob er ihre Gedanken erraten hätte, seine Augen blitzten und er nahm sie schwungvoll am Arm:

«Carissima mia – komm lass uns ein fröhliches Fest feiern.» Bald sassen sie mit der Familie und den engsten

Freunden in einer kleinen Osteria in Settignano, einem verträumten Dörfchen mitten in der Toskana. Arnoldo war aus München zurückgekehrt, und Clara mit ihrem Ehemann aus Rom angereist, während der kleine Felix sich als Bacchus verkleidet hatte und ihnen einen silbernen Becher überreichte, ein Geschenk von Hans von Marées. Mit dem toskanischen Rotwein wurde nicht gespart, später wechselten sie zum edlen Vino Santo, es wurde gelacht und diskutiert bis spät in den Abend hinein. Der unbeschreibliche Zauber der südlichen Nacht hielt sie umfangen. Schattenhaft sah man die Silhouetten der dunklen Zypressen im klaren Nachthimmel, und ein lauer Wind trug Rosenduft zu ihnen. Da überraschte sie zum Abschluss ein Freund sogar noch mit einem grandiosen Feuerwerk.

Böcklins Ruf hatte sich nun so weit verbreitet, dass sein Atelier für die Besucher von Florenz als Sehenswürdigkeit galt. Neugierige Gäste empfing er jedoch äusserst ungern, denn er wollte bei seiner Arbeit nicht gestört werden. Viel gab es nicht zu sehen bei ihm. Sein Atelier war ganz in Schwarz gehalten, weil er überzeugt war, dass die Farben auf den Bildern so am besten zu beurteilen seien. Zwei, drei Staffeleien standen da, an die Wand angelehnt ein paar Bilder, die bemalte Fläche ihr zugekehrt, sonst hing nichts an den Wänden, keine Studien, keine Skizzen, keine Bilder. Das kleine Maltischchen mit der Marmorplatte diente zum Anreiben der Farben, die in Dutzenden von Fläschchen, Tüten und Gläsern in einem Glasschrank aufgereiht standen. Ein Spiegel und daneben ein bequemer Strohsessel vervollständigten die Ausstattung, und zudem lagen noch überall Zigarrenstummel und Asche herum. Arnold erlaubte nicht, dass sauber gemacht wurde, Angela musste von Zeit zu Zeit einen günstigen Moment abpassen, wenn er abwesend war, um rasch ins Atelier zu huschen und es in Ordnung zu bringen.

«Er macht fast nie Skizzen für seine Bilder», flüsterten sich die Besucher beeindruckt zu.

«Und das Stück Gardinenstoff dort auf dem Tisch benutzt er, um den Faltenwurf zu studieren», ergänzte eine Besucherin, die es von Freunden vernommen hatte. Böcklin begann seine Arbeit meist schon um sieben Uhr früh, sobald es hell war. Er arbeitete schnell und konzentriert und liess sich durch nichts ablenken. Der Kanonenschuss, welcher vom Fort Belvedere abgefeuert wurde, um der Bevölkerung von Florenz anzuzeigen, dass es Mittag war, bedeutete auch für Angela, das Essen herzurichten, denn um eins sollte es bereitstehen. Allerdings erschienen manchmal nur die Kinder, Arnold jedoch nicht, weil er so vertieft in seine Arbeit war, dass er das Essen einfach vergass. Angela hatte schon längst aufgegeben, ihn zu rufen. Sie wusste, dass es nichts fruchtete. Es kam aber auch vor, dass er sich nach dem Kanonenschuss in die kleine *Pizzicheria Moresi* auf der Piazza San Gallo begab und einen

Wermuth als Aperitif zu sich nahm und eine Toscani-Zigarre rauchte. Die berühmten Toscani wurden in einer Tabakmanufaktur in Florenz hergestellt. Er sei nur nach Florenz gezogen, weil da die Toscani hergestellt würden, zogen Böcklins Freunde ihn manchmal auf, und Angela gab ihnen in Gedanken recht.

«Heute war sogar Prinz Wilhelm in meinem Atelier», berichtete Böcklin eines Tages äusserst zufrieden beim Mittagessen, «er befindet sich auf seiner ersten Reise durch Italien.»

«Prinz Wilhelm? Das ist ja grossartig. Und, was hat er zu deinen Bildern gesagt?», fragte Arnoldo neugierig.

«Nun, er meinte, seiner Mutter, Kronprinzessin Victoria, gefielen meine Bilder nicht sehr. Sie seien ihr zu wenig religiös.»

«Und was hast du darauf geantwortet?»

«Ich sagte, man könne das bei meiner Quellnymphe mit den beiden bocksbeinigen Satyrn, die ich gerade male, ja nun wirklich so sehen.» Alle lachten. Die Magd servierte eine duftende Tintenfischsuppe, denn ohne Suppe war für Böcklin das Essen unvorstellbar, danach gab es Lasagne.

«Für heute Abend werde ich dir Schmarren mit Äpfeln zubereiten, das isst du doch so gerne», kündigte Angela an, «und zur Feier des Tages besorge ich noch eine Cervelatwurst. Sie ist zwar teuer, aber mit dem Besuch des Prinzen ist heute wohl ein Festtag.» Alle jubelten, denn für jedes fiel ein Rädchen der begehrten

Wurst ab. Clara meinte lachend: «Mama, du weisst wirklich immer das Passende zu kochen.»

«Das habe ich an all den vielen Orten gelernt. Überall, wo wir hinkamen, habe ich unseren Speisezettel erweitert, es gab in jeder Stadt etwas Neues zu entdecken. Und was Papa besonders gerne ass, das habe ich mir gemerkt.»

Seit Arnoldo von München nach Florenz zurückgekehrt war, um seine Ausbildung als Maler bei seinem Vater weiterzuführen, liess auch Hans verlauten, er wolle Maler werden. Er hatte schon von klein auf ausserordentliches Talent gezeigt, nicht nur beim Malen oder Herstellen von Scherenschnitten aus schwarzem Papier, sondern auch mit humoristischen Federzeichnungen. Böcklin bemühte sich sehr um die Fortschritte seiner beiden begabten Söhne. Angela beobachtete jedoch etwas bekümmert, wie ausserordentlich schwer es für die beiden war, Erfolg zu haben neben ihrem berühmten Vater. Vor allem Hans galt ihre Fürsorge. Er war zu einem introvertierten jungen Mann herangewachsen, und im Umgang mit den Menschen wirkte er scheu.

«Du musst immer darauf achten, dass möglichst viel Höhe und Tiefe im Bild ist», hörte sie Arnold eindringlich erklären, oder «Du quälst dich da mit Problemen herum, bei denen du allerdings lernst.» Auch Arnoldo hatte sich immer wieder Kritisches anzuhören: «Du musst deine Tiere mehr beobachten, sie sind ja halb Gans, halb Schwan. Du musst das Wesentliche der Gans bringen, warum sie die unbeholfene Gans und nicht der majestätische Schwan ist.» Angela war sich klar darüber, dass das alles zu einer Ausbildung gehörte, aber es schien ihr auch absehbar, dass die Söhne nie die Grösse ihres Vaters erreichen würden. Sie hoffte, dass die beiden später trotzdem zufrieden und erfolgreich sein konnten mit ihrem angestrebten Beruf.

Böcklins Bilder fanden nun allgemein Anerkennung. Er beendete gerade sein Werk *Kalypso und Odysseus*, dessen Entstehung Angela atemlos mitverfolgt hatte. Arnold erzählte ihr und den Kindern mehrmals die Geschichte dazu. Die jüngeren Kinder konnten den Inhalt nur beschränkt nachvollziehen, Angela hingegen fühlte sich sehr angesprochen, weil sich Odysseus nach seiner Frau Penelope sehnte, und sie betrachtete die Gestalt der Kalypso auf dem roten Tuch mit Abneigung. Die Farbgebung war umwerfend und sprach für sich. Bei den dunklen Felsen lag am Boden ein kirschrotes Tuch, darauf die verführerische Gestalt der Kalypso, die weiss schimmernd vergeblich lockte, und abgewandt, sehnsüchtig in die Ferne blickend, Odysseus in einen blauen Mantel gehüllt.

«Warum habe ich früher von diesen Geschichten nie etwas gehört?», überlegte Angela, beantwortete die Frage aber gleich selbst. Sie lächelte in sich hinein, als sie an die frommen Nonnen in Rom dachte. Eine Frauengestalt wie Kalypso kam in den Gedanken von Nonnen wohl gar nicht vor. Angela liebte Geschichten. Zu gerne hätte sie auch einer Aufführung von Verdis *Aida* beigewohnt. Alle sprachen begeistert von der wunderbaren Musik und der Handlung, die in Ägypten spielte, und vom Liebespaar, das erst im Tode zueinander finden konnte. Während sie das Essen anrichtete und Verdis *La donna è mobile* aus *Rigoletto* vor sich hin trällerte, nahm sie sich vor, Arnold zu einem Theaterbesuch zu überreden. Sie wusste, dass er nicht gerne ins Theater ging, hoffte aber, dass er wieder einmal eine Ausnahme machen würde.

Da stellten sich jedoch in Böcklins rechter Schulter Schmerzen ein, er konnte nur noch mit Mühe den Pinsel führen. Doktor Kurz diagnostizierte eine Gelenkentzündung und verordnete eine Ruhepause. «Ohne Malen ist mein Leben sinnlos», murrte Arnold verzweifelt und stiefelte missmutig in der Wohnung umher, dicht gefolgt vom Pudel, der seinem Herrn treulich nachlief. Beide waren Angela überall im Wege.

«Setz dich doch hin und lies eines deiner vielen Bücher», schlug sie gereizt vor, «deinen Homer oder Goethe oder wie sie alle heissen.» Böcklin setzte sich brummend, aber folgsam in einen Sessel. Da fiel Angela die bewährte Luftveränderung ein.

«Wir könnten nach Ischia reisen mit deiner Gelenkentzündung. Die Bäder dort haben schon vielen geholfen», schlug sie vor. Arnold liess sich tatsächlich dazu überreden, zumal auch sein Freundeskreis viele Beispiele von Heilungen aufzuzählen wusste. Doch er reiste nicht mit Angela dorthin. Während die Familie am Tisch sass und eine dampfende Suppe löffelte, wischte sich Böcklin die Lippen und eröffnete seine Pläne:

«Ich werde mit einem Schüler verreisen, zuerst nach Neapel und von dort aus mit dem Schiff nach Ischia. Wahrscheinlich besuchen wir vorher noch Richard Wagner, der in der Nähe von Neapel weilt.»

«Wagner? Sag mal, was hast du eigentlich Cosima Wagner geantwortet auf ihre Anfrage?», liess sich Arnoldo da vernehmen, «sie wollte doch, dass du die Dekoration zu *Parsifal* in Bayreuth malen sollst.»

«Ach, ich habe abgesagt. Ich bin kein Wagner-Verehrer, ganz im Gegenteil.»

«Aber sie wollte es ihm doch zum Geburtstag schenken!»

«Nun, sie wird sich jemand anderen suchen müssen.» Arnoldo schien etwas erwidern zu wollen, aber auf einen warnenden Blick von Angela überlegte er es sich anders und schöpfte sich stattdessen noch etwas Gemüse auf seinen Teller.

«Ich werde Wagner aus Höflichkeit aufsuchen, aber ich werde mich nicht umstimmen lassen, auch nicht von der charmanten Cosima», wiederholte Böcklin mit fester Stimme.

Arnold war kein grosser Briefschreiber, deshalb freute sich Angela ganz besonders, als sie einen Brief aus Ischia von ihm erhielt. Sie schmunzelte, als sie las:

«Carissima mia (...) in der Wanne, die für mich zu klein ist, langweile ich mich ganz verdammt und schaue immerzu auf die Uhr an der Wand, ob die halbe Stunde noch nicht herum ist – 5 Minuten in der Wanne dauern wie eine Stunde in der Freiheit ....»

Die heilende Wirkung der Bäder von Ischia blieb nicht aus, die Schmerzen verloren sich mehr und mehr, so dass die beiden Reisenden in guter Stimmung mehrere Ausflüge unternehmen konnten. Böcklin malte nie, doch sein Gedächtnis speicherte alle Eindrücke. Die Formen der Insel Ischia, die Felsen, Grotten und die vergnügt im kristallklaren Meer badenden Gäste, alles löste neue Ideen in ihm aus. Allerdings dämpfte ihn die Mitteilung, dass sein Vater schwer erkrankt sei, und gleich danach erreichte ihn die Nachricht, dass der Vater verstorben sei. Es waren Jahre her, seit er ihn zum letzten Mal gesehen hatte.

«Es tut mir leid, dass Vater gestorben ist», empfing ihn Angela mit traurigem Gesicht und legte ihre Hand auf seine Schulter, als er nach Florenz zurückkehrte «aber er hat wenigstens noch erlebt, wie erfolgreich du nun mit deiner Malerei geworden bist. Das hat ihn sicher gefreut.»

«Ja, es haben mir mehrere geschrieben, dass er äusserst stolz war auf meine Erfolge.»

«Das ist gut zu wissen, nicht wahr? Und wie geht es nun deiner Schulter?»

«Gut. Die Bäder verlangten mir zwar viel Geduld ab, aber sie haben gewirkt. Bei Wagner waren wir übrigens auch. Eigentlich hatte ich gehofft, ihn nicht zu Hause anzutreffen, aber ich hatte kein Glück.»

«Du warst bei Wagner?»

«Ja, wir gaben unsere Visitenkarten ab, und der Diener teilte wie erwartet mit, die Herrschaften seien nicht zu Hause. Daraufhin machten wir rasch wieder kehrt, aber da kam uns Cosimas Tochter nachgerannt und lud uns für den Abend ein.»

«Frau Cosima war schneller, wie man sieht.»

«Jedenfalls ihre Tochter … nun, wir verbrachten einen ganzen Abend bei ihnen, und Frau Cosima wollte mich unbedingt überreden, doch noch Theatermaler in Bayreuth zu werden. Doch sie hat wohl nicht mit dem standhaften Schweizer gerechnet. Ich blieb trotz ihrer bezaubernden Liebenswürdigkeit fest und schlug jeden Angriff ab, bis sie das Gefecht aufgab.»

«Ich kenne deinen Dickkopf», lächelte Angela, «aber dass nicht einmal die äusserst charmante Cosima Wagner dagegen ankommt, hätte ich nicht gedacht.»

«Wagner hat uns dann noch lange mit seiner Musik beglückt, ein Klavierspieler führte uns die *Götterdämmerung* vor. Ich hatte Mühe stillzusitzen, denn Wagner ist ein gewalttätiger Mensch, wenn er einmal ein Motiv erwischt hat, so lässt er es nicht mehr los! Er sah natürlich, dass mich sein Werk nicht begeisterte und meinte, ich würde wohl nicht viel von Musik verstehen.»

«Was, du sollst nicht viel von Musik verstehen? Das ist ja lächerlich. Du gehst in so viele Konzerte und spielst selbst ein Instrument.»

«Ich erwiderte nur, dass ich hoffentlich mehr von Musik verstehen würde als er von der Malerei.»

«Oh, das war aber nicht gerade …»

«Ich weiss, ich hatte jedoch den ganzen Abend gelitten, zuerst Cosima, dann die Musik, daneben schmerzte meine Schulter und Wagners Satz klang so überheblich, das reizte mich einfach. Aber ich habe dazu gelächelt, so dass es nicht ganz so unhöflich wirkte.»

In den folgenden Wochen vergrub sich Böcklin in sein Atelier und arbeitete und arbeitete und vergass alles um sich herum. Der wochenlange Aufenthalt am Meer hatte seine Sehnerven geschärft, und seine Wahrnehmungen mussten nun auf der Leinwand verarbeitet werden. Oft erschien er nicht zum Essen, denn in diesen Stunden äusserster Konzentration spürte er weder Hunger noch Durst. Bald stand das Bild der *Gräberinsel* fertig auf seiner Staffelei. Sein geschäftstüchtiger Kunsthändler Gurlitt fand aber einen andern Namen dafür, er nannte das Bild *Toteninsel.* Noch während Böcklin an der Arbeit war, kam eine Bestellung für ein Bild mit dem Hinweis, es sollte etwas zum Träumen sein. Böcklin malte also eine weitere Version der *Toteninsel* und ahnte nicht, welch einen Grosserfolg er damit haben würde. Danach begann er *Die Ruine am Meer*, und schliesslich in Erinnerung an die vergnügt badenden Gäste auf Ischia die *Tritonenfamilie* zu malen. Nachdem der erste Schaffensdrang nach der erzwungenen Pause gestillt war, meinte er zu Angela:

«Ich habe nun drei fertige Bilder im Atelier stehen. Jetzt will ich mir meinen alten Wunsch erfüllen und einen Flugapparat bauen.»

«Das ist nicht dein Ernst!», rief Angela überrascht aus, «warum jetzt plötzlich?»

«Nun, ich habe auf Ischia wieder viele Vögel studiert und mit meinem Schüler über meine Flugstudien diskutiert, weil wir unterwegs vernommen hatten, dass ein Russe in einem Flugapparat mit Dampfmaschinenantrieb mehrere vergebliche Flugversuche unternommen habe.»

«Flugversuche?»

«Ja, es ist ihm aber nicht geglückt. Diese Nachricht hat mir Mut gemacht, nun selbst meinen eigenen Flugapparat zu bauen und auszuprobieren.» Angela hob resigniert ihre Schultern und seufzte:

«Dann wird dich ja wohl auch nichts davon abbringen, so wie ich dich kenne.»

Zuerst musste Böcklin einen schräg abfallenden Hügel finden, denn er war überzeugt, dass es keinen Dampfantrieb brauche, um zu fliegen. Sein ganzer Freundeskreis in der *Cantina Strozzi* überlegte und diskutierte darüber, wo ein solcher Hügel in der Nähe zu finden sei.

«Die Vögel schaffen es ohne Antrieb, der Wind genügt ihnen, ich habe ihre Flugkünste genau studiert. Ich brauche nur einen schräg abfallenden Hügel», rief Böcklin überzeugt aus.

«Einen abfallenden Hügel? Der Campo Caldo natürlich!», mischte sich der Wirt Rossi ins Gespräch. Er war mit seinen roten, struppigen Haaren und ebensolchem Bart und seinem weissen Hemd, dessen Ärmel er hinaufgeschoben hatte, nicht nur eine eindrückliche Gestalt, sondern die Seele seiner Cantina. Er hatte rasch das Vertrauen der kleinen deutschen Kolonie gewonnen, vor allem, weil er sich zum Ziel gesetzt hatte, nur beste Weine auszuschenken. «Ich bin in der Nähe aufgewachsen. Glauben Sie mir, das Gelände entspricht genau Ihren Vorstellungen. Es liegt dort, wo der Arno aus seinem breiten Tal in ein schluchtartiges Flussbett wechselt. Mit der Strassenbahn erreicht man die Stelle in etwa einer Stunde. Dann steigt man noch ein gutes Stück zu Fuss hoch nach Vigliano und gelangt danach zum Campo Caldo.»

Nachdem Böcklin den Hügel Campo Caldo befriedigt in Augenschein genommen hatte, machte er sich zusammen mit seinen Freunden voll Begeisterung an den Bau des Flugapparates. Mit dabei waren unter anderen Schwiegersohn Peter Bruckmann, Hans

Sandreuter, Viktor Zurhelle und Hans von Marées, der extra aus Rom angereist war, um mitwirken zu können, und natürlich auch die älteren Söhne, Hans und Arnoldo. Eifrig wurde die Materialfrage diskutiert und schliesslich Hunderte von gelben Bambusstäben bestellt sowie eine dünne, aber dichte Leinwand. Die nächste Aufgabe fiel Angela zu.

«Könntest du mit deiner Nähmaschine die zugeschnittenen Leinwandflächen nähen und in den Saum geteerte Schnürchen einfügen?»

«Schnürchen einnähen für einen Flugapparat? Ich? Mit meiner Nähmaschine?», fragte Angela verblüfft und mit grossen Augen.

«Ja, mit der Nähmaschine geht es sicher am besten, oder nicht?», meinte Böcklin gelassen. Zögernd und etwas widerwillig stellte Angela in der Laube des Gartens ihre Nähmaschine auf – sie war ihr ganzer Stolz – setzte sich hin und begann nun stundenlang tretend die Leinwände zu säumen. Alle standen fiebernd um sie herum und verfolgten die Fortschritte. Nur die Magd brummte, dass es unpassend sei, einer Frau Arbeit für einen Flugapparat aufzubürden. Unterdessen hatten die Kinder aus Eisendraht kleine Haken zurechtgebogen, diese wurden nun im Abstand von zehn Zentimetern von den Frauen geduldig Stück für Stück an die Ränder der grossen Leinwandstücke angenäht. Danach konnten die Männer mit diesen Häkchen die Leinwand auf einem Rahmen befestigen.

Böcklins Atelier lag bald voller Bambusstäbe und Segeltücher. Als alle Vorbereitungen erledigt waren, lud man die einzelnen Teile auf Ochsenkarren, dazu Bretter, Drahtrollen, Stricke, Hammer, Nägel, Zangen und Feilen und marschierte erwartungsvoll zum Campo Caldo. Ganz Florenz verfolgte die Fortschritte. Doch die meisten Leute schüttelten den Kopf. Man stelle sich vor: Maler bauten ein Flugzeug! Man hielt die deutschen Künstler alle für verrückt. Der Fantasie der Zuschauer waren keine Grenzen gesetzt, man überbot sich mit Neuigkeiten. Bald erzählten sie sich, dass die *Tedeschi* Wohnräume in die Flügel des Flugapparates einbauen würden, es hätte Speisesäle und Toilettenkammern, und im Schwanz sei die Dienerschaft untergebracht. Böcklin vernahm es mit Schmunzeln.

Nun begann ein emsiges Zusammenbauen, das mehrere Tage dauerte. Man war bald gezwungen, das riesige, sanft abfallende Feld von etwa 300 Metern Länge und 50 Metern Breite mit einem Zaun zu sichern, denn die neugierigen Florentiner strömten sonntags in Scharen herbei, um die unheimliche Sache mitverfolgen zu können. Nachts schliefen die Flugpioniere in Zelten, hatten aber einen Wächter engagiert, um den kostbaren Flugapparat zu bewachen. Angela verbot man, in die Nähe zu kommen, denn man war der Meinung, dass Frauen bei technischen Angelegenheiten nichts zu suchen hätten. Offensichtlich war Angelas Anteil an der Konstruktion des Flugapparates mit ihrer stundenlangen Näharbeit schon wieder vergessen. Ihre ängstlichen Äusserungen, die sie nicht für sich behalten konnte, wollten die begeisterten zukünftigen Flieger auch nicht hören. Aber sie wanderte trotzdem jeden Tag mit ihrer fünfzehnjährigen Tochter Angi, dem zwölfjährigen Carlo und dem zehnjährigen Felix auf einen Nachbarshügel, um von dort aus die Fortschritte zu verfolgen. Das Zeltlager erinnerte Angela eher an ein übermütiges Indianerleben mit Lagerfeuer. Bald sahen sie aber deutlich die weissen Flächen des Flugapparates. Je weiter die Sache fortschritt, desto unruhiger wurde Angela. Sie hatte die Sache unterschätzt und zuerst als ein harmloses Spiel betrachtet.

«Ist Papa nicht grossartig?», begeisterte sich Carlo.

«Mir wäre lieber, er malte wieder Bilder, als hier Flugprobleme lösen zu wollen», murmelte sie, «das kann nicht gut enden.»

«Die Pfarrer in der Umgebung sagen das auch, sie meinen, das sei ein Teufelszeug», wusste Angi zu berichten.

«Es ist auf jeden Fall gefährlicher, als euer Vater zugeben will», antwortete Angela besorgt.

So kam der Tag des Fluges heran. Auf inständiges Bitten der Kinder hatte Böcklin nun auch Carlo und Felix mitgenommen, damit sie seinen Flug aus nächster Nähe mitverfolgen konnten. Aber weibliche Wesen wurden nicht in der Nähe geduldet. Angela bezog mit ihrer Tochter wieder ihren Beobachtungsposten auf dem Hügel gegenüber. Fast feierlich wurde der Flugapparat in Position gestellt. Alles war bereit. Nur der Wind wollte nicht wehen, die unabdingbare Voraussetzung für den Flug. Sie warteten alle ungeduldig und in prickelnder Aufregung.

«Es regt sich kein Lüftchen. Und ohne Wind kann ich nicht fliegen», wiederholte Böcklin immer wieder. Aber es blieb den ganzen Tag so, nicht der geringste Windhauch war zu spüren.

«Wir müssen den Flug auf morgen verschieben, es ist nichts zu machen», meinte Böcklin sichtlich enttäuscht, als die Dämmerung hereinbrach.

«Es ist stickig und schwül, es könnte ein Gewitter geben», meinte Hans, der sonst nie das Wort ergriff. Alle blickten besorgt zum Himmel, es war jedoch weit und breit keine Wolke zu sehen, es schien nur sehr diesig zu sein. Beruhigt legten sie sich schlafen. Aber am frühen Morgen zog ein schweres Gewitter auf, und bevor sie sich einig geworden waren, ob man den Flugapparat rasch auseinandernehmen wolle oder es vielleicht doch nicht nötig sei, fegte plötzlich eine Windböe über das Feld und das Gewitter brach mit Donner, Blitz und grossen Hagelkörnern über sie herein. Sie konnten sich nur niederkauern und abwarten. Nach einer Viertelstunde war das Unwetter vorüber – aber der Flugapparat, das Werk unzähliger Stunden, lag mit gebrochenen Flügeln da, von Wind und Hagel zerfetzt. So endete Böcklins erster Flugversuch, dem nur die Pfarrer etwas Positives abgewinnen konnten, denn nun predigten sie den Leuten, ein göttlicher Blitz habe dem Teufelswerk ein Ende gesetzt. Auch Angela war erleichtert, doch sie kannte Böcklins Zähigkeit und fürchtete, dass dies zwar der erste, aber nicht der letzte Flugversuch gewesen war.

Böcklin kehrte wieder zur Malerleinwand zurück, jedoch nicht ohne einen weiteren Anlauf mit einem Flugapparat ins Auge zu fassen. Dass es ihm auch beim zweiten Mal nicht glückte, der Wind ihm wiederum einen Streich spielte, war unglaubliches Pech, nur Angela hoffte, dass damit das Kapitel endgültig abgeschlossen sei.

«Du weisst, ich verstehe nichts davon, aber wirst du nun aufhören damit?», bat sie mit flehendem Blick.

«Du sagst es: Frauen verstehen von solchen Dingen wirklich nichts, lass mich also in Ruhe weitermachen», antwortete er mürrisch, «ich werde mich nun an Generalleutnant Goltz vom Luftschiffbataillon in Berlin wenden, und wenn er einverstanden ist, reise ich zu ihm.»

Er wurde dort tatsächlich ernst genommen. Als man seine Skizzen sah, war man überrascht, dass die darauf gezeichneten Objekte absolut flugtauglich erschienen. Nur versuchten die Spezialisten vergeblich, Böcklin zu erklären, dass es nicht ohne Antrieb machbar sei, sich in die Lüfte zu erheben. Er bestand jedoch auf seiner Variante mit dem Wind, denn, so erklärte er überzeugt, die Vögel zeigten mit ihrem Flug, dass es ohne Motor möglich sei. So baute man schliesslich in Berlin nach seinen Angaben einen Flugapparat. Böcklin war vor Ort dabei und bestieg den in der Mitte angebrachten Sitz. Der Wind blies diesmal ganz nach Wunsch, erfasste den Apparat, und er wäre prompt nach hinten gekippt, wenn nicht das Gewicht Böcklins es verunmöglicht hätte. Aber nun brach nach kurzem Widerstand der ganze Flugapparat auseinander und Böcklin landete unsanft am Boden. Obwohl es genauso gekommen war, wie von den Ingenieuren vorausgesagt, war Böcklin immer noch nicht von seiner Meinung abzubringen. Er war überzeugt, dass man es nur mit einem besseren Material zu versuchen hätte. Er nahm kurz entschlossen Verbindung mit dem Verein zur Förderung der Luftschifffahrt auf, in dessen Zeitschrift er drei Aufsätze veröffentlichte, und er blieb auch jahrelang in Kontakt mit den Vereinsvorsitzenden. Zu praktischen Flugversuchen kam es hingegen nicht mehr. Angela nahm es mit Erleichterung zur Kenntnis.

Nach dem gesundheitlichen Erfolg von Ischia fuhren Angela und Arnold nun jeden Sommer zusammen mit den drei Kindern Carlo, Felix und Angi nach Viareggio ans Meer zur Erholung. Aber Angelas Müdigkeit, ihr Kopfweh und ihre Reizbarkeit, die sie seit der letzten Schwangerschaft verfolgten, verloren sich nicht. Sie schien nicht zu Kräften zu kommen. Doktor Kurz überredete sie schliesslich, ohne Familie zu einer Kur nach Karlsbad zu fahren.

«Ich gehe mit den Kindern nach Viareggio und du kurierst dich in Karlsbad endlich aus», meinte Arnold mit einer Stimme, die keine Widerrede duldete. Angela fügte sich zögernd. Wenn sie ehrlich war, fühlte sie sich wirklich erschöpft. Sie packte ihren Koffer und legte einige Blusen und eine warme Jacke sowie auch zwei ihrer neuen Nachtgewänder, die sie gerade fertig genäht hatte, hinein. Sie waren vorne von oben bis unten mit Knöpfen versehen und hatten ein Zugband in der Taille. Sie betrachtete sie mit Stolz.

«Wenigstens besitze ich moderne Nachtgewänder, wenn ich schon zur Kur muss», murmelte sie.

Aber kaum hatte sie die lange Reise überstanden und sich einige Tage in Karlsbad eingelebt, vernahm sie, dass in La Spezia die Cholera ausgebrochen sei. Sie war alarmiert und zauderte keine Minute.

«Ich reise zurück nach Italien», erklärte sie den Ärzten im Heilbad, «ausgerechnet dort, wo die Cholera ausgebrochen ist, verbringen mein Mann und die Kinder in der Nähe ihre Sommerferien.»

«Sie sollten sich zuerst erholen, bevor sie wieder auf Reisen gehen. So schaden Sie Ihrer Gesundheit nur noch mehr.» Aber Angela schüttelte entschieden den Kopf. Obwohl müde und schwach und vom Hinweg noch gar nicht erholt, reiste sie Hals über Kopf den stundenlangen Weg wieder nach Italien zurück. Der Gedanke, ihre Kinder könnten krank werden und ohne Pflege sein, trieb sie zur höchsten Eile an. Doch sie erreichte ihr Ziel nicht, denn man liess niemanden mehr ins Krisengebiet reisen. So kam sie nur bis Empoli, einem Ort zwischen Pisa und Florenz, und musste widerwillig umkehren und nach Florenz zurückfahren. Böcklin hatte aber unterdessen auch beschlossen, der Gefahr auszuweichen und heimzukehren. So trafen sie alle zusammen gleichzeitig wieder zu Hause ein. Es roch überall sehr unangenehm nach Chlorkalk, denn Florenz hatte Vorkehrungen getroffen gegen die Cholera, und die ganze Stadt ausgeräuchert.

«Gott sei Dank, da seid ihr ja alle!», rief Angela erleichtert aus, während Böcklin sie anstarrte wie einen Geist:

«Wieso bist du nicht in Karlsbad?», fragte er vorwurfsvoll.

«Ich hatte solche Angst, dass eines von euch krank würde, ich hatte keine Ruhe.»

«Du mit deiner Angst, jemand könnte krank werden! Dabei sollst du doch für dich schauen.»

«Ich kann mich nicht erholen, wenn ich immer daran denken muss, dass jemand von euch an Cholera erkrankt sein könnte», verteidigte sie sich. Sie wollte von ihrer Irrfahrt erzählen, jedoch noch benommen von der Reise, hörte sich alles ziemlich wirr an, was sie berichtete.

«Es ging drunter und drüber, und alles hatte sich gegen mich verschworen», fasste sie das Erlebte schliesslich zusammen und sank erschöpft auf einen Stuhl, mit zerknittertem Kleid, müden Augen und blassem Gesicht. Böcklin schüttelte den Kopf.

«Am besten, du fährst gleich morgen wieder zurück nach Karlsbad. Aber du machst ja nie, was ich möchte.» Sie hob den Kopf und blickte ihn herausfordernd an:

«Wer kann mir garantieren, dass die Cholera nicht doch noch ausbricht?»

Florenz wurde davon verschont. Aber Angela fuhr nicht mehr nach Karlsbad zurück, und Kopfweh und Müdigkeit blieben bestehen. Freudlos und unlustig schleppte sie sich durch den Tag, Ängste und Sorgen plagten sie, sie schlief schlecht und fühlte sich allem nicht gewachsen. Gleichzeitig war sie aber auch zerknirscht und niedergedrückt, weil sie wusste, dass sie die Familie damit belastete. Böcklin litt unter dem Zustand, doch er beschäftigte sich im Stillen auch mit der Frage, was aus den beiden Knaben Carlo und Felix werden sollte. Sie zeigten mehr Interesse an den Wissenschaften als an der Kunst.

«Unser Privatlehrer genügt nicht mehr. Wir müssen einen Ort mit einer deutschen Schule finden», meinte er eines Abends.

«Verstehe ich dich richtig? Wir sollen wieder umziehen?», rief sie entsetzt und ihre Augen weiteten sich. Merkte er nicht, dass sie immer noch keinerlei Energie aufbrachte?

«Es wird uns nicht erspart bleiben, wenn wir wollen, dass unsere Söhne später an einer Universität studieren können.» Angela schwieg eine Weile und versuchte ihre Gedanken zu ordnen. Sie bemerkte, wie sich ihr schlechtes Gewissen meldete. Sie durfte nicht an sich denken, nur weil sie sich elend fühlte. Schliesslich gab sie sich einen Ruck.

«Eine Schule in Deutschland?»

«Ja, mir ist allerdings noch nicht klar, wo. In Berlin hätte es die richtigen Schulen, aber ich kann mich nicht überwinden, dorthin zu gehen, obwohl es nun Residenzstadt des deutschen Kaisers geworden ist. Ich war ja schon mehrmals dort, doch für mich ist immer noch München das Zentrum der Kunst.»

«Wieder nach München?», fragte sie gedehnt und mit einem langen Blick, «muss das sein? Gäbe es nicht noch andere deutsche Schulen?»

«Natürlich in Basel, aber da wollen wir wohl beide nicht hin.»

«Nun, ich glaube, Basel würde sich geehrt fühlen, wenn der berühmte Sohn in seine Vaterstadt zurückkehrte. Und ich würde mich auskennen in der Stadt.» Böcklin schüttelte den Kopf.

«Möglich. Wir könnten zum Beispiel auch nach Zürich ziehen. Es hätte dort ausser einer Universität auch noch ein Polytechnikum. Dazu bietet es einen See, Konzerte und zivilisierte Leute. Ich werde mich einmal nach den Schulen erkundigen. Mach dich auf jeden Fall mit dem Gedanken vertraut, dass wir wegziehen von hier.»

«Nach Zürich? Wenn du meinst … diesmal haben wir immerhin über zehn Jahre hier verbracht, so lange waren wir noch nie ununterbrochen in derselben Stadt», nickte sie mit einem gezwungenen Lächeln. Sie fragte nichts mehr und fügte sich. Sie musste sich mit der Tatsache abfinden, dass es keine Dauer eines Zustandes gab. Hatte sie an der Seite von Böcklin nicht längst gelernt, dass der Wechsel stets dazugehörte? Sie blickte aus dem Fenster. Die Milde des hochsommerlichen Abends liess sie alles mit einer gewissen Gelassenheit betrachten. Einige Mauersegler zogen mit schrillen Rufen ihre Kreise – sie verfolgte sie mit ihren Blicken. Sie wusste, auch diese Vögel würden weiterziehen, wenn die Zeit gekommen war.

Zürich

Böcklin hatte Zürich nicht nur wegen der Schulen ausgewählt, sondern auch wegen der schönen Lage am See und der kulturellen Möglichkeiten. Auch wenn er ungern ins Theater ging, liebte er dafür die Musik und besuchte gerne Konzerte. Er war extra vorausgereist, um sich nach einer passenden Unterkunft umzusehen. Als Angela mit den Kindern nachkam, bestaunten sie zuerst den schönen, wenige Jahre alten Bahnhof. Sein Haupteingang bestand aus einem riesigen Triumphbogen. Es war noch recht kühl, aber der Frühling schien in der Luft zu liegen. Vor dem Gebäude warteten zahlreiche Pferdedroschken, um die ankommenden Besucher zu ihrem Zielort zu bringen, in diesem Fall zu der von Böcklin ausgewählten Wohnung an der Hottingerstrasse 30.

«Hier haben wir ja gar nicht genug Platz! Hast du vergessen, wie viele Personen wir sind?», rief Angela erschrocken aus, als sie die neue Wohnung in Augenschein nahm. Böcklin schaute sie zerknirscht an.

«Ich habe die Türen gezählt und war überzeugt, dass es genug Zimmer sind. Nun sehe ich, dass ich die Türen einiger Wandschränke mitgezählt habe.» Niemand lachte. Angela drehte sich im Kreis.

«Wir werden uns wohl wieder einmal nach der Decke strecken müssen. Carlo und Felix können zusammen ein Zimmer teilen, zwei Betten und eine Kommode haben gerade Platz, und Angi muss mit dem kleinen Kämmerchen dort vorliebnehmen, ein Bett und einen Stuhl kann man gerade noch hineinstellen. Aber wenn Hans oder Arnoldo zu Besuch kommen oder gar heimkehren wollen, kann ich sie nirgends unterbringen. Und das Wohnzimmer ist auch sehr klein, dein Harmonium und den Renaissanceschrank stellst du am besten gleich ins Atelier», begann Angela die Zimmer zu verteilen. Alle standen ratlos zwischen den vielen Gepäckstücken und wussten nicht, wohin sie sich wenden sollten. Da ergriff Arnold kurz entschlossen die Initiative:

«Kommt Carlo und Felix, nun gehen wir zuerst einmal Cervelatwürste kaufen, die gibt es hier nämlich überall und sie kosten viel weniger als in Florenz. Danach sehen wir weiter.» Sie zogen vergnügt ab, während Angela mit ihrer achtzehnjährigen Tochter Angi versuchte, trotz der engen Platzverhältnisse etwas System ins grosse Durcheinander zu bringen. Da lagen verschiedene Kisten mit Arnolds Flugmaschinenteilen, die in den Keller gehörten, in einer anderen Kiste waren Arnolds Bücher, am meisten Platz versperrten jedoch das Harmonium, die Staffeleien und der Renaissanceschrank. Doch das Atelier war noch nicht fertig. Böcklin hatte sich ein Stück Land gekauft und nach seinen Wünschen ein Atelier erbauen lassen. Es war jedoch nicht bezugsbereit, die Maler waren noch an der Arbeit. Angela eilte hin.

«Kann man nicht wenigstens die Staffeleien, das Harmonium und den Schrank schon hineinstellen?», fragte sie flehentlich.

«Man hat uns gesagt, dass Sie im Mai kommen, jetzt ist erst April», murrte der Malermeister. Das war nicht zu leugnen, sie waren früher erschienen als besprochen.

«Man könnte einiges doch zugedeckt in die Mitte stellen, meinen Sie nicht?», liess Angela nicht locker. Der Maler brummte, betrachtete von seiner Leiter herunter abwägend die energische Frau, nickte aber schliesslich zustimmend.

Der Umstand, dass sein Atelier noch nicht fertig war, bedrückte Böcklin weit mehr als die Enge im Haus. Er konnte nicht arbeiten! Voller Unruhe stiefelte er durch die kleine Wohnung und war Angela überall im Weg. Dieser Umzug nach Zürich liess sich nicht gerade gut an. Endlich, nach einigen Tagen, hatten sie alles ausgepackt und eingerichtet. Auch das Atelier wurde schliesslich fertig. Böcklin war sehr zufrieden damit. Von aussen wirkte der Riegelbau wie ein länglicher Schuppen, aber im Innern hatte es mehrere Abteilungen, so dass er an verschiedenen Bildern gleichzeitig arbeiten konnte. Auch plante er, Claras Mann, dem Bildhauer Peter Bruckmann, einen Teil davon zur Verfügung zu stellen. Clara und Peter hatten versprochen, nachzukommen. Selbst das Harmonium fand im Atelier nun einen festen Platz. Böcklin setzte sich sofort an sein geliebtes Instrument und begann eine Fuge von Bach zu spielen. Danach ging er zu einer seiner Lieblingsmelodien über, dem *Reigen seliger Geister* von Gluck. Angela liess sich auf einen Stuhl nieder und hörte ihm zu. Als er geendet hatte, meinte sie:

«Wenn ich daran denke, wo dieses Harmonium schon überall herumgekommen ist, so ist es ein Wunder, dass man immer noch so gut darauf spielen kann.»

«Es hat tatsächlich nicht gross gelitten bei all dem Hin und Her. Ich bin froh, denn ohne Musik kann ich mir das Leben gar nicht vorstellen.»

Bald liess Böcklin rund um sein Atelierhaus Gras und Blumensamen aussäen, um sich an einem hübschen Sommerflor erfreuen zu können. Nach ein paar Wochen, als alles herrlich zu blühen und zu spriessen begann, war er ziemlich in Sorge, dass Kinder oder Leute bei einem Besuch die Anpflanzungen durch Unvorsichtigkeit zertreten könnten. Doch er wusste sich zu helfen.

«Vorsicht, im Gras ist eine giftige Schlange, eine Kreuzotter! Bitte auf keinen Fall hineintreten», liess er überall verkünden. Ein paar Tage später kam er jedoch niedergedrückt nach Hause.

«Ich habe einen grossen Fehler gemacht. Ich hätte den Gärtner einweihen sollen. Er kam heute Morgen mit der Sense und bevor ich merkte, was er plante, hat er alles Gras und alle Blumen kurz entschlossen niedergemäht, weil er der gefährlichen Schlange zu Leibe rücken wollte.» Angela musste ein Lachen unterdrücken, als sie das hörte, und drehte sich rasch zum Herd, um im Kochtopf zu rühren, aber ihre Schultern bebten verdächtig. Da lachte auch Arnold laut, die Geschichte amüsierte ihn, und über sich selbst lachte er am liebsten. Er steckte sich eine Zigarre an.

«Nächstes Jahr ziehe ich Kapuziner und Clematis am Spalier, und vielleicht baue ich einen Steingarten mit Alpenblumen um einen Springbrunnen», begann er gut gelaunt neue Pläne zu schmieden.

Ein halbes Jahr hielten sie es in der engen Wohnung aus, dann suchte Angela nach einer neuen Unterkunft. Sie fand ein nettes Haus am Kreuzplatz, das mit einer grossen Wiese umgeben war.

«Es hat reichlich Platz für alle. Vor dem Haus stehen grosse Bäume und hinten liegt ein reizender, kleiner Garten, dort gibt es einen Wandbrunnen vor der Waschküche und der Toilette. Und ringsum ist eine grosse Wiese», verkündete sie begeistert, «nur der Salon ist etwas düster, doch vielleicht könnte man die Wände neu bemalen. Und ich nähe noch passende Vorhänge, dann wird es gleich besser aussehen.» Wieder einmal musste alles zusammengepackt werden, aber die Aussicht, in ein grösseres Haus ziehen zu können, spornte alle an. Es zeigte sich bald, dass das Haus eine gute Wahl war. Die Möbel und die Familienbilder fanden alle ihren Platz, vor allem das intime Bild von Angela mit dem roten Tuch, das Böcklin von ihr in jungen Jahren gemalt hatte, und das reizende Porträt der kleinen Lucie. Am folgenden Sonntag setzten sie sich zufrieden in den Garten. Böcklin las in einem seiner Bücher und Angela, Clara und Angi strickten, denn eine Frau, die unbeschäftigt dasass, war auch in Zürich undenkbar.

Nur die grosse Wiese ums Haus bereitete ihnen einige Probleme, denn der Bauer düngte sie oft und in regelmässigen Abständen. Zuerst versuchten sie, mit geschlossenen Fenstern den Gestank fernzuhalten, aber es half nicht viel. Schliesslich ging Angela entschlossen zum Bauern.

«Bitte, wäre es nicht möglich, etwas weniger oft zu düngen? Wir wohnen hier und es ist ein furchtbarer Gestank, den wir da einatmen müssen. Mein Mann ist krank und sollte möglichst viel frische Luft haben», versuchte sie es mit einem entschuldigenden Lächeln.

«Krank?», antwortete der stämmige Bauer, «dann müssen Sie froh sein, dass ich dünge. Wenn ich krank bin, stelle ich einen Kübel Jauche neben mein Bett und ich kann Ihnen versichern, das hilft!» Angela war sprachlos, bedachte den Bauer mit einem langen, verwunderten Blick, zuckte schliesslich ergeben die Schultern und ging zurück ins Haus – und schloss von da an wieder die Fenster. Arnold lachte laut auf, als sie es ihm erzählte.

«Keine Sorge, mich stört es wenig. Ich zünde mir eine Zigarre an, eine von den schweren, starken, drei zu einem Zopf gedrehten. Da kann der Bauer Jauche ausführen, so viel er will.»

Die Umgebung von Zürich gefiel Böcklin ausserordentlich gut. Er machte gerne weite Spaziergänge, wenn er nicht an der Arbeit war. Er hatte nun den grösseren, längeren Teil des Ateliers für sich in Anspruch genommen, und im kleineren Teil, der sich im rechten Winkel anschloss, richtete Schwiegersohn Peter Bruckmann sein Bildhaueratelier ein. Mit schwarzen Vorhängen konnten die Abteile optisch abgetrennt werden. Abends setzte sich Böcklin zusammen mit Angela in den Garten, rauchte vergnügt seine Zigarre, trank dazu einen guten Rotwein und meinte heiter:

«Jetzt werde ich endlich meinen geplanten Besuch in Basel durchführen.»

«Natürlich, du musst wieder einmal deine Geschwister und Freunde besuchen, damit du den Basler Dialekt nicht vergisst.»

«Den verlerne ich nie, das weisst du.»

«Natürlich weiss ich das. Hoffentlich schaffst du es, den letzten Zug nach Zürich zu erwischen. Beim letzten Mal warst du doch im Casino bei der Webern-Zunft eingeladen. Da hast du den letzten Zug gerade noch knapp erreicht.»

«Ja, in allerletzter Minute. Mein Freund schaffte es nicht mehr und musste in Basel übernachten. Ich sehe noch immer sein verblüfftes Gesicht vor mir, als er mich davonfahren sah. Und unser lieber Hans Sandreuter musste sich seiner annehmen. Nein, diesmal übernachte ich in Basel.»

«Ist dort eine Frau, die du sehen willst?», fragte Angela und blickte ihn aus ihren grauen Augen forschend an.

«Aber nein, mein eifersüchtiges Eheweib, du überschätzt mich wieder einmal, keine Frau – einen Altar! Ich möchte noch nach Colmar, um den Isenheimer Altar von Grünewald wieder einmal anzusehen. Etwas Eindrücklicheres ist mir selten begegnet.» Angela musterte ihn prüfend, zuckte mit den Schultern und meinte: «Keine Frau. Gut. Ich will es dir auch nicht raten. Von diesem Altar hast du schon oft erzählt. Ist da nicht eine besonders ergreifende Kreuzigung dargestellt?»

«Ja, ich bekomme jedes Mal Gänsehaut, wenn ich sie betrachte. Aber auch die anderen Tafeln sind einmalig, eine Auferstehung in grossartiger Farbenwahl und eine Versuchung des Antonius, die unglaublich fantasievolle Gestalten zeigt. Da geht mir das Herz auf.»

Vom Seebecken her wehte ein leichter Wind und es begann sachte zu regnen. Die kühle Luft zwang sie, bald das Haus aufzusuchen. In Italien wird es nie so rasch kalt, fuhr es Angela durch den Kopf, doch sie schwieg. Sie musste sich abgewöhnen, alles mit Italien zu vergleichen.

Clara und Peter Bruckmann waren unterdessen auch nach Zürich gekommen, und Clara besuchte ihre Mutter Angela regelmässig. Eines Tages erzählte sie begeistert von einem bevorstehenden Fest, das man zu Ehren des Zürcher Dichters Gottfried Keller im *Künstlergütli* geben wollte.

«Man will seine *Zürcher Novellen* in lebenden Bildern darstellen und danach noch anderes darbieten. Macht ihr auch mit?»

«Wir sollen mitmachen?», fragte Angela skeptisch und runzelte die Stirn.

«Nun, ich dachte, wir zeigen ein römisches Bauernfest, das wäre für uns passend, meinst du nicht?»

«Mit italienischen Liedern und Tänzen?»

«Ja, genau so habe ich mir das gedacht.» Tagelang übten sie nun bei Bruckmanns die Lieder, und in Böcklins Atelier studierten sie eine Tarantella ein unter der Leitung von Angela, die dazu sehr gewandt auf einem Tamburin den Rhythmus klopfte. Allerdings wurde es Böcklin bald zu bunt und sie mussten sich ein anderes Probelokal suchen. Schliesslich wurden noch passende Kostüme geschneidert, und am Festabend schminkten sie sich mit Kastanientinktur, damit sie eine südländische Farbe im Gesicht aufwiesen. Angela war schon lange nicht mehr so glücklich und unbeschwert gewesen.

«Weisst du, wann ich mich zum letzten Mal verkleidet habe? Mit siebzehn Jahren am Karneval von Rom, als dein Papa mir ein Veilchensträusschen zuwarf», erzählte sie Clara und schwelgte in Erinnerungen. Ihre Aufführung wurde ein voller Erfolg. Böcklin und Keller sassen gemütlich nebeneinander und neckten die Darsteller nach Lust und Laune, während Gottfried Keller bei den vielen Reden zu seinen Ehren unruhig auf dem Stuhl hin und her rutschte und schliesslich aufstand und Böcklin laut hochleben liess.

Gottfried Keller und Böcklin verkehrten mit grossem Respekt miteinander. Sie verstanden sich prächtig, auch ohne grosse Worte. Nach jedem Zusammentreffen begleitete Böcklin seinen Freund durch die engen Gassen nach Hause. Keller besuchte Böcklin auch gerne in seinem Atelier, um ihm bei der Arbeit zuzusehen.

«Gestern war Keller bei mir», erzählte Böcklin beim Abendessen mit einem Schmunzeln, «er hat sich mein Bild angesehen.»

«Welches denn?», fragte Arnoldo neugierig. Er war seit einiger Zeit zurück aus München und zu ihnen nach Zürich gezogen.

«Das von der brennenden Burg.»

«Und, was hat er dazu gesagt?»

«Nun, zuerst einmal gar nichts. Er sah es sich lange schweigend an, er war ganz darin versunken. Ich wartete gespannt auf sein Urteil. Schliesslich zeigte er auf den zinnoberroten Schiffer im Vordergrund und meinte: ‹Dä rot Chaib da isch halt chaibe schön!›» Alle lachten.

«Und dann», ergänzte Böcklin immer noch lachend, «dann ist er gegangen, ohne ein weiteres Wort zu verlieren.»

«Ich habe noch etwas anderes gehört», mischte sich Carlo ins Gespräch, «es ist eine ziemlich komische Sache», meinte er einleitend, «ein Zürcher Buchhändler hat in seinem Schaufenster eine Reproduktion deines Bildes *Spiel der Wellen* ausgestellt, Papa. Aber die Polizei fand es unsittlich.»

«Unsittlich? Doch nicht wegen der nackten Meerjungfrauen?», fragte Arnoldo spöttisch.

«Doch! Die Zürcher Polizei fand, es sei anstössig, dass die Meerjungfrauen ohne das in den Badeanstalten vorgeschriebene Badekostüm im Wasser schwimmen würden.» Alle begannen zu lachen, am lautesten Böcklin, der sich kaum fassen konnte vor Vergnügen. Als sich alle etwas beruhigt hatten, fügte Carlo bei:

«Das Bild musste entfernt werden.»

«Das ist prima, nun werden alle wissen wollen, was auf deinem Bild zu sehen ist», meinte Arnoldo zu seinem Vater gewandt. Böcklin schmunzelte immer noch. Nur Angela zeigte Verständnis für die Massnahme:

«Eine Frau darf schliesslich auch im heissesten Sommer nicht mit nackten Armen spazieren gehen und trägt Handschuhe. Und wenn sie baden gehen will, dann nur in einem dezenten, hochgeschlossenen Badeanzug.»

«Ja, aber ein Gemälde ist doch etwas anderes», protestierte Arnoldo, «oder kannst du dir Najaden in einem Badeanzug vorstellen, mit Beinkleidern und Ärmeln und hochgeschlossen bis zum Hals?» Es war ein sehr heiteres Abendessen. Am folgenden Tag konnte man die Vorkommnisse auch in der *Neuen Zürcher Zeitung* lesen, ein überaus spöttischer Artikel mit dem reisserischen Titel *Zeloten, Köpfe und Kunst*. Die ganze Stadt lachte über die polizeiliche Massnahme – und schliesslich musste sie zurückgenommen werden. Das Bild stand wieder im Schaufenster. Am Stammtisch in der *Zunft zur Saffran* wurde natürlich auch ausgiebig darüber gelästert und Gottfried Keller, der nur selten das Wort ergriff, meinte zu Böcklin gewandt:

«Ja, ein verfluchtes Bild ist es schon!» Alle blickten ihn erstaunt an.

«Ein verfluchtes Bild. Diese Weiber, die dem Publikum ihre Kehrseite zudrehen», fuhr er mit ernstem Gesicht fort, aber seine Augen hinter den Brillengläsern funkelten listig, «es gehört schon eine verdorbene Fantasie dazu, etwas Schlimmes darin zu sehen – und die hab' ich!»

Angela betrachtete die Freundschaft zwischen Keller und ihrem Gatten mit grossem Verständnis. Die beiden hatten viel gemeinsam, beide liebten die Unabhängigkeit und keine grossen Worte.

«Das hat ihm immer gefehlt», meinte sie zu Clara, als sie zusammen mit ihren Strickarbeiten im Garten sassen, «er hat hier ja die Dienstagsgesellschaft, aber es ersetzt seinen Leimsutt nicht.»

«Es scheint, dass er mit Keller gar nicht viel redet, hat mir Peter erzählt. Sie sitzen einfach schweigend beisammen, jeder zieht an seiner Zigarre und trinkt sein Gläschen Wein», antwortete Clara.

«Sie verstehen sich ohne grosse Worte. Übrigens ist Papa dabei, zum 70. Geburtstag von Keller eine Medaille mit seinem Porträt zu schaffen.»

«Das ist schön. Das wird die beiden noch näher zusammenbringen.»

«Ja, doch ist es schwierig, dem Medailleur in Wien mit den Wachsskizzen zu erklären, wie das Porträt werden soll. Papa wird extra nach Wien reisen, damit die Medaille zum Schluss gut herauskommt.»

«Das ist ja eine furchtbar weite Reise! Kann er das nicht schriftlich machen?»

«Das wäre mir auch lieber, aber es scheint nicht zu funktionieren. Papa hat mir erzählt, dass allein schon der Bart von Keller ein Problem sei.»

«Der Bart?»

«Ja», fuhr Angela schmunzelnd fort, «er hat nach Wien geschrieben, der Medailleur solle einfach im Garten in Schönbrunn eine Taxushecke ansehen, dann ersehe er den Charakter von Gottfried Kellers Bart.» Clara blickte sie fragend an.

«Und darauf hat der Medailleur geantwortet, Taxushecken gäbe es nur im Belvedere-Garten, und da könne er sich unmöglich hinsetzen und modellieren, denn dann würden alle fragen, was er mache. Und wenn er sagen würde, das gäbe Gottfried Kellers Bart, wurde er wohl als geistig gestört angesehen und versorgt werden.»

«Herrlich! Und deshalb fährt Papa nun nach Wien?»

«Ja, so wichtig ist es ihm. Aber er arbeitet auch sonst

ununterbrochen und unermüdlich, kein Bild trocknet auf seiner Staffelei, schon hat es einen Käufer gefunden», meinte Angela stolz.

«Ich habe gerade sein Bild *Waldeinsamkeit* betrachtet», antwortete Clara.

«Oh, das hat sich Gottfried Keller auch angesehen und gemeint, das Weib auf dem Einhorn reite ja gar nicht im Wald, sondern ausserhalb. Es müsse doch im Wald drin reiten bei diesem Titel.»

«Aber es reitet doch im Wald drin.»

«Ja, jetzt schon. Papa hat ihn gefragt, wo es denn die schönsten Tannen gäbe in der Umgebung von Zürich. Und Keller hat ihn nach Adliswil geschickt. Dahin ist er sofort gefahren und hat sie sich angesehen. Jetzt sind sie auf dem Bild festgehalten.»

«Und nun reitet das Weib wie gewünscht im Wald drin», ergänzte Clara. Sie lächelten sich verständnisvoll an.

Manchmal erschien auch der Maler Rudolf Koller im Atelier, ein guter Freund aus früheren Zeiten. Böcklin und er kannten sich seit dem Studium. Sie hatten sich lange nicht mehr gesehen. In der Dienstagsgesellschaft, so genannt wegen des Tages der Zusammenkunft, trafen sie sich nun regelmässig. Ausser dem Ehepaar Koller waren unter anderen auch Bildhauer Kissling anwesend, Professor Bluntschli mit seiner Frau, der Architekt Albert Müller und einige mehr. Man traf sich zum

Nachtessen im Restaurant *Kronenhalle*, später in der *Meise*, und nachdem dort nicht mehr gewirtet wurde, im Hôtel *Baur en ville* und dann im Zunfthaus zur *Waage*. Angela war meist nicht mit dabei, obwohl sie sich mit Frau Bluntschli sehr gut verstand und den Austausch mit ihr schätzte. Es hatte sich jedoch seit Anfang ihrer Ehejahre eingebürgert, dass Arnold abends alleine ausging, um Freunde zu treffen. Früher hatte sie der kleinen Kinder wegen daheimbleiben müssen, und jetzt wollte sie es mit ihren fünfzig Jahren nicht mehr ändern. Dafür erzählte er ihr von den Gesprächen, wenn er nach Hause kam.

«Rudolf Koller ist praktisch gleich alt wie ich, aber seit einigen Jahren hat er ein Augenleiden. Es beeinträchtigt seine Schaffenskraft. Es muss hart für ihn sein, doch er malt trotzdem. Als ich ihm heute erzählte, dass das Basler Museum mein *Spiel der Najaden* angekauft hat, da meinte Koller, Najaden und Kentauren seien ja sehr speziell, aber an sich nicht malerischer als Kühe.»

«Das sagt er wohl, weil er Tiermaler ist?»

«Rudolf ist vor allem Pferdemaler, schon von klein an wollte er sie malen, aber er gibt auch Kühe ganz grossartig wieder. Ich habe ihm dann geantwortet, er habe recht, es komme auf das Wie an und nicht auf das Was. Darauf hat er stolz gemeint, bei ihm könne man genau erkennen, ob es Zürichsee-Kühe seien oder Appenzeller, jeder Kuhhirte könne kommen und erkenne sie gleich. Da habe ich gefragt: Ach, malst du denn für Bauern und Viehknechte?» Angela lachte.

«Das muss ich unbedingt Clara erzählen, das wird ihr gefallen.»

«Etwas anderes wird Clara sicher auch amüsieren. Als Koller und ich kürzlich nach einem ziemlich weintrunkenen Abend auf der Strasse zusammenstiessen und umfielen, hat Gottfried Keller über uns einen wunderbaren Vers gemacht:

«Hat es nun den Böcklin über den Koller geböckelt
oder ist der Koller über den Böcklin gekollert?»

Angela schmunzelte. Obwohl ihr Deutsch immer noch etwas zu wünschen übrig liess, bewunderte sie die Kunst dieser gedrechselten Worte sehr. Ob sie diese Sätze Clara wiederholen konnte? Sie bezweifelte es. Gleichzeitig freute sie sich aber über die Freundschaften, die Arnold hier in Zürich pflegte, denn beide, Koller und Keller, waren ihr sympathisch. Auch die Besuche anderer illustrer Personen freuten sie, beeindruckt war sie vor allem von Johannes Brahms, der zusammen mit Kapellmeister Friedrich Hegar erschien. Und Conrad Ferdinand Meyer gestand ihr bei einem Gespräch, eine Kopie der *Toteninsel* im Schlafzimmer aufgehängt zu haben, und er hoffe, einst unter diesem Bild seine Augen schliessen zu können.

An einem Sonntag im Frühling herrschte ein Hundewetter, der Regen prasselte auf das Dach und peitschte gegen die Fensterscheiben. Sie sassen alle beim Essen, als Carlo plötzlich ans Glas klopfte, sich räusperte und verkündete:

«Ich habe beschlossen, Architekt zu werden. Das scheint mir ein spannender Beruf zu sein. Was meint ihr dazu?» Böcklin schaute ihn überrascht an.

«Architekt – das ist kein schlechter Gedanke. Es ist ebenfalls ein künstlerischer Beruf. Und Arbeit hättest du sicher genug. Was da nicht alles in der Stadt gebaut wird!»

Zürich glich tatsächlich einer Grossbaustelle. Man war dabei, die neuen Quaianlagen zu bauen, und auch die Aufschüttung des Seebeckens verfolgte man mit grossem Interesse.

«Stimmt. Die Auffüllung des Seebeckens ist enorm spannend, sie ist jetzt bald abgeschlossen. Ich habe stundenlang den schwimmenden Baggern zugesehen und dem Spezialschiff *Elevator*. Man hat zum Teil die Steine aus dem Aushub des Gotthardtunnels genommen und sie als Bauschutt eingefüllt», schilderte Carlo begeistert seine Beobachtungen.

«Ich habe natürlich auch zugeschaut», ergänzte Felix, «und wenn die Arbeiten abgeschlossen sind, wird es eine festliche Einweihung geben, auch zu Ehren von Arnold Bürkli, dem geistigen Urheber der Idee.»

«Ich weile ja am liebsten auf dem alten Brücklein beim unteren Mühlesteg und betrachte mir die Fluten der Limmat, wie sie über die Schwellen stürzen. Doch nun ist Zürich mit den neuen Quaianlagen von einer Stadt am Fluss zu einer Stadt am See geworden. Sehr beeindruckend», nickte Böcklin.

Auch Angela äusserte sich positiv über Carlos Entscheid. «Wahrscheinlich werde ich die Baustellen nun interessierter beachten, jetzt wo ich weiss, dass du Architekt werden willst.»

«Bald ist die Verlängerungsstrasse vom Paradeplatz zum See fertig gebaut. Wohnungen braucht es viele, denn die Zuwanderung ist enorm, wie in allen Städten. Aufträge sollten auf Jahre hinaus genug vorhanden sein», fügte Carlo bei.

«Es passiert so viel in unserer Familie», seufzte Angela am Abend, als sie sich zu Bett begaben. «Unsere Kinder werden erwachsen und verlassen uns eines nach dem andern. Ich weiss, es muss so sein, aber ich komme mir richtig alt vor. Nun heiratet auch Angi im nächsten Monat und zieht nach Bukarest – und Arnoldo will sich ebenfalls vermählen. Ich weiss bald nicht mehr, wo mir der Kopf steht.» Arnold schaute sie aufmunternd an und legte seine Hand auf ihren Arm:

«Vergiss nicht, carissima mia, ich bleibe dir erhalten.»

Vier Jahre weilten sie nun schon hier, als im Jahr 1889 die Universität der Stadt Zürich Arnold Böcklin den Ehrendoktortitel verlieh, eine hohe Ehre, die ihn enorm freute. Allerdings lagen ihm lange Reden gar nicht.

Beim anschliessenden Festmahl sass er ziemlich schweigsam da. Später berichtete er Angela darüber:

«Ich habe wohl die kürzeste Rede gehalten, die an dieser Universität gehalten worden ist.»

«Wieso, was hast du denn gesagt?»

«Ich bin aufgestanden, habe mein Glas erhoben und gesagt: ‹Sie haben mich zum Doktor gemacht, ich danke! Dann habe ich einen Schluck genommen und mich wieder hingesetzt.» Angela starrte ihn ungläubig an.

«Das hast du nicht!»

«Aber doch, genauso habe ich es gehalten.»

«Und niemand hat es dir übel genommen?»

«Das weiss ich nicht. Doch ich bin ziemlich sicher, dass fast alle froh waren, dass ich eine kurze Rede gehalten habe.» Angela schüttelte missbilligend den Kopf, musste aber trotzdem lachen.

«Ich habe dir auch etwas Schönes zu melden: Clara erwartet ein Kind!» Böcklin legte überrascht seine Zigarre ab, schluckte zuerst, dann aber blitzten seine Augen fröhlich auf.

«Unser erstes Enkelkind! Das freut mich sehr, nun werden wir Grosseltern. Ein ganz neuer Zustand, nicht wahr?» Angela nickte strahlend.

«Ich habe Clara gleich das feine, weisse Häubchen gegeben, das wir einst von deiner Mutter zur Geburt von Fritz erhielten, weisst du, das Häubchen, das du als kleines Kind getragen hast.»

«Das gibt es immer noch? Wir sind doch so oft umgezogen!», rief Böcklin erstaunt aus.

«Aber natürlich, das wanderte stets mit uns mit. Genauso wie der grüne Beutel mit der Perle.»

Als ein kleiner Knabe geboren wurde, war Arnold sehr stolz auf seinen Enkel. Er spielte oft und gerne mit ihm, machte aber auch Studien, wie der Kleine im Gras sass und mit den Blumen spielte. Eines Tages entdeckte Angela zwei kleine Kinder auf dem neuesten Bild, welches Arnold in Arbeit hatte.

«Das ist doch nicht etwa Reinhard?», rief sie überrascht aus.

«Er könnte es durchaus sein, nicht wahr? Ich nenne es *Vita somnium breve*, das Leben – ein kurzer Traum. Es zeigt die Lebensalter, wie du siehst», erklärte Böcklin.

«Und der Wandbrunnen? Er sieht ähnlich aus wie unser Brunnen beim Waschhaus», stellte Angela freudig fest. Ihre Augen wanderten weiter zu einem Bild, das im Atelier am Boden stand und durch seine lebhaften Farben den Blick auf sich zog. Sie betrachtete es beeindruckt.

«Das gefällt mir. Wie natürlich die schuppigen Fischschwänze glitzern und wie echt das Wasser über den zackigen Felsen spritzt und klatscht!», rief sie aus.

«Das ist das Bild *Spiel der Najaden*, welches das Basler Museum im Auftrag von Jakob Burckhardt gekauft hat, es muss nur noch abgeschickt werden.»

«Jakob Burckhardt? Das ist aber schön, dass er sich für ein Bild von dir einsetzt», erlaubte sich Angela zu bemerken. Sie wusste nicht, was sie davon halten sollte. Aber Böcklin ging nicht darauf ein.

«Du erinnerst dich sicher, dass ich vergangenes Jahr extra mit dem Zug nach Neapel gefahren bin, um die Meeresbrandung zu studieren.» Angela nickte und betrachtete versonnen das Bild.

«Man könnte wirklich meinen, du hättest dort die Najaden spielen sehen.»

«Nun, nicht ganz. Wenn die Badenden aus dem Wasser stiegen, glitzerten ihre Beine von den vielen Tropfen, dass es tatsächlich aussah wie lauter Fischschuppen.»

«Es ist ein wunderbar fröhliches Bild, man hat das Gefühl, man müsste sich auch in die Wellen stürzen.»

«Ja, es muss einen so kalt und nass ansprechen, dass man sich in die Tiefen des Meeres versetzt glaubt. Jedes meiner Bilder soll Stimmungen hervorrufen, Freude, Belustigung, Trauer, Staunen oder Schaudern.» Angela stellte mit Genugtuung fest, dass sie die richtigen Worte gefunden hatte. Sie erinnerte sich an ihre ersten Ehejahre, als sie seine Bilder einfach schön gefunden hatte, jedoch nicht ausdrücken konnte, weshalb. Es war ein gutes Gefühl zu merken, dass sie im Laufe der Jahre dazugelernt hatte und seine Absichten und Überlegungen nachvollziehen konnte.

Eines Tages bekam sie von Arnold und Schwiegersohn Peter Bruckmann eine Büste von sich überreicht.

Sie staunte und musterte kritisch ihr Konterfei.

«Sehe ich wirklich so aus?»

«Aber ja. Ich habe sie entworfen, Peter hat sie gehauen, und anschliessend habe ich sie bemalt. Es ist ein gelungenes Gemeinschaftswerk, nicht wahr?» Angela schwieg. Aber es berührte sie, dass die beiden sich so viel Zeit genommen hatten, um eine Büste von ihr herzustellen. Ich habe Arnold so oft mit meiner Eifersucht geplagt, weil ich Angst hatte, dass er ein Modell nimmt, und nun hat er diese Büste von mir gemacht, ging es ihr durch den Kopf und es wurde ihr warm ums Herz. Sie lächelte die beiden Künstler dankbar und gerührt an.

Die Wintermonate 1890 fielen ungewohnt hart aus, wochenlang lag überall hoher Schnee und der Zürichsee begann wegen der lang andauernden Kälte zuzufrieren. Die Grippe breitete sich aus und erwischte auch Arnold Böcklin. Die fiebrigen Tage waren rasch überstanden, aber zurück blieben andauernde Kopfschmerzen. Oft sass er mit matten, halb geschlossenen Augen in seinem Atelier und brachte es nicht fertig, zu arbeiten. Es besserte auch nicht, als endlich Tautropfen von der Dachrinne fielen und langsam ein Gefühl kommender Frühlingstage eintrat.

«Mein Kopf ist schwer wie Blei und es klopft hinter meiner Stirne, wenn ich mich bücke, es ist unerträglich», klagte Böcklin.

«Ich kenne Kopfweh aus eigener Erfahrung. Ich habe bei dir alle meine Hausmittelchen versucht, aber ich weiss keinen Rat mehr. Du musst zum Arzt, anders wird dir nicht zu helfen sein», meinte Angela besorgt. Der Arzt diagnostizierte eine Vereiterung des Oberkiefers.

«Ich soll an die Wärme. Aber Italien ist mir zu weit und auch noch nicht warm genug», erzählte Arnold mürrisch, als er heimkehrte und blickte Angela fragend an.

«Vielleicht ein Aufenthalt in Lugano? Dort weht sicher bereits ein lauer Frühlingswind, und die Kamelien blühen wohl auch schon in den Gärten. Das würde mir gefallen.» Die Kamelien entfalteten sich tatsächlich bereits langsam und begeisterten sie mit ihren verschiedenen Blüten in Rosa, Weiss und Rot. Vom See her strich wie erhofft ein lauer Wind, und an den Trockenmauern konnten sie die ersten Eidechsen davonhuschen sehen. Doch die Kopfschmerzen wollten nicht weichen. Angela bemerkte bekümmert, dass sie oft aneinandergerieten, vor allem, weil sie wenig Geduld hatte mit ihm, und Arnold wegen seiner Kopfschmerzen oft mürrisch war. Schliesslich kehrten sie wieder nach Zürich zurück. Hier erfuhren sie, dass in der Zwischenzeit Gottfried Keller schwer erkrankt war. Böcklin verbrachte nun täglich viele Stunden an seinem Bett und musste miterleben, wie die Kräfte abnahmen und Keller immer schwächer wurde. Er sass schweigend bei ihm und begleitete Keller in seinen letzten Stunden, bis er am 15. Juli 1890 die Augen für immer schloss. Als Böcklin heimkehrte, meinte er traurig zu Angela: «Eine wunderbare Freundschaft ist zu Ende gegangen.» Sie nickte leise und legte schweigend ihre Hand auf seinen Arm.

Es überraschte Angela nicht, dass Arnolds Kopfschmerzen wieder stärker wurden. Auch sie litt immer wieder darunter. Die Leute erklärten ihr, das komme vom Föhn, der in Zürich recht häufig blase. Der Himmel zeigte sich an solchen Tagen jeweils in einem wunderbaren Blau, irgendwo schwebte eine kleine Wolke über dem See, und die Berge schienen zum Greifen nah.

«Das Wetter allein kann es nicht sein. Dein Kopfweh kommt nicht nur vom Föhn, ich glaube eher, dass es immer noch mit der Kiefervereiterung zu tun hat. Wir müssen in den Süden. Die Meeresluft wird dir guttun», meinte Angela mit ungewöhnlich fester Stimme.

«Gut, aber ich reise alleine. Du musst dich ja sowieso um die Kinder kümmern», erwiderte Arnold bestimmt.

«Welche Kinder? Sie sind jetzt alle gross und selbstständig», versuchte Angela seine Meinung umzustossen. Arnold schob seine Unterlippe vor, starrte mit seinen graublauen Augen aus dem Fenster und schwieg. Angela stutzte, doch es wurde ihr bald klar, was er damit ausdrücken wollte. Er gedachte ohne sie zu verreisen. Vielleicht würde ja etwas Abstand guttun? Sie wusste, dass sie oft launisch und gereizt war. Aber andererseits musste sich jemand um ihn kümmern. Nur durfte es auf keinen Fall eine Frau sein. Das musste sie unbedingt verhindern. Sie nickte ergeben, beschloss jedoch gleichzeitig, Carlo nachzuschicken.

Bald genossen Vater und Sohn das Leben am Meer, besuchten Freunde in Rom und in Florenz, ja selbst Neapel und Pompeji statteten sie einen Besuch ab. Angela las in ihren Briefen mit Sehnsucht davon. Wie gerne hätte sie ihr Rom wieder einmal gesehen!

Als die beiden heimkehrten, bemerkte Angela sofort, dass Arnold nicht so gut erholt war, wie sie es sich erhofft hatte. Andere konnte er mit seiner strammen Haltung vielleicht täuschen, Angela hingegen wusste es besser. Sie stellte bekümmert fest, dass er rasch ermüdete und befürchtete, dass er ihr irgendwelche Beschwerden verheimlichte. Doch wenn sie sich vorsichtig nach seinem Befinden erkundigte, reagierte er sehr unwirsch. Es passte ihm keineswegs, dass sie ihn umsorgen wollte.

Der Föhn war endlich zusammengebrochen und durch einen feuchten Westwind verdrängt worden. Ihr Kopfweh hatte auch nachgelassen, als Angela abends hörte, wie Böcklin nach Hause zurückkehrte. Sie bemerkte, wie er mit der Petroleumlampe in der Hand langsam die Treppe hochstieg. Da hörte sie ein Poltern. Arnold musste die Treppe hinuntergefallen sein! Angela stürzte aus dem Zimmer. Böcklin lag am

Fuss der Treppe, das Petroleum hatte sich auf die Holzstufen ergossen und brannte.

«Ums Himmels willen, was ist passiert?», schrie sie und löschte geistesgegenwärtig mit einer Decke das Feuer. Dann rannte sie zu Arnold. «Fehlt dir etwas?»

«Lass, es ist nichts. Das Bein wollte irgendwie nicht. Es ist das verfluchte Rheuma, das mich schon längere Zeit plagt.»

«Was heisst, das Bein wollte nicht? Das darfst du nicht hinnehmen, du musst etwas dagegen unternehmen!», klagte Angela, noch immer vor Schrecken zitternd.

«Gut, sobald ich das angefangene Bild fertig habe, gehe ich nach Baden zur Kur, wenn du unbedingt willst», antwortete er unwillig. Doch in Baden traf er einen Freund, und anstelle von Badekuren besuchten die beiden die Gaststätten, rauchten und kneippten mit Wein.

«Eine Besserung ist bei dieser Art von Kur nicht zu erwarten», meinte Angela erbost, als er wieder nach Hause kam, «das habe ich mir anders vorgestellt.» Aber er hob nur gleichmütig die Schultern.

«Mir geht es gut, ich habe mich wunderbar ausgeruht.» Angela schüttelte den Kopf. Er sah keineswegs erholt aus. Am liebsten hätte sie ihm eine Predigt gehalten, doch es plagten sie andere Sorgen. Sie musste ihm möglichst schonend beibringen, dass ihr Sohn Arnoldo offensichtlich unheilbar erkrankt und in die Irrenanstalt von Königsfelden eingeliefert worden war. Die Mitteilung traf ihn schwer. Erschrocken blickte er sie an.

«Und wir können ihm nicht helfen!», schloss Angela verzweifelt.

«Wohl kaum. Einem Fünfunddreissigjährigen kann man als Eltern nicht viel raten, und wir verstehen nichts von psychischen Krankheiten», meinte Arnold zerknirscht.

«Ich muss immer an deinen Bruder Friedrich denken, der sich das Leben genommen hat. Wenn nur Arnoldo ...»

«Er ist in Behandlung», unterbrach sie Böcklin sofort, denn den schrecklichen Satz wollte er nicht hören. Sie schwiegen beide.

«Meinst du, wir haben etwas falsch gemacht?», fasste Angela in Worte, was sie belastete. Böcklin hob ratlos die Schultern.

«Ich weiss es nicht. Ich kann nur sagen, dass wir sicher beide unser Möglichstes versucht haben, ihm eine gute Erziehung und Berufsbildung mitzugeben.»

«Er hat es natürlich schwer neben dir, er leidet vielleicht darunter, dass er nicht so gut malen kann wie du.»

«Ich weiss. Die Leute stellen auch immer Vergleiche an. Es ist sicher besonders schwer für ihn, einen eigenen Weg zu finden.»

Sie schleppten sich durch die Tage, waren bedrückt und hilflos. Sie schwiegen darüber, doch ängstliche und wirre Gedanken liessen Angela schlecht schlafen.

Da traf zum Glück eine erfreuliche Nachricht ein: Angi hatte in Bukarest ein Mädchen bekommen, eine kleine Lucia. «Wieder ein Enkelkind, und es heisst erst noch Lucia – wie schön! Aber leider wohnen sie viel zu weit entfernt», dachte Angela. Allerdings blieb ihr keine Musse, sich über das Neugeborene zu freuen. Am folgenden Morgen rief Böcklin laut nach ihr:

«Bitte komm, ich spüre mein Bein nicht mehr!»

«Dein Bein?»

«Ich spüre es einfach nicht und kann nicht drauf stehen», stellte er verzweifelt fest.

«Bleib im Bett, ich hole einen Arzt.» Sobald es ihr herausgerutscht war, bereute sie den Satz, denn natürlich erreichte sie damit das Gegenteil.

«Lass das, ich werde selbst hingehen», antwortete er barsch, obwohl es ihm sichtlich schwerfiel, aufzustehen. Er quälte sich aus dem Bett, während Angela mit verschränkten Armen zusah, hin und her gerissen zwischen Mitleid und Ärger über seine Sturheit. Schliesslich erlaubte er, dass sie ihn stützte und zum Arzt begleitete. Dieser reagierte blitzschnell:

«Sofort ins Bett mit Ihnen. Das sind Anzeichen eines Schlaganfalls, damit ist nicht zu spassen.» Angela erschrak. Zu den Lähmungserscheinungen gesellten sich bald auch Sprachstörungen, Arnold konnte nur noch stammeln. Der Hausarzt schüttelte bedenklich den Kopf. Andere Ärzte, welche sie am folgenden Tag zuzogen, wiesen auf das Alter des Patienten hin, aber auch auf seine Lebensgewohnheiten. Mit vierundsechzig Jahren sei nicht mehr viel zu hoffen, meinten sie. Doch davon liess sich Angela nicht beeindrucken und beriet sich mit den Kindern.

«Wenn ihn die Ärzte aufgegeben haben, ist das ihre Sache, ich gebe noch lange nicht auf», erklärte sie mit fester Stimme.

«Und was willst du damit sagen?», fragte Clara vorsichtig.

«Ich werde unser Allerheilmittel anwenden und mit ihm nach Italien fahren.»

«Eine solche Reise ist doch viel zu anstrengend für ihn», widersprach Carlo, «das wird er nicht durchstehen.»

«Und ich bleibe nicht einfach hier sitzen und warte ab, was weiter geschieht. Seit wir verheiratet sind, habe ich die Erfahrung gemacht, dass in allen Situationen Italien das Heilmittel war. Es ist doch einen Versuch wert, oder nicht?» Die Kinder schüttelten ungläubig den Kopf, aber Angela bestand auf ihrer Idee. Der neunzehnjährige Felix erklärte sich schliesslich bereit, sie bis Mailand zu begleiten und zu unterstützen. Doch er konnte nicht bleiben, denn er wollte anschliessend nach München, um dort die Landwirtschaftliche Schule zu besuchen.

Etappenweise erreichten sie ihr Ziel Viareggio und bald darauf San Terenzo. Angela war nun alleine mit dem kranken Ehemann. Sie half ihm, wo sie konnte oder besser wo er es zuliess, denn er lehnte fast jede Hilfeleistung ab. Sie musste trickreich seinen Willen umgehen. Sogar schwimmen wollte er ohne Hilfe, dabei konnte man nur über eine Holztreppe ins Wasser gelangen. Er hatte es hinzunehmen, dass sie ihn von der Badehütte bis zur Treppe stützte. Doch danach musste Angela zusehen, wie er sich abmühte, um ins Wasser zu gelangen. Einmal stürzte er sogar die Treppe hinunter und musste von einem Matrosen gerettet werden. Sie selbst hatte nie schwimmen gelernt und stand hilflos am Ufer. Trotzdem stellte sie fest, dass Böcklins Gesundheit voranschritt. Angela konnte es kaum fassen. War es doch kein Schlaganfall gewesen, sondern vielleicht nur eine Kreislaufstörung? Seine Sprache kehrte wieder, wenn auch nicht mehr ganz so deutlich wie zuvor, auch seine Lust zu malen war wieder da, nur das Gehen bereitete ihm noch Schwierigkeiten. Äusserlich war er zu einem alten Mann geworden, Bart und Haare ganz ergraut, doch seine Unternehmungslust war zurückgekehrt. Manchmal wanderten sie zusammen langsam Arm in Arm den Strand entlang. Die Sonne schien ihnen warm auf den Rücken, und der Wind verfing sich in Angelas Haar, während sie den Hut halten musste, damit er nicht davonflog. Angela genoss diese Spaziergänge, die Gemeinsamkeit, die sie lange vermisst hatte, und den Blick auf das unendliche Wasser. Hin und wieder hob sie eine Muschel auf und steckte sie in ihre Tasche. Arnold hingegen studierte vor allem den Flug der Möwen und machte Angela begeistert auf deren Technik aufmerksam.

«Ich habe das Gefühl, dir geht es wieder viel besser, nicht wahr? Die südliche Luft und Wärme haben einmal mehr geholfen. Was meinst du», fragte sie eines Tages vorsichtig, «sollen wir nicht wieder nach Florenz ziehen?» Nach kurzem Zögern nickte er:

«Ja, das habe ich in den letzten Tagen auch erwogen, es wäre wirklich schön, im Süden zu bleiben.»

«Gut, dann suchen wir uns eine Wohnung, damit wir Weihnachten in Florenz verbringen können.»

Florenz

Leicht vorgebeugt in der Kutsche sitzend, liess Angela den Blick durch die vertrauten Strassen schweifen, als sie in Florenz zu ihrer kleinen, möblierten Wohnung fuhren, die sie in einer lebhaften Gasse gemietet hatten. Es fühlte sich an wie das Heimkommen nach einer langen Zeit der Abwesenheit. Es hätte sie nicht überrascht, wenn Arnold dem Droschkenmann die alte Adresse genannt hätte. Sie richteten sich ein, und Böcklin begann wieder eifrig zu malen. Angela freute sich sehr darüber, doch sie wollte den Heilungserfolg noch etwas festigen. Als sie abends gemütlich in der Stube sassen, Angela wie gewohnt mit einer Strickarbeit beschäftigt, während Arnold bei einem Glas Wein und einer Zigarre den Abend genoss, bedachte sie ihn mit einem kurzen Seitenblick und meinte schliesslich zaghaft:

«Lass uns im Frühling zuerst noch einmal ans Meer gehen, bevor ich nach Zürich reise, um die Möbel zu holen. Was meinst du dazu?» Er knurrte unwillig.

«Ich möchte lieber ungestört weiterarbeiten an meinen Bildern», antwortete er, aber Angela merkte, dass sein Widerstand nicht sehr gross war.

«Du musst einsehen, dass es sinnvoll wäre, nochmals einige Monate ans Meer zu ziehen. Es ist ja ein Wunder, dass es dir wieder so gut geht. Dazu kann nur die salzhaltige Meeresluft beigetragen haben.»

«Gut, wenn du meinst. Dann lass uns wieder nach San Terenzo reisen, dort hat Rossi Zimmer zu vermieten.»

Einige Wochen später stiegen sie die schmalen, gewundenen Treppen eines unscheinbaren Hauses in San Terenzo empor. In ein paar kleinen Zimmern richteten sie sich ein, eines davon wurde Böcklins Atelier. In der Ferne hörten sie das Meer rauschen. Arnold nahm gleich ein Doppelporträt in Angriff, wollte aber dazu wie immer Kirschgummi verwenden, um die Farben anzureiben. Kirschgummi wurde jedoch nur in grossen Harzklumpen geliefert.

«Würdest du mir bitte helfen? Das Zerkleinern geht mir nicht recht von der Hand», bat Böcklin. Angela hatte nun in mühevoller Kleinarbeit die Klumpen mit dem Hammer zu zertrümmern. Arnold suchte dann die hellsten Stückchen heraus, danach wurden diese von Angela im Mörser zerstossen.

«Nun müssen sie noch langsam in einem Wasserbad gekocht werden. Du musst unaufhörlich rühren und die aufsteigenden Unreinheiten abschöpfen.»

«Bei der Hitze?» Böcklin nickte. Angela beklagte sich nicht weiter darüber, dass sie schwitzen musste, sie war einfach froh, dass Arnold wieder auf den Beinen war und arbeiten wollte. Noch vor wenigen Wochen hätte sie es sich in ihren kühnsten Träumen nicht auszumalen gewagt.

«Wenn der Gummi ganz aufgelöst ist, zeige ich dir, wie du weiterverfahren musst.» Nachdem sie ihm einige Zeit regelmässig seine Mischung zubereitet und auf dem Feuer gekocht hatte und dabei gehörig ins Schwitzen gekommen war, meinte Arnold anerkennend:

«Du bist eine richtige Meisterin im Zubereiten dieser Lösung geworden.» Sie stellte vergnügt das gekochte Gemüse auf den Tisch, das sie gerade zubereitet hatte, und Arnold füllte die funkelnden Gläser mit einem dunklen Chianti.

«Wenn man Essen kochen kann, lernt man auch Lösungen zuzubereiten», quittierte sie seine Bemerkung mit einem leichten Lächeln und ihre Stimmung hob sich. Während die Sonne durch einen Spalt zwischen den Vorhängen einen letzten Lichtstreifen ins Zimmer zauberte, beobachtete sie glücklich, wie sich der Abend langsam über das Land senkte. «So lange sind wir nun schon verheiratet, und jetzt habe ich ihm zum ersten Mal bei seiner Arbeit helfen können», ging es ihr durch den Kopf.

Sie blieben bis Weihnachten am Meer. Böcklin hatte in dieser Zeit für das Museum in Basel ein Selbstbildnis gemalt. Es zeigte ihn im Atelier, in alter Frische, strammer Haltung und forschendem Blick, ganz wie in früheren Zeiten. Angela betrachtete das Bild voll Staunen.

«Du hast dich wunderbar getroffen, genauso habe ich es mir gewünscht», freute sie sich. «Ich weiss noch genau, dass mir deine Haltung als Erstes aufgefallen ist», gestand sie. Arnold lächelte:

«Ja? Gottfried Keller hat einmal zu mir gesagt, ich sähe aus wie ein Schweizer Major älterer Sorte.»

«Damit hat er den Nagel auf den Kopf getroffen», nickte Angela belustigt.

Schliesslich reisten sie wieder nach Florenz zurück und suchten nach einer kleinen Wohnung und einem Atelier. Es war nicht sehr einfach, etwas Passendes zu finden, denn es herrschte Wohnungsnot. Hunderte hatten ihr Zuhause verloren, weil durch den Modernisierungsprozess viele alte Häuser abgerissen wurden. Die Unterkunft, welche sie endlich mieten konnten, lag an der Viale Principe Amedeo 12 und war recht hübsch, hatte aber den Nachteil, dass sie sich im zweiten Stock befand. Böcklin bekundete immer noch Mühe mit Treppensteigen.

«Du glaubst nicht, wie viele Kunstmaler es jetzt in Florenz gibt», erzählte er staunend, «man hat mir gesagt, es sollen weit über hundert sein, und man zählt fast ebenso viele Bildhauer.»

«Nun, auch Peter und Clara werden nach Florenz kommen.»

«Ich weiss. Er hat sich ein Atelier in Fiesole gemietet, dort findet man noch eher Platz. Wir werden uns da auch einmal umsehen müssen.»

«Und Carlo wird auch bald hier sein, sobald er als Architekt fertig ausgebildet ist.»

«Ja, darauf freue ich mich schon. Aber etwas anderes muss ich dir noch erzählen: Du errätst nie, wer morgen in mein Atelier kommen will», berichtete Arnold begeistert, wirkte aber gleichzeitig etwas angespannt, «unser Grossherzog von Sachsen-Weimar!»

«Nein! Der Grossherzog erinnert sich tatsächlich noch an dich? Und was mich noch mehr freut, er hat es dir offensichtlich auch nicht übel genommen, dass du nicht mehr nach Weimar zurückgekehrt bist nach dem Urlaubsjahr.»

«Ja, das ist erfreulich. Und dich will er auch sehen.»

Unterschiedliche Empfindungen spiegelten sich auf ihrem Gesicht, Verblüffung, Ungläubigkeit und einen kurzen Augenblick lang sogar Belustigung. «Wirklich? Mich die Italienerin, die Schuld daran hat, dass du weggegangen bist?»

Am folgenden Tag zog sie sich sorgfältig an. Sie wählte ein schlichtes, aber elegantes Kleid mit Spitzeneinsatz, von dem sie wusste, dass es ihr gut stand, steckte ihre Haare säuberlich hoch und betrachtete sich im Spiegel.

«Ob er mich überhaupt noch erkennt nach all den Jahren?», murmelte sie, «es ist ja schon dreissig Jahre her.» Sie sah sein Gesicht auch nur noch schemenhaft vor sich. Sie erinnerte sich aber noch an seine blitzenden Augen.

Der Grossherzog erschien ohne Diener und begrüsste sie herzlich. Angela musterte ihn verstohlen und bemerkte mit Befriedigung, dass auch an ihm die Jahre nicht spurlos vorübergegangen waren. Seine Augen blickten immer noch herrisch und selbstbewusst, doch es schien ihr, als ob sich ein bitterer Zug in den Mundwinkeln eingenistet habe. Er erkundigte sich lebhaft nach den Kindern und liess sich Böcklins Bilder zeigen.

«Ihre Werke sind nach wie vor berückend. Ich liebe die Fabelwesen darauf, die körperlich durchaus organisch wirken, so als gäbe es sie wirklich. Und sie sind mit der Landschaft verbunden, als könnte es nicht anders sein.» Böcklin neigte erfreut den Kopf. «Ich bin morgen noch zu Besuch bei einer Florentiner Adelsfamilie, ich will dafür sorgen, dass man Sie auch dazu einlädt, damit wir noch etwas mehr von früheren Zeiten plaudern können», meinte der Grossherzog aufgeräumt beim Abschied. Und richtig, Arnold erhielt eine schriftliche Einladung. Aber nur für sich, von Angela war nicht die Rede. So blieb sie natürlich daheim.

«Du hättest den Grossherzog hören sollen, als er feststellen musste, dass man dich nicht eingeladen hat! Den Gastgebern war es äusserst peinlich, als er nach der Frau Professor fragte», berichtete Böcklin, als er nach Hause kam. Angela lächelte belustigt.

«Ich bin gar nicht unglücklich darüber.» Sie dachte an Weimar und an das eitle Geschwätz über «Kunst» und «Weltgeist», Begriffe, welche sie damals gar nicht in ihrem Wortschatz hatte. Ganz in Erinnerungen versunken blickte sie aus dem offenen Fenster und fühlte den kühlen Nachtwind. «Wie lange ist es her, seit wir in Weimar lebten! Damals wurde unsere Lucie geboren, und Clara und Arnoldo waren noch sehr klein», ging es ihr durch den Kopf. Der Mond stieg gerade auf, rund und golden, und tauchte die Umgebung in ein dämmriges Licht. Angela ertappte sich dabei, wie sie auf das Trippeln kleiner Füsse lauschte, schauderte etwas und kehrte wieder in die Gegenwart zurück.

«Nun, ich nehme an, alle haben sich gut unterhalten, auch ohne mich», antwortete sie mit einem winzigen Lächeln.

Angela konnte sich nun den Alltag ruhiger gestalten. Sie hatte deutlich mehr Musse. Die atemlose Verfolgung ihrer Pflichten von morgens bis abends fehlten ihr keineswegs. Dadurch wurde sie ruhiger, wirkte auch nicht mehr so oft gereizt. Die Hast, allen Aufgaben nachkommen zu müssen, fiel weg. Aber sie hatte auch mehr Zeit, ihren Gedanken nachzuhängen. Sorgen bereiteten ihr vor allem ihre beiden Söhnen Arnoldo und Hans.

«Ich habe gerade eine schlechte Nachricht erhalten: Hans hat Probleme mit dem Alkohol, er musste in eine Heilanstalt eingeliefert werden!», hatte ihr Böcklin am Tag zuvor eröffnet.

«In eine Heilanstalt? Wegen Alkoholproblemen? Das kann ich mir gar nicht vorstellen. Er ist doch erst dreissig Jahre alt.»

«Es steht so im Brief, den wir gerade erhalten haben.»

«Ich kann das gar nicht einordnen. Weisst du, dass wir viele Kinder begraben mussten, war furchtbar schwer für mich – nun aber zwei Söhne krank zu wissen, das ist fast noch schlimmer. Ich frage mich jeden Tag, was wir falsch gemacht haben», seufzte Angela und ihre Stimme zitterte.

«Ich kann das alles auch nicht verstehen», antwortete Böcklin nach längerem Schweigen bedrückt, und Tränen traten in seine Augen. Angela wusste, wie rasch er sein inneres Gleichgewicht verlor, wenn es um die Kinder ging.

«Vielleicht ist etwas in der Familie vorhanden? Hatte dein Bruder Friedrich auch psychische Probleme, bevor er …?» Sie schluckte den Rest des Satzes hinunter. Sie wollte nicht zeigen, wie viel Angst sie um ihre Söhne hatte.

«Alkoholprobleme können gelöst werden», verteidigte sich Böcklin und wandte sich abrupt ab. Doch die Frage, ob sie etwas falsch gemacht habe, liess Angela nicht mehr los. Sie bohrte sich in ihre Seele, und sie suchte ängstlich nach einer Antwort. Oft sass sie mit ihrer Strickarbeit im Schoss trübsinnig da. Sie sah wieder den kleinen Hans vor sich, wie er die Tränen hinuntergewürgt hatte, als er von Basel nach München umziehen musste, und drei Jahre später, wie Hans stundenlang wortlos in der Kutsche gesessen hatte, als sie nach Florenz umgezogen waren. Hatte das unstete Leben dazu beigetragen, dass Hans nicht belastbar war und deshalb Zuflucht im Alkohol suchte? Hätte sie sich mehr um ihn kümmern müssen? Tränen traten ihr in die Augen. Doch sie rief sich zur Besinnung, strich mit einer energischen Bewegung über die Falten ihres Kleides und nahm die Strickarbeit wieder zur Hand: Wie konnte sie sich nur so gehen lassen! Das half niemandem etwas.

Die ersten lauen Lüfte zogen über das Land, der Frühling kündigte sich an mit gelb blühenden Mimosen und zarten Mandelbaumblüten, und die Vögel sangen um die Wette, als Clara schwungvoll bei Angela erschien und begeistert berichtete:

«In unserer Nachbarschaft, in San Domenico, ist ein Landhaus zu verkaufen, das wäre bestimmt das Richtige für dich und Papa. Die Villa Bellagio liegt an der Strasse nach Florenz und in der Nähe der neuen, elektrischen Strassenbahn. Es hat eine prachtvolle Aussicht und einen grossen Umschwung, da hättet ihr viele Gestaltungsmöglichkeiten.»

Man wurde sich rasch einig, als sie das Haus besichtigten. Arnold war vor allem über den Raum für sein Atelier begeistert. Der vorhandene Pferdestall konnte aufgestockt werden. Carlo entwarf die Umbaupläne. Es entstand ein grosser Raum mit schwarzen Wänden und mit Oberlicht und kleinen Fenstern. Ein schwarzer Vorhang teilte ihn in der Mitte, damit ergab sich ein Doppelatelier für Arnold und Carlo. Die Villa selbst, welche eine ungeschickte Einteilung aufwies, wurde von Carlo mit feinem Sinn für eine wohnliche Atmosphäre und nach den Wünschen der Eltern umgestaltet. Danach bemalte Böcklin noch einige Supraporten und die Loggia in pompejianischem Stil und bestellte Silberpappeln, Palmen und seltene Pflanzen und Sträucher für den grossen Garten. Schliesslich wurde noch eine Bocciabahn eingerichtet mit einer malerischen Laube, an der bald die herrlichsten Rosen emporwucherten. Im grossen Salon der Villa hingen Böcklins Selbstporträt mit der Säule sowie sein Bild des Apostels Paulus in roter Toga und ein Kentaur. Im Wohnzimmer fand man das intime, feine Porträt von Angela mit dem über den Kopf geschlungenen, roten Tuch, und in der Bibliothek das reizende, zarte Bild ihrer geliebten kleinen Lucie. Manchmal stand Angela traurig davor. Wie sehr hatte sie dieses Kind geliebt! Auch ein Porträt des unvergesslichen Freundes Gottfried Keller hing dort.

«Nun habe ich endlich eine Heimat, nachdem ich lange genug herumgetrieben worden bin als heimatloser Vagabund. Jetzt fühle ich mich wie erwacht», äusserte sich Böcklin zufrieden, als er sein neues Zuhause durchwandert hatte, und fügte hinzu «nur gegen die Jahre gibt es kein Mittel.» Angela lächelte.

«Ich bin froh, dass es dir wieder gut geht. Ich hätte es damals in Zürich nie zu träumen gewagt.»

Das in warmem Gelb gehaltene Landhaus lag in Steineichen, Olivenbäumen und Zypressen eingebettet. Den Blick zum Monte Ceceri im Norden und auf die Stadt im Süden hielt Böcklin immer wieder in Skizzen fest. Besonders gerne sass er auf der offenen Terrasse vor seinem Zimmer und las in einem Buch von Gottfried Keller, Goethe oder Ariost, oder er blätterte in der *Odyssee* von Homer. Dazwischen liess er seinen Blick über das silbergraue Hügelland schweifen, über die alten Pinien, die schlanken Zypressen und die blauen Berge in der weiten Ferne, trank vom besten Chianti oder weissen Toskaner und rauchte eine Zigarre. Neben ihm lagen im Halbschatten die beiden Hunde, und in den Bäumen zirpten die Zikaden. Manchmal liess er sich auch von den Geschichten eines anderen Schriftstellers seines Herzens verzaubern, dem alemannischen Dichter Johann Peter Hebel. Er hatte ihn schon als Kind in der Schule in Basel besonders gerne gelesen. Die kurzen, hinreissenden Geschichten aus dessen *Schatzkästlein* las er hin und wieder auch Angela vor, welche neben ihm sass und strickte. So hatte sie sich das Älterwerden immer vorgestellt, beide zusammen friedlich an der Wärme sitzend. Besonders gerne vertiefte sich Böcklin aber immer noch in die verschiedenen

Angela Böcklin mit dem grünen Papagei Koko in der Villa Bellagio 1898.

Werke über griechische Götter, so dass Angela ihn eines Tages aufzog:

«Du lebst immer nur unter deinen Göttern!» Aber er widersprach energisch:

«Das stimmt gar nicht, ich lebe mit dem Pudel Fido und deinem Papagei Koko.»

«Ja, das auch», lachte sie, aber da mischte sich Carlo ins Gespräch ein. Er war gerade heimgekehrt und berichtete aufgeregt:

«Was sagt ihr dazu, dass Felix heiratet? Ich habe gerade einen Brief erhalten von ihm, ihr doch sicher auch?»

«Nein! Bis jetzt ist noch kein Brief gekommen. Das ist eine Überraschung! Er ist ja erst dreiundzwanzig. Wen will er denn heiraten?»

«Eine Anna Eschmann von Zürich. Sie ist ein Jahr jünger als er. Ich muss mich erst daran gewöhnen, dass mein jüngerer Bruder noch vor mir heiratet!»

«Man muss warten, bis die Richtige kommt, meinst du nicht?», lachte Böcklin. Angela sass still da und verarbeitete die Neuigkeit. Sie freute sich darüber, denn es war ihr einzig wichtig, dass ihre Kinder glücklich waren. Und nun wollte ihr Jüngster heiraten. Sie lächelte.

«Fast hätte ich darüber vergessen zu melden, dass sich der Männergesangverein von Luzern gemeldet und angefragt hat, ob sie ihrem berühmten Landsmann ein Ständchen bringen dürften», rief Carlo, während er bereits zum Atelier eilte, «es sind sechzig Männer, die dir ein Lied singen möchten.» Böcklin runzelte die Stirne.

«Können wir überhaupt so viele Leute bewirten?»

«Lass das nur meine Sorge sein. Du weisst, ich habe stets ein offenes Haus geführt», beruhigte ihn Angela.

So sangen schliesslich sechzig Schweizer Mannen mit ihren kraftvollen Stimmen Gottfried Kellers *O mein Heimatland*, während Böcklin ergriffen lauschte und ihm Tränen in die Augen traten. Angela beobachtete ihn und dachte ebenfalls an den stillen Gottfried Keller. Die Freundschaft der beiden war wirklich einzigartig gewesen, sie hatten sich grossartig verstanden. Eine wunderschöne Überraschung, die der Männerchor mit diesem Lied bot! Danach wurden alle im Pflanzenhaus bewirtet, man sprach dem Wein mit Freuden zu. Böcklin sass begeistert dabei, bis sich alle verabschiedeten, und noch auf ihrem Rückweg hörte man die fröhliche Sängerschar ein Lied anstimmen.

Den siebzigsten Geburtstag des unterdessen hoch berühmten Künstlers wollten nun alle feiern, seine Vaterstadt Basel, Zürich, Florenz, Berlin, München, eigentlich jede Stadt, die er im Laufe seines Lebens besucht hatte. Lange Reden und grosse Worte liebte Böcklin aber keineswegs, selbst als Hans Sandreuter im Auftrag der Stadt Basel eine Medaille mit seinem Kopf herstellen sollte, brummte er nur dazu.

«Sandreuter kommt hierher, er freut sich sehr darauf», berichtete Angela, als sie mit Clara im Garten sass und strickte.

«Er ist wohl immer noch dankbar, dass du ihn damals gesund gepflegt hast. Und Papa wird die Medaille sicher freuen», meinte Clara sinnend, «auch wenn ihm wohl einige Sitzungen abverlangt werden.»

«Ach, das erinnert mich an den Bildhauer, der einst eine Büste von ihm anfertigte. Beide tauschten gegenseitig ihre Erlebnisse aus und hechelten die verschiedenen Menschen durch, mit welchen Worten sie sich jeweils zu ihrem fertigen Porträt geäussert hatten und welche Gesichter sie dabei schnitten. Da meinte der Bildhauer, schliesslich gäbe es auch noch solche, welche gar nichts zu ihrem Porträt zu sagen wüssten und am Schluss nur bemerkten ‹Donnerwetter noch einmal›. So ging es hin und her, bis nach der Sitzung Papa sein eigenes Porträt betrachtete, und nach langem Schweigen und mit unterdrücktem Lachen spitzbübisch meinte: ‹Donnerwetter noch einmal!›»

Zur Feier des siebzigsten Geburtstags vertrat Carlo seinen Vater in Basel, denn die lange Reise dorthin wollte Böcklin nicht unternehmen. Als er zurückkehrte, berichtete Carlo begeistert von den Feierlichkeiten:

«Es gab eine grossartige Ausstellung in der Kunsthalle, es waren fünfundachtzig Bilder nur von dir! Dann veranstalteten sie eine Feier mit einem Böcklin-Festspiel, geschrieben vom stadtbekannten Staatsarchivar Rudolf Wackernagel und komponiert von Hans Huber. Und dein Telegramm wurde auch verlesen.»

«Du liebe Zeit, das war ja ganz kurz und erst noch auf Italienisch», rief Angela erschrocken aus.

«Ja, es wurde übersetzt: ‹In Gedanken bei Euch, trinke ich auf das Wohl der Festversammlung›. Und dann stellte man auch einige deiner Gemälde als lebendes Bild dar, zum Beispiel *Der heilige Hain*, und spielte dazu Mozarts Priesterchor aus der *Zauberflöte*.»

«Besser als Musik von Wagner!», knurrte Böcklin. Er zog einen Brief aus der Tasche und meinte leutselig: «Fritz Burckhardt schreibt mir auch darüber: *Als einst Franz Liszt in Basel konzertierte, kam in einer französischen Zeitung ein Bericht darüber, worin stand: Il a enthousiasmé les Bâlois, et cela veut dire grand' chose! So hast Du es diesmal gemacht, aber bis zum incroyable ... Basel stand auf dem Kopf.*»

«Basel stand wegen dir auf dem Kopf – ist das wirklich möglich?», staunte Angela, «jetzt, wo du berühmt bist, will wohl niemand mehr hinten anstehen. Sogar der Bundesrat hat dem ‹hochverehrten Meister›, gratuliert! Und dazu noch Sandreuters Goldmedaille, welche dir die Stadt Basel verehrte!»

«Nun ja, am meisten hat mich trotzdem der Fackelzug der Einwohner von Fiesole gefreut, den sie mir zu Ehren abgehalten haben.»

Ein lauer Abend hatte sich über das Land gesenkt. Die Grillen zirpten laut auf den Feldern und die Vögel sangen vielstimmig ihre Abendlieder, als plötzlich Tochter Angi mit ihren beiden kleinen Kindern vor der Türe stand! Angela starrte sie sprachlos an.

«Mama, entschuldige bitte, ich muss euch überfallen. Ich bin mit Lucia und Ferdinand aus Bukarest geflüchtet. Wenn es euch recht ist, bleiben wir bei euch», versuchte sich Angi vorsichtig zu erklären. Angela umarmte sie herzlich.

«Angi, wie schön, ich kann es nicht fassen! Und erst noch meine kleinen Enkel, die ich bis jetzt noch gar nie gesehen habe. Ich freue mich unsäglich. Bitte kommt und bleibt, so lange ihr wollt.»

«Wir bleiben für immer, wenn es euch recht ist. Ich sage es höchst ungern, aber ich möchte mich scheiden lassen. Es geht einfach nicht mehr.» Angela schüttelte den Kopf. Es fiel ihr schwer, diese Mitteilung zu akzeptieren, es passte weder zu ihren Vorstellungen noch zu ihrer Erziehung. Die Ehe war ihr heilig.

«Kommt erst einmal herein, alles andere wird sich finden. Papa wird Augen machen, und Clara und Carlo erst!»

Damit kam neues Leben ins Haus. Die fünfjährige Lucia und der dreijährige «Nandi» durchstreiften vergnügt das Haus und den Garten, freudig begleitet von den beiden Hunden. Doch Angela bemerkte bald, dass Arnold die lebhafte Art der Kinder nicht mehr so leicht ertrug. Sie stellte auch fest, dass er wieder rascher ermüdete und mühsamer die Treppen hochstieg. Sie machte sich im Stillen Sorgen um seinen Gesundheitszustand. Andererseits freute sie sich, ihre Tochter Angi und die kleinen Kinder um sich zu haben.

Im Frühjahr 1899 meldete sich bei Carlo eine altbekannte Krankheit: Er bekam Typhus. «Diese Krankheit verfolgt uns unser ganzes Leben lang», dachte Angela erbittert. Sie war wieder einmal Tag und Nacht um ein krankes Kind besorgt, nur dass es diesmal fast dreissig Jahre alt war. Auch Böcklin sass stundenlang schweigend an Carlos Bett. Es ging ihm nach wie vor nahe, einen Angehörigen leiden zu sehen. Angela hatte sich um beide zu kümmern, denn Arnold war wieder deutlich schlechter zu Fuss, trotzdem aber nicht gewillt, seine Schwäche zuzugeben. Er wollte unbedingt alleine mit der Trambahn nach Florenz fahren und nahm es lieber in Kauf, dass er stürzte und dann nach Hause gebracht werden musste, als dass sie ihn begleiten durfte. Seine Selbstständigkeit war ihm ausserordentlich wichtig. Angela sorgte sich bei jedem seiner Stadtbesuche und war stets erleichtert, wenn er wieder wohlbehalten zurückkam und im Atelier verschwand. Ein Ausflug in die Stadt war nicht nur anstrengend, es bedeutete ausserdem, dass man auch in eine Ansammlung von Protestierenden geraten konnte, Streiks von Tausenden von Strohflechterinnen zum Beispiel, welche um mehr Lohn kämpften.

«Sie erhalten so wenig, dass sie mit dem Lohn für einen Tag Arbeit gerade mal ein Brot kaufen können», erzählte Clara, während sie bei Carlo am Bett sassen, «dabei ist der Gewerbezweig der Strohflechterinnen einer der wichtigsten der ganzen Region.»

«Sie wollen natürlich mehr als ein Brot für ihre tägliche Arbeit, das kann ich gut verstehen», äusserte sich Angela.

«Es hat sich niemand um eine Modernisierung der Wirtschaft gekümmert, alle meinten, es würde immer so weitergehen wie bisher. Dabei steht das neue Jahrhundert vor der Tür», ereiferte sich Carlo und zeigte damit, dass er auf dem Weg der Besserung war.

«Dir scheint es wieder viel besser zu gehen», rief Angela erfreut aus. Carlo nickte und blickte vorsichtig und etwas verschämt zu seiner Mutter und gestand plötzlich:

«Ich muss euch endlich etwas sagen, jetzt, wo ich sicher weiss, dass ich wieder gesund werde: Ich möchte bald heiraten, und zwar eine Frau aus Moskau, Nadia heisst sie.»

Angela starrte ihn an und schüttelte langsam den Kopf.

«Wie um alles in der Welt kommst du zu einer Frau aus Russland?»

«Ich habe sie auf einer Ferienreise kennengelernt. Nadia und ich möchten möglichst noch in diesem Jahr heiraten. Wenn ich nicht krank geworden wäre …»

«Eine Braut aus Moskau! Papa wird staunen.»

«Aber wohnen werden wir hier in Florenz, das verspreche ich euch.» Im November 1899 heiratete Carlo seine Nadia von Gringmuth. Angela und Arnold freuten sich darüber und warteten mit Spannung auf das Erscheinen des frisch verheirateten Paares. Ihr Haus war gross genug, dem Paar eine Unterkunft zu bieten.

Wie überall in der Welt wurde der Schritt zum Jahr 1900 auch in Florenz gross gefeiert. Prophezeiungen über einen bevorstehenden Weltuntergang machten die Runde. Aber man fasste auch Wünsche und Vorsätze. An Silvester strömten alle zu Aufführungen bewegter Bilder, dem Cinématographen der Gebrüder Lumière, die auf einer riesigen Leinwand vorgeführt wurden, oder man besuchte eine Aufführung des *Lohengrin* im Teatro Pergola und begab sich anschliessend zur Mitternachtsmesse des Erzbischofs in den Dom. Zu Hunderten warteten schliesslich alle draussen auf den Glockenschlag vom Turm Bargello. Es war eine milde Winternacht und alle stiessen begeistert und voller Hoffnung und Zuversicht auf das neue Jahrhundert an.

Arnold und Angela hingegen sassen zu Hause am Kamin. Die beiden Hunde lagen mit sichtlichem Wohlbehagen daneben, den Kopf auf die Pfoten gelegt. Sie verfolgten mit ihren Augen jede Bewegung des Hausherrn, der hin und wieder das Feuer ein wenig schürte und frisches Holz auflegte. Sonst herrschte eine behagliche Stille. Auf einigen Kandelabern brannten Kerzen und tauchten den Raum in ein warmes Licht.

«Was meinst du, wie viele Jahre des neuen Jahrhunderts wir noch geniessen können?», fragte Angela leise. Aber Arnold war keineswegs gewillt, sich mit solchen Gedanken zu belasten. Es packte ihn eine dämonische Lust, dem Zustand des Älterwerdens herausfordernd entgegenzulachen. Er funkelte Angela mit seinen blaugrauen Augen an und meinte spöttisch:

«Ich denke, das Sterben ist dann doch das Allerletzte, was man tun kann.» Angelas Mund verzog sich zu einem feinen Lächeln.

«Du hast recht, geniessen wir das neue Jahrhundert, so lange wir es noch können.» Der Wein löste ein Gefühl von Zufriedenheit aus und enthob sie aller sorgenvollen Gedanken. Für Arnold gehörte natürlich noch eine starke Zigarre dazu. Angela betrachtete diese Lebensweise gelassen, denn sie hatte sich schon längst daran gewöhnt und wusste, dass es daran nichts zu rütteln gab. Wenn ein Arzt ihn darauf ansprach und warnte, das schade seiner Gesundheit, meinte Böcklin nur: «Es hat eben jede Sache ihre zwei Seiten.»

Wenige Tage, nachdem das neue Jahrhundert begonnen hatte, erkrankte Böcklin an einer Grippe, was ihn zusätzlich schwächte und Angela Sorgen bereitete. Aber es ging ihm schon nach wenigen Tagen besser, sodass er sich gleich wieder ins Atelier begeben konnte. Doch Angela und der braune Pudel Fido begleiteten ihn durch den Garten, vorbei am Goldfischweiher und seinem Lieblingsplatz unter der grossen Platane. Zum Mittagessen holte ihn Angela wieder ab, Arm in Arm schritten sie zum Esszimmer, wo das Essen, das die Köchin hergerichtet hatte, bereitstand.

«Ich bin so glücklich, dass Papa wieder malt. Er lebt ja nur für die Kunst, alles misst er an ihr, sie ist ihm einfach alles», meinte Angela danach mit nachdenklichem Gesicht zu Clara, «er arbeitet in letzter Zeit an drei verschiedenen Bildern, einer schauerlichen *Pest,* an einem Bild mit dem Titel *Krieg* und an einer *Melancholia.*»

«Was für düstere Themen!», bemerkte Clara erstaunt.

«Ja, das habe ich auch empfunden, es fehlt mir ein neckischer Pan oder ein bocksbeiniger Satyr.»

«Und er ist froh, wenn ihn jemand besuchen kommt, damit er nicht malen muss. Es fällt ihm deutlich schwerer.»

«Ich merke vor allem, dass er nicht mehr allein sein will», antwortete Angela verzagt «ich komme zu fast gar nichts mehr. Sobald ich aus dem Zimmer gehe, meint er ‹du bist immer weg›.»

«Ich weiss. Und wenn er nicht ins Bett will, musst du auch aufbleiben.»

«Ach, das war schon immer so. Aber jetzt muss ich auch liegen bleiben, wenn er nicht aufstehen will», gab Angela trübsinnig zu, «doch nächste Woche kommt sein alter Freund Rudolf Koller zu Besuch, das wird ihn sicher freuen und aufmuntern.»

Im Sommer fuhren sie zusammen nach Rimini ans Meer. Angela hoffte wieder auf ein Wunder. Aber es blieb diesmal aus, obwohl sie durchaus noch verschiedene Ausflüge unternehmen konnten. Im folgenden Herbst zeigte es sich, dass Böcklin überhaupt keine Ruhe mehr zu Hause hatte. Er wollte immer unterwegs sein. Sie sassen meist in einer ausgeleierten Kalesche eines Bauern. Ein altes, mageres Pferd war eingespannt und trottete mit ihnen gemächlich durch die Strassen. Der Bauer sass auf dem Kutschbock und sah mit seinem Schlapphut keineswegs wie ein Kutscher aus, eher wie ein Feldarbeiter. In der Kalesche thronten Angela und Arnold und boten ein besonderes Bild. Er stets in aufrechter Haltung und mit seinem eindrucksvollen Greisenkopf mit weissem Bart und einem schwarzen, runden Hut, Angela wirkte wie eine römische Matrone in ihrem schlichten schwarzen Kleid mit Spitzenbesatz, passendem Hut, Umhängetuch und Handschuhen. Die Leute grüssten das Paar ehrerbietig. Im schwankenden Wagen lagerten auch einige Flaschen Wein, man kochte Kaffee im Freien und genoss die warme Sonne. Angela freute sich über jeden gelungenen Ausflug, immer in der Hoffnung, dass es Arnold bald besser gehe.

Am 3. Januar 1901 legte er sich mit einer Grippe ins Bett. Aber niemand machte sich ernsthaft Sorgen, denn die letzte Grippe hatte er auch ziemlich rasch und unbeschadet überstanden.

«Deine Grippe wird bald herum sein, genauso wie letztes Jahr», redete ihm Angela zuversichtlich zu.

«Natürlich. Und sobald ich wieder auf den Beinen bin, reisen wir zusammen nach Genf. Diese Stadt möchte ich dir zeigen, sie wird dir gefallen. Ich denke, den 16. Januar könnten wir als Abreisedatum ins Auge fassen. Bis dahin habe ich mich sicher erholt», meinte er. Aber am Morgen des 15. Januar fand ihn Angela nicht mehr recht bei Bewusstsein. Doktor Kurz stellte eine Lungenentzündung fest und machte ein ernstes Gesicht. Nun erschrak auch Angela.

«Eine Lungenentzündung! Oh … Sie müssen wissen, dass wir zwei Kinder durch Lungenentzündung verloren haben», erklärte sie Doktor Kurz, während ihre Stimme fast brach.

«Ja, kleine Kinder und ältere Menschen sind besonders gefährdet.»

«Auch ältere Menschen? Nun, mein Mann ist dreiundsiebzig Jahre alt.» Der Arzt nickte und drückte ihre Hand: «Damit hat er ein schönes Alter erreicht. Aber wir wollen das Beste hoffen.» Am Nachmittag erklärte Arnold plötzlich, er wolle aufstehen. Angela merkte, dass er gar nicht realisierte, in welchem Zustand er sich befand und konnte ihn nur mit Mühe davon überzeugen, im Bett zu bleiben.

«Du hast eine Lungenentzündung, damit ist nicht zu spassen.»

«Aber ich fühle mich besser. Wieso kann ich nicht ins Atelier gehen und malen?»

«Weil der Arzt verordnet hat, dass du im Bett bleiben sollst», antwortete sie bestimmt. Er fügte sich schliesslich, doch Angela kam es vor, als blitze in seinen Augen leiser Spott auf, während er nach einem Glas Champagner verlangte. In den folgenden Stunden musste sie mit ansehen, wie es um Arnolds Gesundheit laufend schlechter bestellt war. Sein Atem ging stossweise, das Sprechen fiel ihm schwer, und auch seine Lähmungserscheinungen zeigten sich wieder. Er dämmerte vor sich hin. Angela stand am Fenster, drückte ihre Stirne an die Scheibe und blickte verzweifelt hinaus auf den weissen Reif, der sich unter den Bäumen gebildet hatte. Es war ihr überaus bang zumute. Sie ertappte sich dabei, wie sie die Wege ängstlich mit den Augen nach der Gestalt des unheimlichen Mannes absuchte, den sie damals in München und dann wieder in Basel bei Lucies Tod gesehen hatte. Sie versuchte die düsteren Gedanken abzuschütteln, aber es half wenig. In der folgenden Nacht sass sie zusammen mit Clara und Carlo schweigend am Bett des Kranken. Arnold war nicht mehr recht bei Bewusstsein und hatte nun hohes Fieber. Sie legte ihm sorgsam ein kühlendes, mit Wasser getränktes Tuch auf die Stirne. «Ich darf nicht undankbar sein», ging es Angela durch den Kopf, «wir haben zehn Jahre mehr zusammen verbringen können, als die Ärzte damals in Zürich angenommen hatten, zehn lange, erfüllte Jahre.»

Mitten in der Nacht, nachdem Doktor Kurz ihm eine Spritze verabreicht hatte, erlangte Böcklin noch einmal kurz das Bewusstsein, fasste seinen Sohn Carlo an beiden Händen, blickte ihn durchdringend an und sagte mit deutlicher Sprache: «Arbeite, arbeite!» Dann schloss er erschöpft die Augen. Um sechs Uhr morgens schlief er für immer ein. Während Clara laut aufschluchzte, sass Angela wie betäubt da und konnte es nicht fassen. Carlo trat schwer atmend zum Fenster und öffnete es. Da drang zarter Vogelgesang an Angelas Ohren und erfüllte den Raum, ein erster Vorbote des Frühlings. Sie strich Arnold sanft über den Kopf. «Heute wolltest du mit mir nach Genf abreisen», murmelte sie tieftraurig, «nun bist du ohne mich auf eine grosse Reise gegangen.»

«Unser Leben währet siebzig Jahre, und wenns hoch kommt, so sinds achtzig Jahre, und wenns köstlich gewesen ist, so ist es Mühe und Arbeit gewesen», durchdrangen die Psalmworte des Pfarrers auf dem Friedhof Angelas Gedanken und setzten sich bei ihr fest, während sie wie aus einem Traum erwachte und wieder in die Gegenwart zurückfand. Die hohen Zypressen, welche die Wege des Friedhofs säumten, ragten nun fast schwarz in den fahlen Himmel. Und wie zur Bestätigung ihrer Gefühle ging im selben Augenblick die Sonne unter, als man den braun polierten Holzsarg in die Erde liess.

Bis die Zeremonie ihr Ende fand, war die Dämmerung hereingebrochen, die eisige Kälte hatte sich verstärkt, und Angela zitterte vor Erschöpfung. Sie starrte gedankenverloren auf einen der vielen Kränze, dessen gelbe Lilien im Halbdunkel leuchteten. Schliesslich bemerkte sie, wie sich die vielen Trauergäste stumm entfernten. Es war vorgesehen, zwei Wochen später noch eine Gedenkfeier für Arnold Böcklin folgen zu lassen, deshalb eilten alle zu den bereitstehenden Kutschen. Es fiel Angela schwer, einen klaren Gedanken zu fassen. Ein Gefühl von tiefer Leere hatte sich ihrer bemächtigt. «Fast fünfzig Jahre lang haben wir Freud und Leid miteinander geteilt, dafür muss ich dankbar sein», hämmerte sie sich ein, um die Haltung nicht zu verlieren.

Als sie endlich zu Hause ankam, schleppte sie sich die knarrende Treppe hoch und legte im Schlafzimmer Hut und Mantel auf das Bett. Dann trat sie zu ihrer schlichten Nussbaumkommode und zog die unterste Schublade auf. Da lag der grüne Beutel mit der Perle, den sie einst von Mutter Böcklin zur Geburt des kleinen Fritz erhalten hatte. Seit Langem bewahrte Angela darin Arnolds Briefe auf. Sie setzte sich aufs Bett, nahm sorgsam den Stapel heraus und strich mit der Hand zärtlich darüber. Zuoberst lag der Gruss, den Arnold ihr vor dreissig Jahren aus Paris geschickt hatte. Sie entfaltete langsam den Brief.

«*Carissima mia!*» stand wie immer in seiner klaren Handschrift als Anrede. Sie glaubte, seine vertraute Stimme zu hören. Der Schluss berührte sie hingegen ganz neu, es schien ihr, als wollte er ihr gerade am heutigen Tag Mut zusprechen: *Also noch einige Tage Geduld*, schrieb er: *Dunque ci vuol ancora qualche giorni di pazienza* … und am Schluss stand sein inniger Abschiedsgruss:

Addio, Mille baci e saluti da tuo Arnoldo.

Dank

Die folgenden Angaben verdanke ich in erster Linie Herrn Dr. h.c. Hans Holenweg vom Böcklin-Archiv Hans Holenweg/Kunstmuseum Basel, der in liebenswürdiger Weise nicht nur seine Unterlagen und Fotos bereitwillig zur Verfügung stellte, sondern sich auch viel Zeit nahm, um Fragen zu beantworten. Es sei ihm an dieser Stelle sehr herzlich gedankt.

Eine detaillierte Genealogie der Familie Böcklin, verfasst von Dr. Ulrich Barth, findet sich in: Rolf Andree: Arnold Böcklin, Die Gemälde. In der 2. Auflage, Basel 1998

Biografie

Angela Böcklin geb. Pascucci 1836–1915

Geboren am 28. Februar 1836 in Rom
Mutter: Clara Bertoldi, starb im gleichen Jahr bei einer Choleraepidemie (Angela war etwa 6 Monate alt)
Vater: Domenico Pascucci, Maresciallo in der päpstlichen Garde in Rom, starb 1846 an einer Lungenentzündung
Angela wuchs auf bei Carlotta Balzer (Tochter eines Franzosen aus Bordeaux)
Mit 17 Jahren heiratete Angela Pascucci am 21. Juni 1853 in Rom den 26-jährigen Basler Kunstmaler Arnold Böcklin.
[1] Angela Böcklin sprach stets von vierzehn Kindern, die sie zusammen hatten. Mit Namen bekannt sind zwölf Kinder. Vermutlich starben zwei bei der Geburt (Auskunft: von Lucia Baschny, der Enkelin von Angela Böcklin, an Dr. Hans Holenweg). Sechs weitere starben im Kindesalter.
Nur sechs Kinder erreichten das Erwachsenenalter.

Rom: 1853–1857

1. Fritz, geboren am 16. März 1854 in Rom – gestorben im April 1855 (an Typhus)
2. **Clara,** geboren am 24. Mai 1855 in Rom – gestorben am 24. März 1926 in München, heiratete 1876 in Florenz den Bildhauer Peter Bruckmann

3. **Arnold,** geboren am 29. Januar 1857 in Rom – gestorben 17. März 1932 in Zihlschlacht (TG), Beruf: Kunstmaler, heiratete 1888 in Zürich Alice Mathilde Steinbruch, Scheidung 1901, Arnold war ab 1892 unheilbar krank (Irrenanstalten Königsfelden und Basel)

Basel: Juni 1857–Februar 1858

Hannover: März–August 1858

München: 1858–1860

4. Robert, geboren am 5. September 1858 in München – gestorben am 27. Dezember 1858 in München (angeblich an einem Stein in der Blase)
5. Ralph, geboren 11. Februar 1860 in München – gestorben 1. November 1860 in Weimar (an Lungenentzündung)

Weimar: 1860–1862

6. Lucie, geboren 2. September 1861 – gestorben 15. Mai 1868 in Basel (durch einen Unfall)

Rom: 1862–1866

7. **Hans,** geboren am 2. August 1863 in Rom – gestorben 9. April 1943 in München, Beruf: Kunstmaler (1893 wegen Alkoholproblemen in Heilanstalt eingeliefert), heiratete 1919 in München Anna Margaretha Hofmann
8. Maurizio, geboren August 1865 in Rom – gestorben 28. Juli 1866 in Rom (an der Ruhr)

Basel: 1866–1871

9. **Angela,** geboren am 28. Januar 1867 in Basel – gestorben 19. Juli 1906 in Zürich (in geistiger Umnachtung), heiratete 1888 Constantin Baschny, Scheidung 1900, Kinder Lucia und Ferdinand, 2. Heirat 1901 mit dem Kunstmaler Franz Pallenberger

10. **Carlo,** geboren 18. Januar 1870 in Basel – gestorben 31. August 1934 in Florenz, Beruf: Architekt und Kunstmaler, heiratete 1899 in Moskau Nadeschda (Nadia) von Gringmuth

München: 1871–1874

11. **Felix,** geboren 20. September 1872 in München – gestorben 5. Mai 1912 in Zürich, Beruf: Kunstmaler, Zahnarzt, heiratete 1895 Anna Margaretha Ida Eschmann

Florenz: 1874–1885

12. Beatrice, geboren 6. September 1876 in Florenz – gestorben 20. März 1877 in Florenz (an Lungenentzündung)

Zürich: 1885–1892

Florenz: 1893–1915

Nach dem Tod ihres Gatten bezog Angela Böcklin die Villa Bencista, ganz in der Nähe der ehemaligen Villa Bellagio.

Angela Böcklin starb am 7. Februar 1915 und wurde neben dem Grab ihres Mannes Arnold Böcklin bestattet.

Arnold Böcklin 1827–1901

Arnold Böcklin, geboren am 18. Oktober 1827 in Basel, gestorben am 16. Januar 1901 in Fiesole/San Domenico. Sein Leichnam wurde in der Privatkapelle der Villa Bellagio aufgebahrt. Die Beerdigung erfolgte am 18. Januar auf dem *Cimitero degli Allori* in Florenz.

Das Grabmal, entworfen von seinem Sohn Carlo Böcklin, trägt folgende Inschrift von Horaz: *Non omnis moriar* (Nicht alles von mir wird sterben).
Im Basler Museum wurde nach Bekanntwerden des Todes von Arnold Böcklin dessen Selbstbildnis von 1893 mit einem Trauerflor umgeben und darunter ein mächtiger Lorbeerkranz mit Schleife angebracht. Eine Trauerfeier fand im Stadtcasino statt, während man die Elisabethenkirche in rotem Licht erstrahlen liess.

Das Kunstmuseum Basel besitzt eine der bedeutendsten Böcklin-Sammlungen mit 63 Gemälden und 128 Zeichnungen. Unter anderem die im Roman erwähnten Werke: *Angela Böcklin als Muse*, die erste Fassung der *Toteninsel, Der panische Schecken, Vita somnium breve, Selbstbildnis im Atelier, Odysseus und Kalypso, Die Pest.*
Die Masken an der Kunsthalle in Basel sind im Restaurant *Kunsthalle* zu sehen.

Die Malereien im Treppenhaus des Museums an der Augustinergasse in Basel (heute Naturhistorisches Museum) können während der Öffnungszeiten des Museums besichtigt werden.

Böcklins Atelier in der Villa Bellagio blieb noch bis 1944 erhalten.

Typhus (Fleckfieber, Nervenfieber) ist eine Infektionskrankheit, die durch das Bakterium Salmonella typhi hervorgerufen wird. Die Übertragung der Erreger findet meist über verunreinigtes Trinkwasser und unhygienische Zubereitung von Nahrungsmitteln statt. Der Typhus beginnt meist schleichend und führt nach einem treppenförmigen Fieberanstieg, während dem das Bewusstsein des Betroffenen häufig getrübt ist, zu mehreren Tagen anhaltend hohem Fieber (über 40° C).

Cholera ist eine bakterielle Infektionskrankheit, die durch das Bakterium Vibrio cholerae verursacht wird. Die Infektion erfolgt zumeist über verunreinigtes Trinkwasser oder infizierte Nahrung. Die Bakterien können extremen Durchfall und starkes Erbrechen verursachen, was eine Austrocknung des Körpers nach sich zieht.

Literatur:

- Ferdinand Runkel (Hrsg.): Böcklin Memoiren, Tagebuchblätter von Böcklins Gattin Angela. Berlin 1910
- Hanns Floerke: Böcklin und das Wesen der Kunst. München 1927
- Bernhard Wyss: Erinnerungen an Böcklin. Basel 1921
- Adolf Frey: Arnold Böcklin, nach den Erinnerungen seiner Zürcher Freunde. Stuttgart und Berlin 1912
- Otto Lasius: Arnold Böcklin, aus den Tagebüchern, Berlin 1903
- Rudolf Schick. Tagebuchaufzeichnungen, Berlin 1901, 1913
- Ferdinand Runkel und Carlo Böcklin (Hrsg.): Neben meiner Kunst, Flugstudien, Briefe und Persönliches von und über Arnold Böcklin, Berlin 1909
- Bernd Roeck: Florenz 1900, München 2001
- Bernd Wolfgang Lindemann, Katharina Schmidt: Arnold Böcklin. Anlässlich der Ausstellung «Arnold Böcklin – eine Retrospektive» in Basel, Paris und München 2001–2002. Heidelberg 2001
- H. A. Schmid: Arnold Böcklin: http://www.gutenberg.org/files/18436/18436-h/files/boecklin.html
- Hans Holenweg: Der grösste deutsche Maler der Gegenwart, Artikel der NZZ vom 13./14. Januar 2001, S. 81

Bildnachweis:

Titelbild: Angela Böcklin mit rotem Haarnetz, gemalt von Arnold Böcklin, 1863, Tempera und Wachs auf Holz, 41 × 32 cm. bpk/Nationalgalerie, Staatliche Museen zu Berlin/Jörg P. Anders

Rückseite: Arnold Böcklin, Selbstbildnis im Atelier, 1893 (Inv. Nr. 113). Tempera? Auf Leinwand, 120 × 80.8 cm. Kunstmuseum Basel. Foto: Kunstmuseum Basel, Martin P. Bühler

S. 133 Angela mit Lucie (13 Monate alt), Oktober 1862 in Basel (Fotograf Herzog, Freie Str. 40, Basel). Fotografie im Böcklin-Archiv Hans Holenweg/Kunstmuseum Basel

S. 157 Angela Böcklin mit goldenem Haarnetz, gemalt auf Karton von Arnold Böcklin 1866 im Atelier der Kaserne in Kleinbasel, Privatbesitz Zürich. Fotografie im Böcklin-Archiv Hans Holenweg/Kunstmuseum Basel

S. 285 Angela Böcklin mit ihrem Papagei Koko (coccolone) 1898 in der Villa Bellagio (Fotograf Giacomo Brogi, Firenze). Fotografie im Böcklin-Archiv Hans Holenweg/Kunstmuseum Basel

Autorin

Die Baslerin Helen Liebendörfer ist bekannt als Stadtführerin und Dozentin an der Volkshochschule Basel. Die Besonderheiten der Stadt Basel und der Menschen, die einst darin lebten, bringt sie auf vielfältige Art den Gästen näher. Für ihr Engagement hat sie im Jahr 2008 den Ehrendoktor der Universität Basel erhalten.

Helen Liebendörfer im Friedrich Reinhardt Verlag

Spaziergänge in Basel für Touristen und Einheimische
Die beschriebenen Spaziergänge sind für Touristen, welche die Stadt zum ersten Mal besuchen, genauso interessant wie für Personen, die schon lange in der Stadt leben.

84 Seiten, 2000, 4. Auflage 2006
mit neun farbigen Abb. und Stadtplan
kartoniert
CHF 19.80, EUR 16.80
ISBN 978-3-7245-1145-8

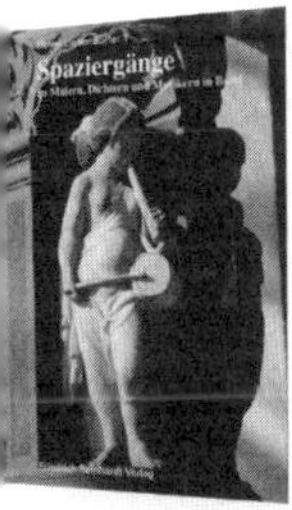

Spaziergänge zu Malern, Dichtern und Musikern in Basel
Dieses handliche Buch führt auf verschiedenen Spaziergängen zu berühmten Malern, Dichtern und Musikern, die in Basel aufgewachsen sind oder in der Stadt zu Besuch weilten.

123 Seiten, 2000, 2. Auflage 2004
mit 12 farbigen Abb. und Stadtplan
kartoniert
CHF 19.80, EUR 16.80
ISBN 978-3-7245-1110-6

Spaziergänge zu Frauen und Kindern in Basel
Im vorliegenden Band führt die Autorin zu Wohnorten, Bildern und Statuen bedeutender Frauen und Kinder, die später ihre Vaterstadt über die Grenzen hinaus bekannt gemacht haben.

130 Seiten, 2003
mit 17 farbigen und fünf s/w Abb. sowie Stadtplan
kartoniert
CHF 19.80, EUR 16.80
ISBN 978-3-7245-1255-4

Basel, die verzauberte Stadt
Ein spielerischer Spaziergang für Kinder
Auf einem Spaziergang durch die Stadt können die Kinder aktiv ins Geschehen miteingebunden werden.
Für Kinder zwischen fünf und zehn Jahren.

48 Seiten, 2006
mit 21 Farbfotos und Stadtplan
Hardcover
CHF 19.80, EUR 16.80
ISBN 978-3-7245-1380-3

Helen Liebendörfer im Friedrich Reinhardt Verlag

Spaziergang in Basel mit Johann Peter Hebel
Mit viel Gespür für Details führt Helen Liebendörfer den Lese auf die Spuren des grossen Dichters: vom Totentanz zur Petersgasse, vorbei an der Mittleren Brücke und hoch zum Münsterplatz.

65 Seiten, 2010
kartoniert
CHF 19.80, EUR 16.80
ISBN 978-3-7245-1660-6

Spaziergang zu berühmten Gästen in Basel
Die Stadtführerin nimmt die Leserinnen und Leser zu berühmten Gästen in Basel mit – von Kaiser Heinrich II., Paracelsus, Faust und Napoleons Gemahlin Marie-Louise bis hin zu Dostojewski und Gustav Adolf von Schweden.

100 Seiten, 2011
farbig bebildert, kartoniert
CHF 19.80, EUR 16.80
ISBN 978-3-7245-1704-7

Spaziergang mit Hermann Hesse durch Basel
Hermann Hesse verbrachte über zehn Jahre in Basel. Es gibt daher viele Gründe, einen Spaziergang mit Hermann Hesse durch Basel zu unternehmen und sich zu fragen, wo er gelebt und gewirkt hat und welche Spuren sich davon in seinen Werken niedergeschlagen haben.

80 Seiten, 2012
farbig bebildert, kartoniert
CHF 19.80, EUR 16.80
ISBN 978-3-7245-1704-7

Die Frau im Hintergrund
Dieser historische Roman handelt von Wibrandis Rosenblatt, einer bedeutenden Frau des 16. Jahrhunderts. Im Hintergrund ihrer berühmten Ehemänner, den Reformatoren Oekolampad, Capito und Butzer, hat sie wesentlich an den Veränderungen mitgewirkt.

208 Seiten, 2013
kartoniert
CHF 24.80, EUR 19.80
ISBN 978-3-7245-1875-4